ERASMUS EMMERICH

UND DIE MASKERADE DER MADAME MALLARMÉ

Katharina Fiona Bode

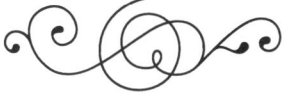

Bisher in der Erasmus Emmerich-Reihe erschienen:
Teil 1. Erasmus Emmerich und die
Maskerade der Madame Mallarmé

W0048395

art skript
PHANTASTIK
»Verlag & Design«

Impressum

Copyright © 2016 Art Skript Phantastik Verlag
Copyright © 2016 Katharina Fiona Bode

3. Auflage Mai 2017
Art Skript Phantastik Verlag | Salach

Lektorat/Korrektorat » Marion Lembke
www.mysteryofbooks.de

Gestaltung » Grit Richter | Art Skript Phantastik Verlag
Cover-Illustration » Martin Knipp
www.weltenreisen.de
Autoren-Foto & Innenseiten-Illustrationen » Daniel Huster

Druck » BookPress | www.bookpress.eu

ISBN » 978-3-945045-04-6

Der Verlag im Internet
www.artskriptphantastik.de
art-skript-phantastik.blogspot.com

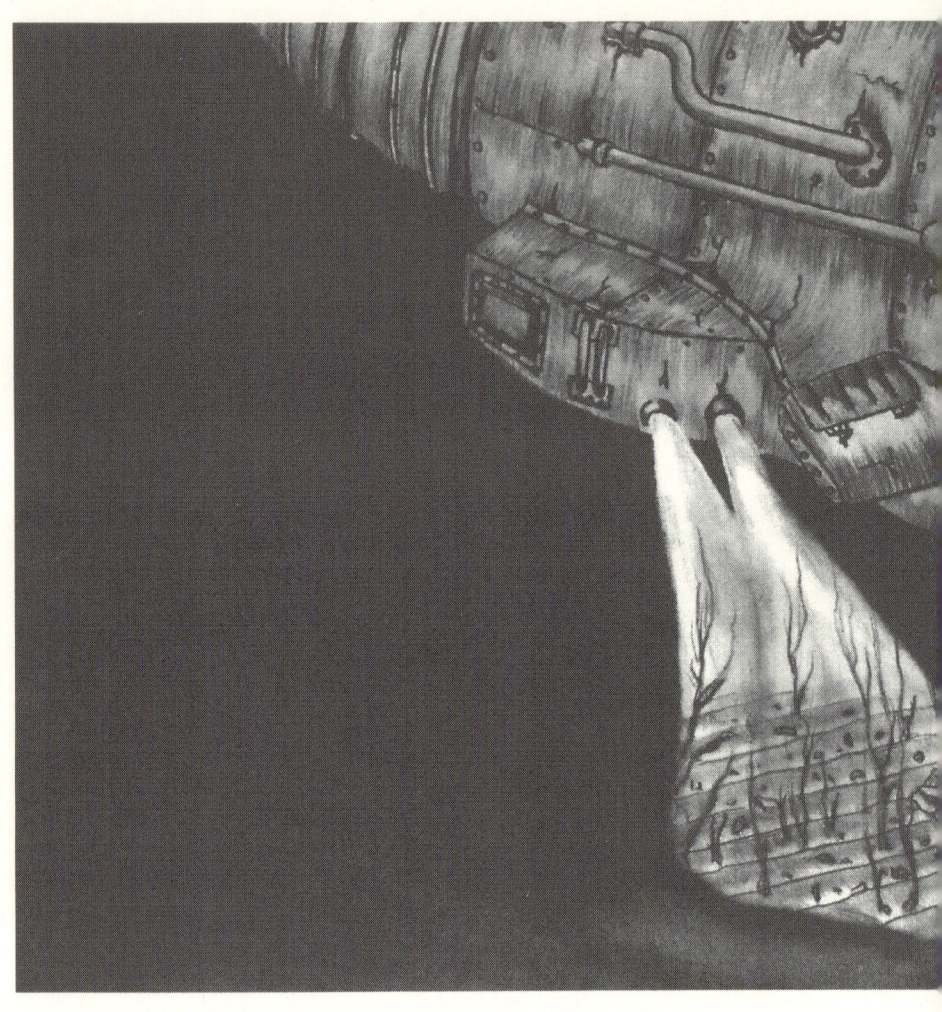

Für die irre Schwester der Vernunft und ihre Tochter,
Freiheit-zu-schreiben-was-man-möchte.

Außerdem und vor allem für Mama, Papa & das D. in
meiner Suppe ... schreibt sich: Supde.

Inhalt

Über die Autorin

Katharina F. Bode wurde 1990 in einem Sauerländer Kreißsaal geboren. Gegenwärtig teilt sie sich eine Wohnbibliothek mit ihrem Freund, dem Bilingu-Aal Wordsworth Weirdworld und der flauschigen Teddyhamsterkugel Mo. Nach ihrem BA-Abschluss in Kunstgeschichte und Komparatistik (falls es nicht doch in Hyperspaceroutenplanung war) absolvierte sie kürzlich den Master in Teddybärologie (oder Literaturwissenschaft?). Sie kann sich noch ziemlich genau daran erinnern, bereits vor ihrer Geburt Geschichten geschrieben zu haben ... naja, fast. Nach ihren Erasmus Emmerich Steampunk- (und weiteren Fantasy-) Kurzgeschichten erscheint 2016 ihr Debütroman Erasmus Emmerich und die Maskerade der Madame Mallarmé im Art Skript Phantastik Verlag.

Besuchen Sie Katharina auf
Ihrem Blog - katharinabode.blogspot.de
Auf Facebook - www.facebook.com/KatharinaFionaBode

Anmerkung des Lesebegleiters

Geneigter Leser, werte Leserin,

das Buch in Ihren Händen beinhaltet sämtliche bislang bekannten Abenteuer um den ehrenwerten Ermittler Erasmus Emmerich und die Qualmfee Marie. Es eignet sich übrigens dazu, die vorangestellten Kurzgeschichten oder etwaige bereits bekannte Passagen einfach zu überblättern und direkt in den Roman einzusteigen, sofern Ihnen die vorhergehenden Ereignisse noch detailgenau vor Augen stehen. Trauen Sie sich das zu? Glauben Sie, nichts zu verpassen? Dann beginnen Sie mutig auf S. 55. Falls Sie die Kurzgeschichten jedoch noch nicht kennen sollten, führt Sie nun Archibald Leach durch das Vorprogramm. Bringen Sie sich einfach in eine bequeme Position und lassen Sie das Lesen beginnen!

Ihr Wegweiser Wordsworth Weirdworld

P.S.: Der Notausstieg befindet sich am Ende des Buches.
P.P.S.: Warnung für Allergiker: das vorliegende Werk beinhaltet das Wort Apfelkuchen und kann Spuren sämtlicher alphabetischer Buchstaben aufweisen.
P.P.P.S.: Vorkommende Durchstreichungen sind vom Herausgeber Wordsworth Weirdworld beabsichtigt, um seine Dispute mit den Figuren, gegen die er sich nicht immer gänzlich durchsetzen konnte,[1] für die Nachwelt zu dokumentieren. Stellen wie diese bezeugen den konfliktreichen Arbeitsprozess die historisch verbürgten Abenteuer des Erasmus Emmerich für eine gegenwärtige Leserschaft zugänglich zu machen. Ein Beispiel: »Hau die Spinne aus dem Netz« – vorgeschlagen von Zinoberius dem III. Wordsworth schlug das weniger drastische »Lock […]« vor. Es folgten seitenweise hin und her geschickter Streitkommentare, die wir hier aus Jugendschutzgründen[2] nicht wiedergeben wollen. Die zwei einigten sich schließlich auf: »~~Hau~~ Lock die Spinne aus dem Netz«, um beiderseitigem Anspruch Genüge zu tun.[3]

---

1 **Kommentar des erwähnten Herausgebers:** Nicht durchsetzen »wollte«, wenn ich bitten darf, weil mein Herz einfach zu groß war, den Verantwortlichen – einem gewissen Zinnsoldaten z.B. – ihre dichterische Freiheit abzuerkennen.
2 **Kommentar des erwähnten Herausgebers:** Also *meinerseits* fielen die Anmerkungen sehr geschmackvoll aus, anders als bei einem gewissen Zinnsoldaten. **Kommentar eines gewissen Zinnsoldaten:** Gar nicht wahr.
3 **Anmerkung der geduldeten Autorin K. F. B.:** Ein Wunder, dass sie sich überhaupt einigen konnten.

Vorwort

von Markus Cremer und Archibald Leach

»Und dann schreibst du das Vorwort«, sagte sie und ich nickte. Natürlich. Warum auch nicht? Kann ja nicht so schwer sein. Dachte ich ... am Anfang. Und da wären wir jetzt.

Die wunderbar exzentrische Katharina Fiona Bode lernte ich bei einer Lesung in einem Friseursalon kennen. Klingt komisch und ist noch verwunderlicher, wenn man bedenkt, dass ich zum letzten Mal in den 90ern zum Barbier musste. Die Genetik ist halt eine mächtige Waffe. Aber dies nur am Rande.

Ich hörte mir also ihren Text über den Ermittler Erasmus Emmerich und seine sonderbare Marie an. Zumindest versuchte ich es, denn zwischenzeitlich hätte es mich bei der Schilderung über den bekloppten Messingknauf-Fall beinahe zerrissen. Man sollte bei ihren Texten kein Knabberzeug einwerfen. Wirklich. Ich meine es nur gut mit Ihnen.

Es gibt Menschen mit einer abgedrehten Phantasie ... und dann gibt es Katharina Fiona Bode, die - so meine Vermutung - bereits morgens mit einer Packung Wortspielen gurgelt. Anders ist ihr übersprühendes Formuliertalent nicht zu erklären. Zumindest für mich nicht.

Bevor ich mich hier noch um den Verstand fasele, überlasse ich die weitere Vorstellung dem nicht weniger exzentrischen Archibald Leach und seiner Assistentin Sarah Goldberg, die mir bei dieser Bemerkung sicher einen Schwinger mit ihrer kraftverstärkenden Prothesenhand versetzen würde.

Markus Cremer

»Das sind weit über hundert Sikhs«, sagte Sarah Goldberg fassungslos.

»Ihre Bewaffnung ist erstaunlich modern«, meinte Archibald Leach und schob den Zylinderhut in den Nacken. »Unsere kleine Ablenkung hat damit wohl ein Ende gefunden.«

Welche Überraschung, dachte sie. *Das wird mir eine Lehre sein. Ich hätte auf mein Gefühl hören sollen.*

»Dort steht unsere Fahrkarte«, schlug Archibald vor und deutete auf den klobigen Stahlelefanten des Maharadschas von Rajasthan. Die mit bunten Teppichen geschmückte Rampe war weniger als zwanzig Schritte entfernt. »Los!«

»Jetzt starten Sie dieses stählerne Ungetüm und bringen uns hier raus«, meinte Archibald Leach und ließ sich auf den gepolsterten Sessel des Beifahrers nieder. Abgefeuerte Projektile erzeugten ein Stakkato aus dumpfen Einschlägen auf der Außenhülle. »Offenbar kugelfest. Beeindruckend.«

»Ich könnte Hilfe gebrauchen«, sagte Sarah und schob mit der Kraft ihrer Handprothese den Riegel vor die Absperrung der Einstiegsluke.

Kaum saß sie im Fahrersitz, huschte ihr Blick über die unübersichtlichen Druckanzeigen und Hebel.

Gekoppelte Kompulsionsenergie und übersetzt auf eine dreiachsige Spektralweiche, kombinierte sie. *Wie aktiviere ich die Anbarkristalle?*

»Sollte ich mich in den Fähigkeiten der werten Sarah Goldberg getäuscht haben«, meinte er spöttisch und drückte einen Knopf. Ruckartig hob der stählerne Dickhäuter den Hintern in die Höhe.

»Ich brauche Zeit und es wäre hilfreich, wenn Sie nichts anfassen würden«, zischte sie. »Haben Sie keine sinnvollen Ideen?«

»Jetzt könnten wir die Fähigkeiten dieses Tüftlers aus Berlin gebrauchen, nicht wahr?«

»Sie meinen Erasmus Emmerich?«, fragte sie überrascht. »Wie kommen Sie ausgerechnet auf den?«

»Ich musste daran denken, wie er die Sache mit dem Türknauf gelöst hat.«

»Davon haben Sie mir nie erzählt«, antwortete sie geistesabwesend und bewegte hektisch eine Kurbel. »Wenn Sie glauben, dass es helfen könnte, erzählen Sie ruhig.«

»Wirklich? Merkwürdig. Wie war das noch ...«

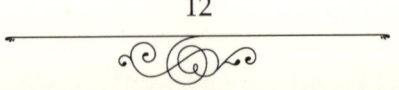

ERASMUS EMMERICH

UND DER MESSING-TÜRKNAUF

Erstmals erschienen 2014 in der Anthologie »Steampunk Akte Deutschland«

Erasmus Emmerich, Privatier und Ehrenmann, geschworener Detektiv – beim Seelenheil seiner werten Frau Mutter – im Dienste des Fürsten von Bismarck, hatte doch tatsächlich einen neuen Fall. Bei Preußens Pickelhaube, und was für einen!

Zugegeben, eigentlich stand er gar nicht im Dienste Otto von Bismarcks. Zumindest nicht offiziell. Aber sei's drum, immerhin war er ein Vetter fünften Grades der Mutter seines Schwagers, und sah er den Reichskanzler einmal von Weitem, winkte er ihm pflichtbewusst mit seinem Spazierstock zu. Außerdem hatte er dem Deutschen Reich im Geheimen schon große Dienste erwiesen. Wahrscheinlich war er sogar der Kitt, der es zusammenhielt.

Da war zum Beispiel vor nicht allzu langer Zeit der Fall des verlorenen Kupferdrahts gewesen, den er bravourös innerhalb kürzester drei Wochen gelöst hatte, um nur einen von vielen zu nennen. Denn Emmerich hatte gerade Wichtigeres zu tun, als in Erinnerungen vergangener Fälle zu schwelgen.

Vor seinem inneren Auge schwebte das neueste Problem: ein Türknauf aus Messing. Dieses Mal jedoch war der Knauf eben nicht abhandengekommen, nein, nein; der Fall war viel schwieriger gelagert. Die Problematik bestand ja gerade darin, dass er da war. Dieser Messing-Knauf hatte ihn schon mehrere Nächte den Schlaf gekostet.

Wie zum Teufel war ein Messing-Knauf an die eiserne Tür dieses Ladens gekommen? Wer hatte ihn dort angebracht und vor allem, warum? Er wusste genau, dass noch vor zwei Wochen ein hübsch glänzender, glatter Eisenknauf die Tür geziert hatte, und nun das. Diese Schnörkel, dieses angelaufene

Messing. An einer EISENtür, Himmel nochmal! Eine Farce war das und es roch nach dem fauligen Abgrund eines vermaledeiten Verbrechens, jawohl das tat es.

Zur Ablenkung hatte Emmerich daheim damit begonnen, an einer selbstentwickelten Apparatur herumzutüfteln. Gerade polierte er einen Kolben und warf das Tuch zurück auf den schmiedeeisernen Rost zu seinen Füßen, da zog ein Dampfschwaden zum Türschlitz herein und nahm hinter seinem Rücken die Gestalt einer grauschwarzen Frau an. Sowohl sie als auch ihre Kleidung erweckten den Anschein, als hätte man sie quer durch ein Dutzend verrußter Kamine gezogen. Ihre strubbeligen Haare qualmten förmlich. Lautlos streckte sie eine Hand nach Emmerichs Schulter aus.
Er zuckte zusammen. »Marie! Müssen Sie das immer tun?!«
Die Qualmfee funkelte ihn finster an.
Seit ihrem zweiten Tod war sie etwas mürrisch geworden. Zu seiner Verteidigung: Als er sie kennengelernt hatte, war sie bereits tot gewesen und eine ganz normale Fee, doch dann hatte er – oder vielmehr eines seiner Experimente – es geschafft, sie noch einmal umzubringen. Und weil ihr Haar seitdem stets dampfte, war eben eine Überarbeitung ihrer Wesensbezeichnung durch eine kleine Ergänzung notwendig geworden. Immerhin konnte sie sich seitdem in Rauch auflösen. Sehr zu Emmerichs Leidwesen allerdings.
»Irgendwann lasse ich Ihretwegen noch mal etwas Wichtiges fallen«, beklagte er sich.
»Und dann? Bringen Sie mich noch ein drittes Mal um?«
»Ein zweites, meine Teure, höchstens ein zweites Mal. An Ihrem ersten Tod war ich völlig unbeteiligt.«
Sie schnaubte, dematerialisierte sich und tauchte dann zu Emmerichs rechter Seite wieder auf. »Was treiben Sie da eigentlich schon wieder?«
»Ich baue. Wo Sie schon da stehen, Qualmfee, geben Sie mir doch bitte mal das Zahnrad da drüben.« Sie wies auf ein golden schimmerndes, und er nickte. »Genau das. Danke.«
»Ich würde dennoch die Bezeichnung *Schattenfee* vorziehen, Mensch.«

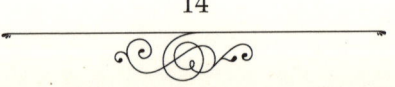

»Das mag ja sein, aber Sie werfen nun einmal keinen Schatten, sondern qualmen.«

»Ihretwegen.«

»Spielt das eine Rolle?«

»Ich finde schon.«

Emmerich kratzte sich an der Stirn, nahm das Zahnrad, und seine Hand verschwand damit in den Tiefen der Apparatur. Als er die Hand wieder herauszog, tat sich etwas im Inneren des Apparates, denn dieser begann zu rappeln und drei hut-, ja geradezu zylinderförmige Knöpfe an langen Hebeln setzten sich in Bewegung. Sie pumpten auf diese Weise eine grünliche, zähflüssige Masse durch die angeschlossenen Glasröhren und man hörte Zahnräder rattern, die knirschend ineinandergriffen. Marie schwebte vorsichtshalber einen halben Meter zurück. Dann zischte es und ein violett gefärbtes Gas trat aus, das den Duft von gegorenem Pflaumenmus verströmte. Die Apparatur begann zu wackeln und die Hebel wurden langsamer.

»Das ist nicht gut, das ist gar nicht gut«, murmelte Emmerich. Er versuchte an den Hebeln zu rütteln, mit dem Erfolg, dass sich das Knirschen der Zahnräder daraufhin zu einem Kreischen steigerte. Marie presste sich die Hände an die Ohren. Mittlerweile hatte sich das austretende Gas zu brombeerfarbenen Rauchwölkchen gewandelt. Ein Surren trat ein und ... PUFF! Die Maschine kam zu einem abrupten Stillstand, bevor sie teilweise explodierte. Die Wände ringsum erzitterten und die übrigen, nicht explodierten Teile fielen scheppernd auseinander. Damit war ein weiterer seiner Versuche schiefgegangen.

Emmerich wandte sich zu Marie um, das Gesicht rußverschmiert, und versuchte ihren Blick zu interpretieren. Er entschied sich für vorwurfsvoll. Ja, in ihren Augen stand definitiv ein Vorwurf zu lesen und vermutlich ein Hauch von Ich-hab-es-ja-gewusst, gewürzt mit einer Prise Belustigung. Letztere allerdings gut verborgen hinter düsterem Starren.

Er wischte sich die Stirn mit einem rußigen Tuch ab, was die Sache nur verschlimmerte, ihn aber gänzlich unbeeindruckt ließ. Das Tuch wanderte in die Brusttasche seiner Weste zurück, und er zog an der Kette, die aus der Tasche darunter hing, um einen Blick auf seine Uhr zu werfen. Er klappte den Deckel auf und ihr Ticken erfüllte den Raum. »Haa? Was? Wo ist denn nur die Zeit geblieben?«

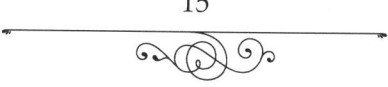

»Vermutlich gemeinsam mit Ihrer Erfindung verpufft. Wenn sie nur schlau ist«, schlug Marie vor.

Ihr Einwand blieb von Emmerich jedoch unbemerkt, der unterdessen über die sich knarrend beschwerenden Dielenbretter zur Haustür stolzierte. »Ob sich Frau Oppenheimer zu dieser späten Stunde wohl belästigt fühlen würde?«

»Frau Oppenheimer fühlt sich immer belästigt«, gab Marie zur Antwort und lächelte schief.

»Auch wieder wahr. Also dann wollen wir mal.« Er zog seinen Gehrock über, nahm Spazierstock und Hut vom Haken an der Wand und bot Marie den Arm.

Sie nahm ihn. »Nicht dass es von Bedeutung wäre, Erasmus, aber WARUM gehen wir noch gleich zu der alten Dame?«

»Wir haben einen neuen Fall und eine Idee, ist doch klar.«

»Ach ja sicher, wenn das so ist.« Marie schüttelte den Kopf und verbarg ihr Lächeln.

An der Haustür von Frau Oppenheimer sammelten sich um diese abendliche Stunde allerhand streunende Katzen und hinterließen, der schieren Menge nach zu urteilen, ein katzenfreies Rest-Berlin. Eine Gaslaterne in der Nähe des Hauses tauchte das Spektakel in orangenes Licht. Die Katzen balgten sich und miauten, einige kratzten mit den Krallen an der Haustür. Bis diese schließlich langsam geöffnet wurde. Kaum war ein Spalt entstanden, schossen schon die ersten Katzen hindurch, und als sie zur Hälfte offen stand, quetschte sich noch der letzte Verbliebene, ein fetter Kater, an den Beinen der dicklichen Öffnerin vorbei in den Hausflur, dicht gefolgt von Erasmus Emmerich und Marie, die soeben die Stufen hochgestolpert kamen.

»Geschätzte Frau Oppenheimer«, begrüßte sie Emmerich breit grinsend und lüpfte den Zylinder, als er schon halb im Haus stand.

Frau Oppenheimer verengte ihre Augen zu Schlitzen, was kaum einen Unterschied zu sonst machte, aber ausreichte, damit ihre Gäste die Geste verstanden. »Lassen wir doch die Höflichkeiten«, schnarrte sie mit ihrer rauchigen Stimme, »und kommen wir gleich zum Wesentlichen. Was wollen Sie und Ihre Dampfnudel von Assistentin hier?«

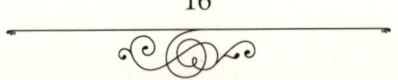

Emmerich musste Marie am Arm zurückhalten, um einen unschönen Zwischenfall mit Nägeln und Schreien zu verhindern. Eine Rauchfahne stieg von ihren Haaren auf, doch er drängte Marie beiseite.

»Wir möchten uns in aller Form für unser spätes Eindringen ent-«

»Ich sagte doch, wir können das lassen«, unterbrach ihn Frau Oppenheimer.

»Nun denn, nun gut«, lenkte er ein. »Dann will ich mal. Wir sehen uns gezwungen, die Dienste Ihres kleinen Geschäfts in Anspruch zu nehmen.«

»Und wir haben geschlossen.«

»Aber ich bitte Sie, werte Frau, Ihr Werbespruch lautet doch   Klatsch-und-Tratsch-für-jedermann-der-es-sich-nur-leisten-kann.« Er klimperte mit seiner Geldbörse. »Wir hätten gerne etwas über eine Eisentür in der Friedemanngasse gewusst, näher gesagt über ihren neuen Messing-Knauf.« Sie hielt ihm die offene Hand entgegen, und er legte ein paar goldgedeckte Mark hinein. Stumm blickte sie ihn an. Er wiederholte die Prozedur zwei weitere Male, ehe sie die Hand schloss und die Bezahlung in ihren Morgenmantel wandern ließ. Dann wandte sie sich von ihren Besuchern ab und schlurfte den Flur entlang. »Sie steht jede Nacht um 23 Uhr offen und es müffelt nach Troll. Wenn Sie mich nun entschuldigen würden, ich habe Katzen zu füttern«, äffte sie Emmerich nach, gackerte und es klang, als würden Eisenspäne geraspelt. So verschwand sie in einem miauenden Raum.

Marie starrte ihr nach, doch Emmerich war bereits zur Haustür spaziert. »Kommen Sie?« Er hielt ihr die Tür auf. »Bitte nach Ihnen.«

Wie ihnen Emmerichs tickende Taschenuhr versicherte, war es bereits kurz vor elf, als sie die menschenleere Friedemanngasse erreichten.

»Sagt zwar nichts zum Knauf, aber wenigstens mit einem hat diese Oppenheimer Recht«, gestand Marie und zog die Nase kraus. »Es riecht tatsächlich nach Troll.« Emmerich bot ihr sein Taschentuch, das Marie nach einem Blick darauf dankend ablehnte und ihre Nase stattdessen im hochgeklappten Mantelkragen verbarg.

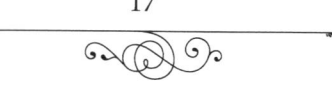

»Mit dem anderen auch«, stellte Emmerich fest und steckte das Taschentuch wieder ein. Die Eisentür stand tatsächlich offen.

Die beiden entschieden sich jedoch dafür, sich vorerst in das Dunkel einer von Beleuchtung besonders vernachlässigten Gasse zurückzuziehen, die schräg gegenüber des Ladens mit der Eisentür abzweigte. Gerade hatten sie ihre Position bezogen, da hörten sie auch schon ein fernes Grollen und Scheppern, das sich zügig näherte. Marie sah Emmerich an, doch der zuckte nur die Schultern. Nach kurzer Zeit verstärkte sich der Trollgeruch und das Scheppern hallte von den Wänden der schiefen Häuser entlang der Friedemanngasse wider. Ein großer, schnaufender Schatten kam in Sicht.

»Ein Nachttroll!«, stieß Marie flüsternd hervor.

»Psst«, ermahnte Emmerich sie.

Der Nachttroll zog einen riesigen, hölzernen Wagen hinter sich her, der über das Kopfsteinpflaster rumpelte. Das erklärte das Grollen.

»Psst«, machte Emmerich nochmals.

»Ich hab doch gar nichts gesagt.«

»Mit diesem *Psst* wollte ich lediglich Ihre Aufmerksamkeit einfordern. Also pssst, kein Wunder, dass wir ein Scheppern gehört haben. Sehen Sie das? Der Wagen ist voll beladen mit Eisenteilen.«

»Ramsch?«

»Nicht nur, aber ich denke, darauf kommt es nicht an. Ich verstehe nur nicht, warum der Besitzer bei dem ganzen Eisen nicht den neuen Türknauf daraus gefertigt hat.«

»Ja, vor allem, wenn der Nachttroll ihm jede Nacht so eine Fuhre bringt.«

Inzwischen beobachteten sie, wie der Nachttroll eine Luke an der Seite des Ladens öffnete, den Wagen kippte und die Ladung durch die Luke hinunterrasseln ließ.

»Und warum hört das keiner?«, fragte Marie.

»Diese Gegend ist seit Jahren unbewohnt. Angeblich, weil es hier spukt.«

»Moment, heißt das, Sie glauben nicht daran?«

»Woran?«

»Na, an Spuk, Geister, wie auch immer.«

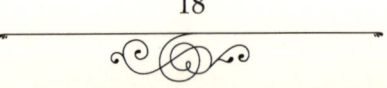

»Ach so, das. Nein.«

»Sie wollen mir sagen, dass Sie neben einer Schattenfee …«

»Qualmfee«, verbesserte Emmerich.

»Meinetwegen. Dass Sie also neben einer Qualmfee stehen, direkt vor Ihnen einen Berg von Nachttroll haben, aber die Möglichkeit der Existenz von Gespenstern ausschließen.«

»So ist es.«

»Aber …«

»Marie, wollen wir das wirklich in diesem Moment ausdiskutieren? Wenn ich Sie erinnern darf, wir haben einen Fall.«

Sie nickte, folgte ihm und schwieg, als er voran auf die Eisentür zuhuschte, die soeben im Begriff war, hinter dem Nachttroll zuzufallen. Gerade als sie sie erreichten, rastete die schwere Tür mit einem Klacken ein.

»So ein Mist, verdammter. Mist! Mist! Verkac-«

»Erasmus.«

»Was?«, herrschte er sie an. »Verzeihung, es ist nur … die Tür ist zu.«

»Ja, na und? Wenn ich nun Sie einmal erinnern darf: Qualmfee.« Sie wedelte mit den Händen vor seinem Gesicht herum und begann sich aufzulösen. Als Rauchschwaden zog sie unter der Tür hindurch. Wenige Sekunden später kam sie zurück. »Sie ist verschlossen.«

»Dann öffnen Sie sie. Dafür waren Sie doch drin. Gleich noch mal!«

»So. Haben Sie denn den passenden Schlüssel?«

»Natürlich nicht. Oh. Na dann müssen Sie ihm eben allein hinterher. Los doch, beeilen Sie sich, ich warte hier.«

Gesagt, getan; Marie löste sich erneut in Rauch auf und waberte dem Nachttroll nach. Zwar hatte sie ihn am Anfang aus den Augen verloren, doch seinem Gestank sei Dank, kam sie ihm flugs wieder auf die Spur.

Er schlurfte im hinteren Teil des Ladens auf eine von einer einzigen Petroleumlampe erhellte Wand zu und bückte sich. Die Rauchwolke wirbelte näher heran und konnte nun in dem kleinen Lichtkegel erkennen, in welcher Reihenfolge er die dort befestigten Metallräder betätigte. Zum Schluss schob der Troll einen langen Messinghebel nach oben und aktivierte somit den Mechanismus. Kleine metallene Streben und Rädchen setzten

sich summend und ratternd in Bewegung. Sie begannen sich zu drehen und schoben sich ineinander, bis sie die Form eines Schmetterlings bildeten. Als der Nachttroll den Schmetterling drückte, schwang die Wand nach innen und gab den Geruch von Schmieröl und befeuerten gusseisernen Öfen frei.

Der Troll schlurfte durch die Öffnung und der Rauch folgte ihm ein paar Stufen hinunter in ein Kellergewölbe, das sich nach einigen Metern in einen breiten Tunnel öffnete. Hinter ihnen schwang die Wand wieder zu. Der Tunnel war feucht und wurde von vereinzelten Gaslampen erhellt. Nach einer Weile waren Geräusche wie von Dampfmaschinen und dem Hämmern auf Metall zu hören. Klong klong klong – zisch – klong klong klong – zisch.

Auch die Intensität des Geruchs nahm zu, wurde beinahe beißend. Aber eine Qualmwolke durfte sich darüber wohl nicht beschweren. Doch auch der Trollgeruch steigerte sich. Als der Geräuschpegel seinen Höhepunkt fand, passierten Nachttroll und Rauchschwade einen steinernen Torbogen und fanden sich inmitten einer riesigen Halle wieder.

Rauchwolkenmarie löste sich von den Fersen des Nachttrolls und schwang sich in die vernebelten Lüfte. Sie wurde eins mit den Rauchschwaden der Öfen und durchflog auf diese Weise unbemerkt die Halle. Es ging über versetzte Regale voller Werkzeug und Eisenteile hinweg, vorbei an von Ruß verschmierten Backsteinwänden, unter jeder Menge von Röhren und Streben hindurch und entlang dutzender Trolle. Bei ihnen handelte es sich im Vergleich zu dem Nachttroll allerdings um weitaus kleinere Exemplare, die im Grunde als besonders hässliche Menschen mit länglichen, muskelbepackten Armen und haarigen Rücken durchgehen konnten. Sie schlugen auf Eisen ein, schmolzen Metall, karrten die neu eingetroffene Fuhre weg, schraubten und schwitzten als gäbe es kein Morgen mehr. Doch eines stellte das alles in den Schatten. Eine gigantische Chimäre aus Luftschiff, Oktopus und Wehranlage, die sich inmitten der Halle mehrere Meter in die Höhe und Breite erstreckte.

»Bei Bismarcks Barte!«

Ein Stampfen erhob sich aus dem Inneren des Ungetüms und der Oktopusteil von ihm schien zu pulsieren. Elektrische

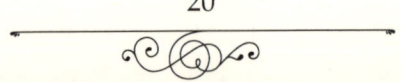

Impulse jagten über die Oberfläche und Funken stoben. Mehrere Läufe von Kanonen zielten in ihre Richtung. Allerdings schien es noch unvollständig zu sein. Teile der Außenverkleidung und mindestens ein mechanischer Tentakel fehlten offenkundig.

Ihnen blieb also noch Zeit zu handeln. Marie musste dringend zurück. Sie kämpfte sich durch die vor Hitze schwelende Luft wie durch eine brennende Wand aus Gummi, und als sie schließlich wieder ihre Feengestalt annahm, klebten ihr die Haare in Stirn und Nacken.

»Was?«, staunte Emmerich, als sie ihm alles auf dem Weg nach Hause berichtet hatte. »Die verwenden das ganze Eisen für so ein Kriegsdingsda und können keine Klinke ersetzen?«

Ungläubig starrte die Qualmfee Emmerich an. »Das ist es, was Sie beschäftigt? Im Ernst? Dieses Teil, was immer dieser Albtraum von einem Schrecken auch sein mag, könnte uns alle vernichten.«

»Möglich. Aber vielleicht handelt es sich auch um ein Geheimprojekt Bismarcks.«

»Trolle im Dienste des Reichskanzlers?«

»Zugegeben, eher unwahrscheinlich, aber immerhin möglich… Ich muss mir selbst ein Bild davon machen. Sehen, wer dahintersteckt.«

Marie nickte.

»Morgen gehen wir wieder hin, und dieses Mal werden wir vorbereitet sein.«

»Mit Verstärkung?«, fragte sie.

»Natürlich.«

Sie atmete auf. Dann hielt sie inne: »Wir sprechen hier doch von Soldaten, nicht wahr?«

»Soldaten? Wofür denn die? Ich dachte da mehr an ein Metallplättchen. Meinen Sie nicht, es würde selbst einem Nachttroll auffallen, wenn wir Soldaten in den Türrahmen klemmten?«

Marie seufzte. Sie würde wohl selbst ein paar Vorkehrungen treffen müssen.

Pünktlich um 22 Uhr des folgenden Abends fröstelten Qualmfee und Detektiv in der Friedemanngasse unweit der Eisentür mit dem Messing-Knauf.

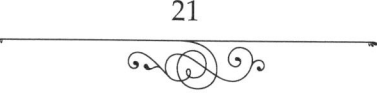

Fast eine Stunde lang standen sie sich in der Kälte die Beine in den Bauch, bis sie hörten, wie ein Schlüssel im Schloss herumgedreht wurde und die Tür sich öffnete. Ein Troll lugte heraus, grunzte und machte kehrt. Als sich seine Schritte entfernt hatten, hielt Emmerich auf die Tür zu. Das Poltern und Scheppern näherte sich bereits. Er beeilte sich, etwas im Türrahmen zu befestigen, und spurtete in Deckung. Da rumpelte auch schon der Nachttroll in Sicht.

»Hat es geklappt?«, fragte Marie leise.

»Es hält.«

Sie wurden Zeugen der gleichen Prozedur wie am Vorabend. »Sie sind also noch immer nicht fertig«, murmelte die Qualmfee.

Als der Nachttroll im Laden verschwand und die Tür hinter ihm ohne Klicken zufiel, wollte Marie sogleich hinterher.

»Noch nicht«, hielt Emmerich sie zurück, »Sie mögen sich in Luft auflösen können, meine Liebe, für mich gilt das allerdings nicht. Und wir wollen doch nicht entdeckt werden.«

»Richtig.« Marie blieb, wo sie war, begann jedoch, mit dem Fuß zu wippen. »Jetzt müsste er doch aber durch sein.«

»Wir warten.«

»Wie lange denn?«

»Sie haben doch gestern selbst gesehen, dass dieser Troll nicht der schnellste ist. Wir warten, bis er mit großer Wahrscheinlichkeit den Tunnel erreicht hat.«

»In Ordnung.« Sie warf der Tür einen finsteren Blick zu, sog die Unterlippe ein und wiegte ihren Körper vor und zurück.

Nach ein paar Minuten des Schweigens, die Marie wie eine halbe Ewigkeit vorkamen, gab Emmerich ihr ein Zeichen und sie näherten sich der Tür. Emmerich konnte sie am Messing-Knauf packen und einfach aufziehen. Das Plättchen hatte, wie erhofft, das Einrasten verhindert. Er ließ Marie den Vortritt, entfernte das Plättchen und verstaute es in einer Tasche seines Gehrocks.

Marie war bereits vorausgeeilt. Als er wieder zu ihr stieß, betätigte sie soeben die Rädchen, gefolgt von dem Hebel. Die Teile fügten sich zum Schmetterling zusammen und sie drückte ihn.

Die Qualmfee war schon die Stufen hinabgeeilt, als sie merkte, dass Emmerich nicht da war. Als sie zurückblickte, betasteten seine Hände ausgiebig den Mechanismus. Der

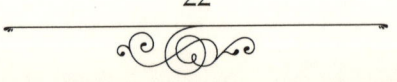

Spazierstock lehnte neben ihm an der Wand. »Einzigartig. Außergewöhnlich… genial«, murmelte er.

»Das darf doch nicht wahr sein.« Marie ballte die Hände zu Fäusten. »Nur die Ruhe.« Sie atmete tief durch, stieg die Stufen wieder hoch und zupfte Emmerich am Ärmel. »Kommen Sie endlich, uns läuft die Zeit davon. Das sind sonst Ihre Worte.«

»Aber diese Technik …«

»Dann warten Sie erst mal, bis Sie die Maschine da unten sehen.«

»Sie haben Recht.« Er griff nach seinem Stock und folgte ihr den Weg entlang bis zur großen Halle. Wieder wurde es laut und die Luft stickig.

»Warten Sie kurz.« Marie verwandelte sich in Rauch und schwebte um die Ecke. In Feengestalt kehrte sie zurück und winkte ihn herbei. »Schnell, hier entlang.«

Er rannte in die Halle und folgte ihr hinter ein überfülltes Regal. Sie duckten sich dahinter und sahen durch die Schlitze.

»Sie haben nicht übertrieben.«

»Ich weiß. Was machen wir jetzt?«

»Wir hocken hinter einem Regal und gucken.«

»Das weiß ich.«

»Gut. Es hätte mir auch zu denken gegeben, wenn nicht.«

»Ich meine, was sollen wir jetzt machen?«

»Da, sehen Sie nur! Wir müssen näher da ran.« Er zeigte auf den Nachttroll, der soeben an die Seite eines hochgeschossenen, hageren Mannes mit Spitzbart trat.

Marie nickte. »Folgen Sie mir.«

So huschten sie von Regal zu Regal, immer auf der Hut, den Trollen nicht in die Arme zu laufen. Kurz vor dem letzten Regal, das in Hörweite des Nachttrolles und des mutmaßlichen Chefs stand, hörte Marie hinter sich etwas laut scheppernd zu Boden fallen. Blitzschnell wurde sie zu Rauch.

»He da! Was ist das? Ist da jemand?«, rief der Mann mit französischem Akzent. »Seht nach!«

Aus der Luft musste Marie mit ansehen, wie haarige Trollhände Emmerich ergriffen und dem Mann mit dem Akzent vorführten. Es war Zeit, auf ihre Vorkehrungen zurückzugreifen. »Er ist tollpatschig, aber nicht dumm. Erasmus wird das schon schaffen. Er ist der intelligenteste Mann, den

ich kenne«, versuchte sie sich zu beruhigen, als sie Emmerich seinem Schicksal überließ und aus der Halle floh.

Fast hatten sie das Regal erreicht, von dem aus sie dem Gespräch des hageren Mannes mit dem Nachttroll mühelos lauschen konnten, da verfing sich Emmerich mit dem Stock an einer überstehenden Zange und geriet ins Stolpern. Automatisch griff er auf der Suche nach Halt ins Regal und sämtliche Teile, die sich darin befanden, fielen scheppernd zu Boden.

»Beim Barte Bismarcks«, fluchte Emmerich, als ihn schon starke, schwielige Hände an den Schultern ergriffen und auf den Spitzbart zustießen. »Ich möchte doch bitten, Sie zerknittern meine Kleidung. Lassen Sie los! Wir können das wie Ehrenmänner lösen.«

»So so, wen haben wir denn da?« fragte der Mann mit dem Akzent und einer goldenen Apparatur vor dem rechten Auge. »Was führt einen gebildeten Mann, wie Sie es zweifelsohne sind, hier herunter in meine Hölle? Antworten Sie nicht! Es ist die Kriegsmaschine, ist es nicht so? Wie haben Sie von der Sache Wind bekommen?«

Der Augapfel in der Apparatur begann hin und her zu surren, woraufhin der Mann an ein Schräubchen griff und daran drehte, bis das Auge ruhighielt und starr auf Emmerich blickte. Er dreht noch einmal daran und es bewegte sich wieder synchron zu dem gesunden.

»Also?«

»Mein Name ist Erasmus Emmerich und ich begehre eine simple Auskunft.«

Der Mann blickte ihn erstaunt an. »Sie sind nicht in der Position, irgendwelche Begehren äußern zu können, werter Mann, aber weil Sie mit Ihrer standhaften Höflichkeit meine Neugierde erweckt haben, bin ich bereit, sie Ihnen möglicherweise zu erteilen. Als letzten Wunsch quasi. Aber wo bleiben meine Manieren? Ich habe mich selber gar nicht vorgestellt, ich bin Anatole Villard, halb Mensch und halb Alb.« Er bleckte die Zähne zu einem Grinsen.

Emmerich lief bei dem Anblick ein Schauder über den Rücken, doch er ließ es sich nicht anmerken. Stattdessen besann er sich

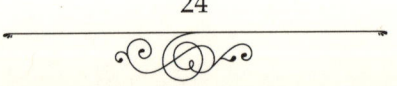

auf eine Antwort: »Lassen Sie mich mal sehen; die eine Hälfte Franzose, plus die andere, wie war das noch gleich?«

»Alb.«

»Genau, also halb und halb macht ihm Ganzen einen ausgewachsenen Albtraum Bismarcks.«

Villard lachte rasselnd. »Das gefällt mir, trifft auf amüsante Weise ins Schwarze. Sehen Sie, unter anderen Umständen, ich meine, wären Sie nicht mein Gefangener, was Sie nun mal leider sind, würden wir uns sicher blendend verstehen. Ihre Frage!«

»Warum haben Sie den eisernen Knauf der Ladentür durch einen Messing-Türknauf ersetzt?«

»Wirklich?« Villards Augenapparat summte und seine Hand drehte an einer weiteren Schraube. »Das ist Ihre Frage?«

»In der Tat. Das ist sie.«

»Und Sie wollen gar nichts zu meiner Kriegsmaschine wissen? Erstaunlich.« Für einen Moment schien er tatsächlich verblüfft. Doch diese Verblüffung wich schnell wieder seinem unheimlichen Grinsen, und mit einem Mal wusste Emmerich auch, was ihm daran so missfiel. Zu viele Zähne. Dieser Halbalb, Ganzalbtraum, musste an die 60 davon haben. Deshalb dieses verzerrte, zu breite Grinsen, das er zur Schau trug.

»Wie Sie wollen«, fuhr Villard fort. »Dieser Nachttrottel hier zermalmt einfach alles unter seinen Pranken zu Staub, so auch den eisernen Griff der Tür, als er sie öffnen wollte. Und da Sie ja unweigerlich gesehen haben, dass wir Eisen hier zu einem anderen, übergeordneten Zweck benötigen, griffen wir auf Messing zurück. Solange die Tür offen bleibt, ist das kein Problem. Glücklicherweise ließ ich den Schmetterling aus Trollstahl fertigen. So, wenn das Ihre Frage beantwortet, ich habe ein Reich zu zerschlagen und dafür muss mein Kriegsschätzchen hier fertig werden.« Sein Lächeln verschwand und er wandte sich an die Trolle: »Schafft den Trottel fort!«

Rauch drang durch die Sicherheitsumzäunung auf das Grundstück und wehte zum Hintereingang des mehrstöckigen Anwesens. Er löste sich auf, und Marie trat vor. Auf ihr Klopfen hin hörte sie Schritte herbeipoltern und sich der Tür nähern.

»Es ist soweit«, sagte sie.

»Meine Truppen stehen bereit.«

Generalfeldmarschall Moltke trat an ihr vorbei ins Freie.

»Sie haben Emmerich.«

Er schaute sie an.

»Wir holen ihn da raus«, versicherte er und strich ihr über die Wange. »Führe die Soldaten hin, ich informiere den Fürsten.«

Den gesamten Weg zur Friedemanngasse zurück schärfte Marie den bewaffneten Soldaten ein, dass sie Erasmus lebendig bergen sollten. Dass es hier nicht nur um eine Verhaftung ging, sondern ebenfalls darum, einen Helden zu befreien, der bei seinem Versuch, das Deutsche Reich vor einem ungeheuerlichen Anschlag zu bewahren, selbst in die Klauen der Bestie geraten war. Der stellvertretene Befehlshaber nickte, und sie eilten weiter.

An der Eisentür angelangt, brachen sie mit ihrer Maschinerie hindurch, als wäre sie aus morschem Holz. Marie betätigte zum zweiten Mal in dieser Nacht den Schmetterlingsmechanismus, und die Truppen stürmten in das Gewölbe.

»Einen Moment, bitte!«

Villard gebot den Trollen, zu halten. »Sie wollen also doch mehr?«

»Es ist nur …«

»Was? Ein Weilchen war es ja amüsant, aber nun beginnen Sie, meine Zeit zu stehlen, Herr Emmerich.«

»Na, wenn das so ist … dann ist nichts. Ich dachte nur …«

»Was dachten Sie nur … alors dites! Sprechen Sie schon, oder ich befehle, Sie augenblicklich in einen der Öfen … Was im Himmel, mon Dieu, geht da vor sich? Was ist das für ein Lärm und Getöse?«

»Darauf wollte ich hinaus«, hakte Emmerich ein. »Man ist durch die Tür gebrochen. Es hat einen Knall gegeben, als wäre sie gesprengt worden.«

»Wie?« Villard wurde unruhig. »Warum sagt mir das keiner? Egal wer da kommt, schnappt Sie euch!«

»Ich auch?«, fragte Emmerich.

»SIE halten jetzt Ihre Klap-«

Doch der Schwarm Soldaten, der sich in dem Augenblick in die Halle ergoss und sich seinen Weg durch die Horden heranströmender Trolle bahnte, ließ ihn verstummen. Metall klirrte auf Metall und es ertönten Schüsse.

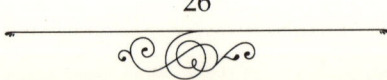

Emmerichs Wärter hatten ihn losgelassen, um ihren Artgenossen zu Hilfe zu eilen. Doch wo war Villard? Emmerich rannte durch die verrauchte Halle in Richtung der Kriegsmaschine und sah gerade noch, wie Villard sie umrundete und im Inneren verschwand. Er setzte ihm nach.

»Erasmus! Erasmus! Wo stecken Sie?« Dampfwolke Marie glitt durch die Halle und rief aus Leibeskräften. In ihrer Stimme lag Verzweiflung. Um sie herum wurde gefeuert und geschrien. Es hatte bereits Verwundete und Tote gegeben. Einige Trolle waren verhaftet. Die übrigen Soldaten mühten sich mit dem Nachttroll ab. Doch wo steckte der Spitzbart, und wichtiger noch, wo war Erasmus? Sie flog auf den Kriegsschiff-Oktopus zu und erblickte gerade noch den Zipfel eines wehenden Gehrocks, bevor er im Bauch des Ungeheuers verschwand.

Marie löste sich auf. Einen Wimpernschlag später materialisierte sie sich vor der Tür und hörte Emmerichs Stimme: »Nehmen Sie Vernunft an, tun Sie es nicht! Das tut mir jetzt außerordentlich leid.« Ein Geräusch wie von einem dumpfen Schlag folgte, und Maries Knie wurden weich. Sie schluckte, griff nach dem Türrahmen und zog sich hinein. Sie stand im Mittelteil des Monstrums, und zu beiden Seiten gingen Türen ab. Das Geräusch war von rechts gekommen. Sie rannte los, riss die Tür auf und erstarrte. Jemand lag am Boden und Blut lief seine Schläfe entlang. Sie schlug die Hand vor den Mund. Etwas Metallenes glänzte an seinem Auge.

Auf seinen Spazierstock gestützt und leicht keuchend stand Erasmus Emmerich über den bewusstlosen Mann gebeugt, als er Marie erblickte.

»Marie, es ist nicht so, wie Sie …« Er zuckte die Schultern. »Entschuldigen Sie, da sind wohl die Pferde mit mir durchgegangen.« Er sah sie verlegen an.

Sie stieg über den Mann am Boden hinweg. »Ich dachte, Sie wären …« Sie schüttelte den Kopf. »Nein, das war absolut großartig. Sie waren großartig.«

Emmerich lächelte und seine Ohren färbten sich rosa. Er straffte die Schultern, tat, als klopfe er Staub von seinem

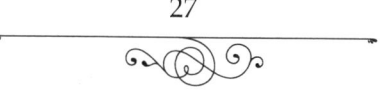

Gehrock, und bot Marie den Arm. Bevor er aus der Chimäre trat, zögerte er. »Die Trolle?«

»Sollten mittlerweile alle außer Gefecht sein.«

Er nickte und trat mit ihr in die Halle. Einige Soldaten stürmten auf sie zu.

»Da drinnen«, erklärte Marie und deutete auf das Monstrum.

»Anatole Villard liegt im Kontrollraum«, ergänzte Emmerich. »Er ist der Verantwortliche hinter dem Verbrechen und hat sich, wie es scheint, den Kopf gestoßen.«

Marie musste lachen und wandte sich ab.

Einige der Soldaten begaben sich ins Innere, um den Schurken in diesem günstigen Moment festzunehmen. Zwei andere traten auf Emmerich zu und salutierten.

»Wir möchten uns für Ihre Dienste zum Wohle Berlins und des gesamten Deutschen Reiches bedanken.«

»Hört, hört, so ist es recht. Endlich wird mir die Ehre zuteil, die mir gebührt. Es handelte sich hierbei aber auch um eine besonders abscheuliche Tat.«

»So ist es!«, stimmten sie ihm zu. »Dass Sie tatsächlich Ihr Leben für die Verhinderung des Anschlags auf das Deut-«

Marie unterbrach sie schnell. »Schon gut. Das reicht dann auch jetzt. Vielen Dank.«

Sie bugsierte Emmerich außer Hörweite und die Soldaten gingen wieder daran, das Eisen zu beschlagnahmen und die Trolle abzuführen.

»Endlich hat man den wahren Wert meiner Dienste erkannt. Sehen Sie, Marie, diese Herren wussten genau, was ein Messing-Türknauf für das Deutsche Reich bedeutet. Nur, was soll mit meinem Leben und einem Anschlag sein?«

»Äh, das war nur … das war nichts«, beeilte sie sich zu versichern. »Sie wollten Ihnen nur mitteilen, dass sie sofort den Austausch des Messing-Knaufs durch einen aus Eisen veranlassen werden, sobald sie hier fertig sind.«

»Ach so, hmm, ja, ausgezeichnet, sehr vernünftig. Auch wenn es für mich eher danach klang, als ob … Marie! Sie haben doch nicht etwa …?«

»Gar nichts habe ich.« Sie schenkte ihm einen ihrer finsteren Blicke und stapfte lächelnd von dannen.

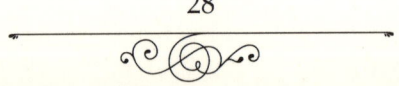

Am nächsten Morgen unternahm Emmerich zur Feier seines gelösten Falls einen ausgiebigen Spaziergang. Schließlich hatte er quasi im Alleingang den Fall des Messing-Türknaufs aufgeklärt und nebenbei noch – auch wenn das in Anbetracht des guten Knauffall-Ausgangs keinen interessierte – für die Verhaftung eines französischen Alb-Attentäters und seiner Bande krimineller Trolle gesorgt. Nicht zu vergessen, das viele Eisen, das wegen seiner unermüdlichen Scharfsinnigkeit konfisziert werden konnte. Gut, aufgrund des Kampfes klebte an großen Teilen des Eisens Blut, aber Bismarck würde schon Verwendung dafür finden. Schließlich war es ja auch nicht Emmerichs Schuld. Er hatte jedenfalls nicht geschossen, das waren diese Rüpel von Soldaten gewesen. Aber zumindest einige von ihnen hatten die Manieren gehabt, ihm zu danken, das musste er ihnen zugestehen.

Als er den neuen Eisenknauf an dem leeren Laden begutachtete, trat ein Lächeln auf sein Gesicht, und beschwingten Schrittes stolzierte er die Friedemanngasse entlang. Sein Spazierstock klackte auf den Steinen und das Geräusch hallte von den Häuserwänden wider.

Einige Gassen weiter verdichtete sich neben ihm eine Rauchsäule. Emmerich nahm die Taschenuhr aus seiner Weste: »Pünktlich auf die Sekunde.«

Die Qualmfee hakte sich bei ihm unter, sie setzten den Spaziergang fort, und blieben erst wieder stehen, als sich das Gassengewirr zu einem großen Platz hin öffnete.

In der Ferne sahen sie einen Mann mit Schnauzbart. Emmerich hob grüßend den Stock, und zum ersten Mal schien es sogar, als nickte der Fürst zurück.

»Eingesperrt«, brachte Sarah tonlos hervor, »in einer Bleikammer!«

»Mein Plan verlief nicht direkt wie zu erwarten«, meinte Archibald Leach und klopfte an die Bleiplatten der schweren Zellentür.

Sie betätigte einen verborgenen Riegel in ihrer Handprothese und brachte ein Geheimfach mit Dietrichen und Metallstiften zum Vorschein.

»Dieses Schloss wird Zeit brauchen«, sagte sie und führte den ersten Stift ein.

»Erinnert mich an diese Geschichte, die Marie mal von diesem Bleimännchen berichtet hat.«

»Ich dachte, es wäre ein Zinnsoldat gewesen?«, fragte sie, ohne mit der Arbeit aufzuhören.

»Die Details habe ich nicht mehr so im Kopf.«

»Wäre aber hilfreich, denn die Einzelheiten der Geschichte könnten bei unserer aktuellen Misere nützlich sein.«

»Ich werde versuchen, Ihnen die Begebenheiten möglichst genau zu schildern. Also, da war ...«

ERASMUS EMMERICH

UND DER ZINNOBERROTE ZINNSOLDAT

Erstmals erscheinen 2015 in der Anthologie »Die dunkelbunten Farben des Steampunk«.

Eine in Braun gekleidete, hochgewachsene Gestalt mit Spazierstock und Zylinder huschte dicht gefolgt von einem grauen Schatten durch die Gassen eines abgelegenen Berliner Außenbezirks. Durch Schulterblicke darauf bedacht, dass es bei dem einzelnen Verfolger blieb, schlüpfte die Gestalt schließlich um eine Umgrenzungsmauer geradewegs in den Vorhof der altherrschaftlichen Villa Kupferstich, wo sie besagter Schatten einholte.

»Hetzen Sie doch nicht so!«

»Wenn ich Sie daran erinnern darf, es handelte sich um ein *Eiltelegramm.*«

Der Schatten, der bei näherer Betrachtung eher einer Rauchwolke in Form einer jungen Frau glich, schnaubte. Ihr Blick fiel auf das barocke Anwesen, das sich mit seinem Mansarddach in den grauen Herbsthimmel emporreckte.

»Bei Bismarcks Barte!«

»Wie bitte?«, erkundigte sich die behütete Gestalt, die zu einem Mann mittleren Alters gehörte. »Ach so, das Haus, ja. Nett.«

Er betätigte den Türklopfer, während er an dem Knauf zu rütteln begann, um nach kurzem Zögern mit seinem Spazierstock gegen die Tür zu hämmern.

»Nett«, die Rauchdame schüttelte den Kopf. »Nett!«

Der Mann trat einen Schritt zurück und sah die vergitterten Fensterreihen entlang, die sich zu beiden Seiten der Tür erstreckten. »Na ja, übertreiben Sie mal nicht. So nett nun auch wieder nicht.«

Sie seufzte. »Warum schickt Ihnen Ihr alter Studienkollege ein Eiltelegramm mit der Bitte, ihn sofort in seiner Villa aufzusuchen, wenn er uns dann nicht öffnet?«

31

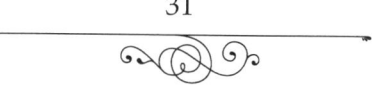

Der Mann musterte die wabernde weibliche Rauchwolke, die nun in ihre feste körperliche Form wechselte. »In Ihrer menschlichen Gestalt sind Sie viel weniger verschwommen, Marie. Sonst zerfließen Ihre Formen immer so, dass einem ganz schummrig dabei wird.«

Sie warf ihm einen düsteren Blick zu. »Menschlich? Pah! Sie meinen meine feeische Gestalt.«

»Die sich von der eines Menschen worin unterscheidet? Genau, in absolut gar nichts.«

»Schon. Ich bin viel bezaubernder.«

Emmerich blinzelte. »Sagen wir einfach, Sie haben gewonnen.«

Als Marie zu einer Erwiderung ansetzte, winkte er ab, wodurch sich die Qualmfee jedoch keineswegs das Wort abschneiden ließ. Stattdessen reckte sie die Nase in die Luft. »Natürlich gewinne ich… Moment. Sie geben nie einfach so auf.« Sie nickte zur Tür. »Also, warum macht Ihr Freund uns nicht auf?«

Emmerich rüttelte erneut am Türklopfer. »Vielleicht habe ich das Telegramm ja nicht sofort gesehen«, nuschelte er.

Marie machte ihrer Paradedisziplin alle Ehre, indem sie ihn finster anstarrte. Schon wieder. Hatte er das verdient? Möglicherweise ja, aber Emmerich entschied sich dagegen.

»Jetzt schauen Sie nicht so. Ich war eben beschäftigt.«

Marie fixierte ihn weiterhin. Dann atmete sie tief durch und schritt auf Emmerich zu. »Sie und Ihre Erfindungen.«

Emmerich verzog die Lippen auf eine Weise, als würde er schmollen, aber Marie war sich sicher, dass er nicht einmal wusste, wie das ging.

»Wir mögen zwar mit minimaler Verspätung …«

»Minimal?«, hakte Marie nach.

»Na schön mit leichter …«

Sie sah ihn immer noch streng an. Dann musste er wohl seinen Ehrenmann stehen. Er rang die Hände.

»Fein, wir sind also mit ziemlich heftiger Verspätung hier eingetroffen, aber das erklärt noch nicht, warum er nicht öffnet.«

Maries Konturen verschwammen, als sie dazu ansetzte, sich in Rauch aufzulösen. Doch bevor sie die Wandlung vollzogen hatte, hielt Emmerich sie am Arm zurück.

»Heute nicht, Qualmfee.«

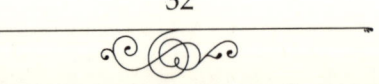

»Aber …«

»Er wird abgeschlossen haben. Da können Sie eh nichts tun. Ich dagegen schon.«

»Ach ja, und was? Wollen Sie die Tür eintreten?«

»Ich denke, es gäbe da eine elegantere Methode, uns Einlass zu verschaffen.«

»Sprengen?«

»Seien Sie nicht albern, Marie. Ich sprach doch eindeutig von *eleganter*, nicht noch rabiater. Ihr Soldatenfreund mag das vielleicht so handhaben, aber …«

»Jetzt unterbreiten Sie schon endlich Ihren Vorschlag. Und nur zu Ihrer Information, Moltke ist Generalfeldmarschall, kein Soldat, und außerdem ist er nicht mein Freund.«

Emmerich zuckte die Achseln und kramte in der Tasche seines dunkelbraunen Gehrocks. Marie warf unterdessen einen Blick auf die peitschenden Zweige der Eichen, die die Außenmauer säumten, schlug ihren Mantelkragen hoch und begann die Fensterreihe entlangzuschreiten. Ihre klackernden Schritte hallten von der düsteren Fassade in den Vorhof zurück. Sie kaute auf ihrer eingesogenen Unterlippe herum und lauschte auf das Krächzen der Krähen, die tief fliegend ihre Kreise über dem Anwesen zogen.

»Könnten Sie das bitte lassen, Marie? Es macht mich ganz nervös. Außerdem bekommt diese Stimmung Ihrer Frisur nicht.«

Marie sah dem Dampfschwaden nach, der sich aus ihrem Haar kräuselte, während Emmerich unbeirrt fortfuhr.

»Es wird noch jemand Alarm schlagen, weil er denkt, es brennt, und wir wollen doch keine Aufmerksamkeit auf uns ziehen.«

»Ach, nicht? Ist unser Einbruchsunterfangen etwa nicht legal?« Sie stemmte eine Hand in die Hüfte, als ein weiterer Rauchfaden die Reise himmelwärts antrat, und sie den verengten Augen ihres Gefährten begegnete. »Gut, ich habe auch keine Lust, verhaftet zu werden. Vielleicht könnten Sie Ihre Taschen also einfach etwas schneller durchsuchen. Dieses Geraschel macht nämlich mich ganz nervös.«

»Halten Sie mal meinen Spazierstock.«

Marie fing den Stock ab, der bereits auf sie zuflog, und begann, ihn um ihren Körper kreisen zu lassen, immer wieder

auf imaginäre Gegner einschlagend.

»Aaaaah, da haben wir sie ja, mein Schmuckstück.«

Emmerich holte strahlend einen kleinen mechanischen Gegenstand aus seiner Tasche hervor, sah auf und seufzte.

»Qualmfee, könnten wir uns wieder auf unsere Arbeit konzentrieren, oder brauchen Sie noch länger für Ihre Kindereien?«

»Kindereien?«

»Tsch-sch, gönnen Sie Ihrer Rauchmaschine von einem Haarschopf mal Ruhe, und schauen Sie her. Meine neueste Erfindung.«

Trotz ihres Blicks, der sich zeitgleich mit dem Aufstieg des nächsten Dampfschwadens verdüsterte, kam Marie näher. Emmerich hielt ihr derweil ein winziges, silbrig schimmerndes Insekt auf der ausgestreckten Hand entgegen.

»Meine mechanische Libelle«, frohlockte er, und seine Stimme bebte vor Stolz. Er zog das mechanische Tierchen auf und setzte es an das Schloss der Haustür. Die feinen Beine hakten sich ringsherum ein und dann … geschah eine Weile nichts.

Marie musste sich bereits ein Augenrollen verkneifen, als sie bemerkte, wie Bewegung in die Libelle kam. Der winzige Körper erzitterte, die Flügel begannen zu surren und zwei Beine lösten sich aus der Verkleidung, um direkt darauf im Schlüsselloch zu verschwinden. Jetzt passiert es, gleich wird sie explodieren, dachte Marie und zog sich vorsorglich ein Stück zurück. Die Libelle surrte weiter, wobei ihr Leib immer heftiger vibrierte. Jetzt! Jetzt! Die Vibration dauerte an, bis ein leises Klicken ertönte, die zwei Beine aus dem Schloss hervorgezogen wurden, und die Mechanik wieder erstarrte. Doch nicht?

Marie sah zu Emmerich. Der lächelte, griff nach der Libelle, löste sie beinahe zärtlich vom Türschloss und strich ihr über die Flügel, um sie anschließend wieder in eine seiner Taschen wandern zu lassen. Er winkte Marie energisch zu, und sie folgte der unausgesprochenen Forderung nach seinem Spazierstock widerspruchslos. Eine von Erasmus Emmerichs Erfindungen hatte tatsächlich funktioniert. Und offensichtlich auch genauso wie beabsichtigt. Ganz ohne jemanden dabei umzubringen. Der Schock saß tief.

Ihre Kommentarlosigkeit entging selbst dem großartigen Privatdetektiv im inoffiziellen Dienst des Fürsten von Bismarck

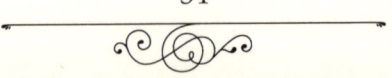

nicht und entlockte ihm ein schelmisches Grinsen.

»Da schauen Sie, was? Ich wollte einfach nicht wieder in die Bedrängnis geraten, Sie allein in Gefahr und Abenteuer stürzen zu lassen.« Emmerich drehte am Knauf, stieß die Tür auf und trat beiseite. »Nach Ihnen, meine Gnädigste.«

Emmerich ließ ihr den Vortritt, nur um sie, kaum dass Marie über die Schwelle der Villa Kupferstich getreten war, auf Hüfthöhe zu umfassen und gegen die Wand neben der Tür zu drücken. Seinen Körper vor ihrem aufbauend, kam er ihr dabei so nahe, dass es Marie den Atem verschlug, wohingegen sie seinen umso deutlicher spüren konnte.

»Wa-was ist Ihr Freund eigentlich von Beruf?«, fragte sie.

»Maler«, antwortete Emmerich.

»Bismarck sei Dank.«

Doch gerade, als sie erleichtert aufatmen wollte, ließ sie ein ohrenbetäubender Knall zusammenzucken. Beißender Rauch stieg auf, und dieses Mal ging er nicht von ihr aus. Emmerich trat einen Schritt zurück. »Und Erfinder.«

Er grinste, hörte aber sofort wieder auf, als er Maries Blick bemerkte.

»Verzeihung, ich hätte wohl daran denken müssen. Mein junger Kollege hatte schon immer eine Vorliebe für kleine Spielereien, um Fremde abzuhalten. Gut, dass ich das leise Knacken sofort erkannt habe. Fridolins Tretmine nach Art des Hauses. Er scheint sie verbessert zu haben, viel lauter als früher«, erklärte er, und Marie sah das Funkeln der Begeisterung in seinen Augen.

»Na, das ist ja ein netter Empfang.«

»Nicht wahr? Ich würde sagen, wir sind quitt«, folgerte Emmerich und begann, mit schwingendem Stock den Flur entlang zu staksen, ungeschickt das Gewicht von einem auf den anderen Fuß verlagernd.

»Quitt?«

»Also, ich habe Ihnen soeben den dritten Tod erspart, das muss doch meine Beteiligung an Ihrem zweiten aufwiegen. Ohne mein Zutun wären Sie schon wieder gestorben.«

Eine dichte Rauchfahne kräuselte sich von Maries Haar, doch sie erstickte sie mit der Hand und schwieg.

»Und nun finden wir mal heraus, was hier nicht stimmt. Dabei

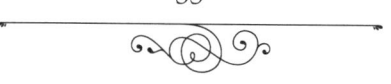

gilt von jetzt an höchste Vorsicht.«

Marie nickte.

»Vor allem, solange Sie dabei sind.«

Sie stieß die Tür zu und folgte Emmerich den Gang entlang. Worauf hatte sie sich da nur wieder eingelassen?

* * *

Ihre Schritte klangen dumpf auf dem Teppich, mit dem der lange Flur ausgelegt war. Marie lief leicht versetzt hinter Emmerich und achtete auf jedes noch so kleine Geräusch. Doch bis auf das gedämpfte Knarzen der Dielen unter dem Läufer war nichts zu hören. Durch die vergitterten Fenster sah Marie die Krähen, aber kein Laut von außerhalb drang zu ihnen herein.

»So still«, flüsterte sie, als ein scharfes Zischen die Luft durchschnitt. Sie hörte Emmerich fluchen und duckte sich gerade rechtzeitig, um der Klinge zu entgehen, die aus der einen Wand heraus durch den Flur schwang und in einem sich klickend öffnenden Spalt auf der anderen Seite wieder verschwand.

»Verzeihung. Das Quittsein ist dann wohl passé.«

Marie strich sich eine Strähne hinters Ohr und schloss zu ihm auf. »Ich lebe ja noch. Nicht weniger als vorher zumindest.«

Emmerich blieb vor einer Tür stehen und deutete auf den Lichtstrahl, der unter ihr hindurchfiel. Marie nickte, während er die Finger auf die kühle Klinke legte und sie herunterdrückte. Mit einem Ruck stieß er die Tür auf und ging in Deckung. Marie tat es ihm gleich. Als sie nach ein paar Sekunden jedoch noch immer kein Geräusch vernahm, schaute sie um die Ecke und trat ein.

Sie drehte sich mehrfach um die eigene Achse, während sie versuchte, jedes Detail in sich aufzusaugen. Bücherregale säumten sämtliche Wände und es roch nach Staub, altem Papier und Leder. Fenster gab es keine, doch vereinzelte Gaslampen hinter getöntem Glas spendeten warmes Licht. Auch dieses Zimmer war mit einem dicken, weichen Teppich ausgelegt, auf dem ihre Sohlen federten. Von einem kantigen Schreibtisch wanderte ihr Blick über einen einsamen Sessel zu sich auftürmenden Bücherstapeln und blieb schließlich an einem kleinen Pult hängen, auf dem ein einziges, in Leder gebundenes Buch

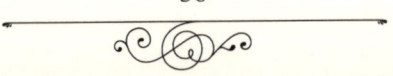

lag. Neben dem Buch hatte sich eine Lache gebildet.

Marie trat näher. »Das Buch blutet ja.«

Emmerich sah von einer Zeitung auf, die er soeben aufgelesen hatte und blickte über ihre Schulter. »In Pink?« Er warf die Zeitung einfach hinter sich. »Sieht mir mehr aus wie Himbeermarmelade.«

»Um genau zu sein, ist es wohl eher Zinnober.«

Emmerich hob eine Augenbraue.

»Der Farbton. Zinnoberrot. So wie … die Buchstaben-Applikationen auf meinem Korsett.«

Marie öffnete ihren Mantel, und Emmerich sah flüchtig an ihr hinab.

»Sie meinen, wie diese einmal gewesen sind. Vor all dem Ruß und Qualm.«

Marie schenkte ihm einen weiteren ihrer finsteren Blicke. »Dank Ihnen und dem verfluchten Experime-«

»Oh, bitte, nicht schon wieder«, unterbrach Emmerich sie und nahm einen tiefen Atemzug. »Machen Sie sich einfach nichts draus. Das neue Farbspektrum steht Ihnen sowieso viel besser.« Er begann ein Regal zu untersuchen, riss in seinem Monolog aber nicht ab. »Dieses strahlend bunte Grau lässt Ihre Augen erst so richtig zur … oh, hoppla.«

Und mit einem Rumpeln entschwand Emmerich aus Maries Blickfeld, als das Regal eine 180-Grad-Wendung vollzog. Sie rannte zu der Stelle, an der er soeben noch gestanden hatte, und vernahm einen dumpfen Ton durch die Wand.

»Erasmus? Sind Sie ok?«

»Sind Sie das, Marie?«

»Wer denn sonst?«

»Fridolin zum Beispiel.«

»Meinen Sie nicht, Sie hätten das an der Stimme erkannt?«

»Schon möglich, aber …«

»*Ich bin Marie.*«

»Gut.«

Erleichtert trat sie einen Schritt zurück und stieß dabei gegen das Bücherpult.

»Ich sehe mich hier mal um, sofern Sie auch ok sind?«, drang Emmerichs gedämpfte Stimme durch die Wand.

»Natürlich«, rief sie und murmelte an sich selbst gewandt: »Schließlich bin ich hier nicht diejenige, die durch ein bewegliches Regal entschwunden ist.«

Marie betrachtete das blutende Buch eingehender und legte schließlich ihre Hände auf den Umschlag.

»Ach, und Marie?«

»Ja?«

»Fassen Sie um Himmelswillen nichts an!«

Sie zog sofort die Hände vom Buch zurück, das sie bereits aufgeschlagen hatte. »Das müssen Sie gerade sagen.«

Trotzdem blickte sie schuldbewusst zur Wand. Dann trat ein Schmunzeln in ihr Gesicht, bevor ein leiser, blecherner Schrei sie zusammenfahren ließ. Erasmus? Nein, das konnte nicht sein, der Schrei musste hier aus dem Zimmer gekommen sein. Emmerich hatte ihn seiner ausbleibenden Reaktion zufolge nicht einmal gehört. Und das sollte besser auch so bleiben, entschied Marie. Sie senkte ihre Stimme. »Wer ist da?«

Erst jetzt fiel ihr auf, dass der gesamte Text auf den zufällig aufgeschlagenen Seiten verfärbt war. Der Zinnsoldat, lautete der Titel, und die Geschichte leuchtete in derselben zinnoberroten Tönung wie die Lache daneben. An den Seitenrändern fanden sich verwischte Spuren derselben Farbe, als hätte etwas versucht, aus dem Buch herauszuklettern. Aber das konnte unmöglich sein. Oder doch?

Von der geruchlosen Lache ließ Marie ihren Blick das Pult hinabgleiten. Einzelne zinnoberrote Tropfen traten gestochen scharf auf dem Teppichboden hervor. Und da. Kleine Fußabdrücke führten vom Pult fort. Marie folgte der Spur aus Zinnoberrot bis hinter den Schreibtisch und beugte sich dort hinab, wo sie endeten.

»Oh nein«, vernahm sie die blecherne, piepsige Stimme erneut, konnte aber ein Kichern nicht unterdrücken, als sie deren Besitzer ansichtig wurde. Ein kleiner, zinnoberroter Zinnsoldat hockte auf allen Vieren auf dem Teppich unter der Schreibtischkante, sprach, – oder jammerte vielmehr – und klapperte dabei mit den Zähnen. Anstelle eines Helms trug er ein halbiertes Tee-Ei auf dem Kopf, ein verbogenes Bajonett hing von seinem Gürtel, und Marie schaute ihm geradewegs auf das zinnoberrote Hinterteil.

Der Zinnsoldat fuhr zu ihr herum.

»Wah! Findest es wohl lustig, mich zu erschreck- … ich meine zu überraschen.« Er stand auf und warf sich in die Brust. »Aber da ist überhaupt nichts Lustiges dran!«

Ein Rauschen ging durch die Bibliothek. Der Zinnsoldat quiekte und rannte um Marie herum, wo er hinter ihrem Bein in Deckung ging. Seine Zähne nahmen das Klappern wieder auf. »Sieh doch nur!«

Er schob seinen Kopf so weit zur Seite, dass das halbe Tee-Ei und seine Augen geradeso hinter ihrem Absatz hervorlugten, und deutete dann auf die Tür. Marie richtete sich auf.

»D-d-der Geist, du hast ihn befreit.«

Seine Augen leuchteten vorwurfsvoll, und Marie konnte gerade noch erkennen, wie eine zinnoberrote Gaswolke zur offenen Tür hinausschwebte.

* * *

Während Emmerich mit Maries Stimme hinter dem Regal kommunizierte, versuchte er seinen Gehrock von einer Stange zu befreien, die in einem Knauf endete und ihn einklemmte. Er zog und zerrte daran, doch sie gab nicht nach.

»Lass los. Der ist frisch zerknittert.«

Schließlich stützte Emmerich beide Füße gegen das Regal, packte die Stange und lehnte sich mit einem Ruck zurück. Es knackte vernehmlich, und Emmerich hielt die abgebrochene Stange in der Hand, als er sich auf dem Hosenboden wiederfand.

»Wer sagt's denn. Hahaha, ich bin frei!«

Er sprang auf, untersuchte den Regalrahmen und fand eine längliche, leere Fassung. Emmerich setzte den Stab an, und konnte ihn hoch- und runterschieben. Nur greifen wollte er nicht.

»Ok, alles klar, das war also der Hebel, mit dem man das Regal dreht. Tststs, schludriger Pfusch.«

Er schaute nach rechts und links, bevor er den Hebel zwischen den Büchern verschwinden ließ. Dann schob er die Hände in die Hosentaschen und inspizierte pfeifend den Raum. Ja, er hatte eindeutig das Labor gefunden. Im Gegensatz zur Bibliothek wirkte

es fast ordentlich, geradezu steril. Echte Laborbedingungen für den richtigen Tüftler. Wie ihn. Er fand es geradezu ... hässlich. Ja doch, das war das richtige Wort. Man konnte sich hier richtig unbehaglich fühlen. Nur das verirrte, staubige Bücherregal verlieh ihm einen Funken Charme, befand Emmerich.

Und gefährlich war es auch noch. An einer Seite ragte ein Stück Rohr aus der Wand. Einfach so stand es da heraus, auf Kopfhöhe, Himmel noch eins! Ohne dass es einen Grund dafür gab. Na gut, er konnte sich schon einen denken. Je nachdem womit man so hantierte, sollte man die Hände nicht unbedingt ans Gesicht führen, und es konnte ja immer vorkommen, dass einen das Auge juckte. Dafür kam so ein scharfkantiges, rostiges Rohr natürlich gerade recht. Also, Rohr genehmigt, aber mal ehrlich, keiner konnte jemals so viele Tische zum Arbeiten brauchen. Die gesamte Mitte des Raumes war mit ihnen zugestellt, als hätte jemand Reise nach Jerusalem für Bunsenbrenner gespielt. Ohne die Bunsenbrenner allerdings.

Dafür standen die Tische voll mit Glasbehältern, die die unterschiedlichsten Flüssigkeiten und Pulver enthielten. Genau wie die Regale ringsum. Der Konsistenz und Farbe nach zu urteilen, war alles von Wasser bis Schwefelsäure dabei, stellte Emmerich fachmännisch fest. Außerdem konnte er die Etiketten lesen.

Als er sich um die vorderste Tischreihe herum schob, die Nase dicht über den beschrifteten Schildchen, stieß er heftig mit dem Fersenbein gegen etwas Hartes und gleichsam Weiches.

»Fridolin!«

Emmerich tastete sofort nach dessen Puls. Er schien stabil, vermutete Emmerich, nachdem er keinen fand. Vermutlich nur ohnmächtig. Hinter dem bewusstlosen Hausherrn ragte etwas Glänzendes empor. Eine funkelnde Apparatur, die zum Großteil aus einem Kupferbehältnis bestand. Emmerich entdeckte neben einer langen, flexiblen Röhre, die vom Korpus ausging und in einer Art Sieb endete, auch einen Drehknopf mit einer Farbskala von Gold bis Rot und etliche Schalter. Er knipste versuchsweise ein paar an und aus. Nichts passierte. Vermutlich reine Dekoration. Schließlich war Fridolin auch Künstler. Emmerich zuckte zusammen, als eben jener Künstler ein Stöhnen von sich gab und seine Lider zu zittern begannen.

Höchste Zeit, Marie zu verständigen.

»Qualmfee, sind Sie noch da?«

»Natürlich, wo sollte ich sonst sein?«

»Woanders?«

»Ich bin hier. Ist was passiert?«

»Bislang nicht.«

»Aber jetzt?«

»Sehr wahrscheinlich. Kommen Sie einfach her. Er wacht auf. Bis jetzt war er so schön ohnmächtig.«

»Meinen Sie Kupferstich? Haben Sie ihn bewusstlos vorgefunden und sagen mir, es sei nichts passiert?«

»Ist es doch nicht. Bis jetzt. Also kommen Sie.«

»Dann drehen Sie das Regal, Erasmus!«

»Der Mechanismus ist defekt.«

»Wie hat er das wieder geschafft? Jetzt zerstört er schon Maschinen, die er gar nicht selbst gebaut hat.«

Aber Erasmus wäre nicht Emmerich gewesen – oder war es umgekehrt? – wenn er nicht für alles eine Lösung parat hätte. Und die Lösung für dieses Problem bestand in einem einfachen, handelsüblichen Geistesblitz.

»Augenblick, ich rufe durch das Rohr, folgen Sie meiner Stimme.«

Es gab also noch eine Spezialfunktion bei dem rostigen Teil. Dieser ausgefuchste Kupferstich. Emmerich hatte es doch gleich gewusst. Ihm machte eben keiner so leicht etwas vor. Doch nun zur Tat, für Glückwünsche war auch später noch Zeit.

»Durch welches Rohr denn?«, fragte Marie.

* * *

»Ist der verrückt?«, erkundigte sich der zinnoberrote Zinnsoldat.

»Genialität mag für Außenstehende diesen Anschein erwecken«, deklamierte Marie.

»Puh! Ich flüchte also vor diesem wutentbrannten Geistergas, nur um in die Arme eines Genies und seiner Irren zu rennen. Vielversprechender kann ein Tag ja gar nicht beginnen.«

Marie bedachte ihn mit einem schiefen Blick. »Geistergas?«

»Mein Name dafür. Es hat mir abscheuliche Ang...« Er hielt inne. »Also es tauchte in meiner Geschichte auf, und da dachte ich, stelle

ich mal lieber sicher, dass außerhalb niemand verletzt wurde.«

»Sprich, du bist geflohen?«

»Nenn es wie du willst, ich sage Bürgerpflicht dazu.«
Sie schmunzelte, als er davonstapfte und sich auf einem Buch
niederließ.

»Lass uns einen Weg zu Erasmus und diesem Kupferstich
finden, dann machen wir dem Spuk ein Ende.«

»Ha? Zu dem Irren?«, quietschte der Zinnmann.

»Dann bleib von mir aus hier.«
Damit bog Marie in den Flur ein und wartete. Kurz darauf
kam der Zinnsoldat hinterhergescheppert, und ein Ruf hallte
durch den Gang.

* * *

In der Wand zeichneten sich die Umrisse einer Tür ab.
Zahnräder knirschten, als sie aufschwang, und Marie erschien,
einen kleinen zinnoberroten Zinnsoldaten im Schlepptau.

»War leicht zu erkennen, mussten nur neben dem Rohr mal
genauer hinsehen.«

Emmerich nickte, legte aber den Zeigefinger an die Lippen,
quittierte die Anwesenheit des Zinnmanns mit einem
Stirnrunzeln und wandte sich einem kratzigen Flüstern zu.

Fridolin Kupferstich hatte bereits sein Bewusstsein wieder-
erlangt und sprach wie aus weiter Ferne. Die Anstrengung
stand ihm ins Gesicht geschrieben. Dunkle Schatten lagen unter
seinen Augen, und Fältchen, die sein wahres Alter verbargen,
hatten sich um die rissigen Lippen gebildet. Ab und an musste
er die Erzählung für ein Stöhnen unterbrechen.

»Und dann hat mein belebendes Gas die falsche Gemäldefigur
erweckt«, fuhr er mit seiner brüchigen Stimme fort. »Anstelle
der liebreizenden Schönheit, die ich zur Assistentin wollte –
schließlich werde ich auch nicht jünger –«, er schaffte es fast,
die spröden Lippen in ein Lächeln zu zwingen, »verband es
sich mit dem chaotischen Strudel. Den hatte ich aus reiner
Wut über eine missglückte Variante der Frau gepinselt. Na ja,
und aus meiner rasenden Emotion wurde in Verbindung mit
dem Gas der Wutgeist geboren. Allerdings gelang es mir, ihn

nebenan in ein Buch zu locken, ehe er wusste, wie ihm geschah. Und ich machte mich daran, die Maschine umzubauen, die das belebende Gas erzeugt hat. Nun soll sie es einsaugen und für immer verschlossen halten.«

Er nickte schwach in Richtung der Kupferapparatur.

»Ich weiß nicht, wie lange ich daran getüftelt habe. Ohne Essen, ohne Punsch, kein Schlaf. Ich schickte dir ein Telegramm, als mir klar wurde, dass man es zum endgültigen Wegsperren noch einmal befreien müsste. Wer wäre dafür wohl prädestinierter als mein guter alter Studienkollege Erasmus Emmerich. Keiner hat mehr Erfahrung mit merkwürdigen Materien aus Erfindungen als du. Allerdings muss ich daraufhin das Bewusstsein verloren haben.«

»Aber die Maschine ist jetzt fertig?«, erkundigte sich Emmerich.

Fridolin nickte. »Ich muss sie nur noch«, ein Husten schüttelte ihn, »justieren.«

»Und das Gas färbt bei der Belebung alles ein?«

»Sobald ein Text oder ein Bild Zinnoberrot ist, kannst du davon ausgehen, dass die Figuren daraus bereits um dich herum ihr Eigenleben führen, und bist besser auf der Hut.« Er tippte sich an die Stirn.

»Aber der ...«, Emmerich zögerte, »Wutgeist ... ist gefangen?« Wieder nickte Fridolin.

Emmerich klatschte in die Hände. »Na, dann ist doch alles in bester Ordnung.«

»Na ja«, mischte sich Marie ein, »das würde ich so nicht sagen.« Der kleine Zinnsoldat kam hinter ihrem Bein hervorgeklappert, und sie lachte entschuldigend.

»Und wieso würden Sie das nicht?«, hakte Emmerich nach.

»Öhm«, druckste Marie herum.

»Herrgott, Mädchen, der reißt dir schon nicht dein hübsches Köpfchen ab. Sie hat das Buch geöffnet«, steuerte der Soldat bei.

Fridolins Augen weiteten sich vor Schreck. »Soll das heißen, er ist wieder frei?«

»Aus Versehen«, fügte Marie hinzu. »Es tut mir Leid.«

Fridolin stöhnte auf, verdrehte die Augen und sank in seine Ohnmacht zurück. Emmerich richtete den Blick von ihm auf Marie, zum zinnoberroten Zinnsoldaten und schließlich auf

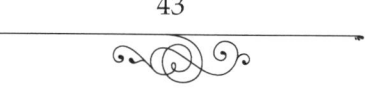

Marie zurück.

»Wenn Sie mir jetzt sagen wollen, ich hätte auf Sie hören und nichts anfassen sollen … Ich hatte es schon vor Ihrer Aufforderung geöff-«

Emmerich tätschelte ihren Arm. »Und Sie würden es wieder tun.«

Marie klappte innerlich der Unterkiefer herunter, doch Emmerich war bereits an ihr vorbeigetreten.

»Kommen Sie nun? Fangen wir diesen Was-auch-immer lieber schnell wieder ein.«

»Den Geist?«

»Unsinn, sowas gibt es nicht.«

Oh, vertraute Sturheit. Doch da sie gerade so glimpflich einer Standpauke entronnen war, lenkte Marie lieber um.

»Wollen Sie Ihren Freund denn da liegen lassen?«

»Meinen Sie, er somnambuliert davon? Er wird schon noch da sein, wenn wir zurückkehren. Außerdem ist er nicht mein Freund.«

Marie wandte sich lächelnd ab und schloss die Tür. Dabei fiel ihr Blick auf den Zinnsoldaten, der sogleich diese Gelegenheit ergriff.

»Schnappen wir uns den Wutwichtel!«

Emmerich musterte ihn mit einem Seitenblick. »Ihr zinnoberroter neuer Kumpan plappert wohl gern«, grummelte er. »Auch das noch.«

»He, rede nicht so von oben herab mit mir«, plusterte der sich auf.

»Wie sollte ich den sonst mit Ihnen reden? Sie sind winzig und tragen ein … tja, ein Helm ist das nicht … sieht mir aus wie ein halbiertes Tee-Ei.«

Der Soldat schnaubte, und Marie unterdrückte ein Kichern.

»Es ist eins. Er kam aus dem Buch, Erasmus. Das Gas war in seiner Geschichte.«

»Ich hab's mir fast gedacht.«

»Was Sie sich nicht alles denken«, maulte der Zinnsoldat.

»Freut mich, dass es Ihnen aufgefallen ist. Dann mal los!«

»Und wo sollen wir die Suche beginnen?«, fragte Marie.

»Diese nette Spur hier sieht mir vielversprechend aus.« Emmerich deutete die Flurwand entlang, über die ein schmaler Streifen Zinnoberrot verlief.

* * *

Sich bei dem leisesten Anzeichen eines Klickens oder Ratterns duckend, zur Seite werfend oder – in Maries Fall – zu Dampf auflösend, wandelte das ungleiche Trio auf der Fährte des Wutgeistes durch lange Flure, Räume voller mechanischer Apparaturen und über eine gewundene Treppe. An ihrem schmiedeeisernen Geländer entlang ging es in den Flur des nächsten Stockwerks hinauf. Gaslampen hüllten ihren Weg in gedimmtes Licht. Nur knapp entgingen sie etlichen Explosionen, Äxten und Pfannen, sowie Pfützen aus Honig.

»Köstlich. Überaus delikat. Guter Jahrgang«, ließ Emmerich verlautbaren, während er über eine explodierte Tasse hinwegstieg. Da hielten die scheppernden Schritte des zinnoberroten Zinnsoldaten abrupt inne, und wurden sogleich vom Schlottern seiner Knie abgelöst.

»Eine weitere Falle?«, stöhnte Marie.

Der Zinnmann starrte nur geradeaus in ein kleines Durchgangszimmer, als sie mit Emmerich an ihm vorbeitrat. Die Wände zierte eine Handvoll Bilder und allesamt glitzerten in Zinnoberrot.

Marie zupfte Emmerich am Ärmel, der mit seinem Stock den Boden abklopfte. »Hm?«, brummte er.

»Sehen Sie nur.«

Emmerich hob den Kopf und schritt rasch aus. »Kommando allereiligstes Eiltelegramm. Vor uns liegt die Gemäldegalerie.«

»Oh je«, jammerte der Zinnsoldat.

Marie stockte der Atem, als sie die hohe Halle betraten und sich von Angesicht zu Angesicht mit dem zinnoberroten Wutgeist wiederfanden. Der kreischte: »Schnappt sie euch!« und verfiel in schallendes Gelächter.

Die langen Reihen von Stillleben und mystischen Szenen, die zu beiden Seiten die Wände säumten, nahmen sie nur beiläufig war. Da wirbelte, unter den nahenden Schritten, bereits der Staub auf und brachte den schlotternden Zinnsoldaten zum Niesen. Er sah gerade noch, wie Emmerichs Stock einen zinnoberroten Hocker aus dem Weg hebelte, bevor der nach

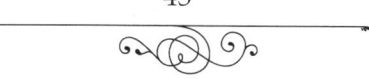

dem Soldaten treten konnte. Doch da näherten sich schon die nächsten Gegenstände.

»Warum greifst du uns nicht an?«, fragte Marie den Zinnmann über das Getöse hinweg.

»Das Gas hat mich zwar gestreift, aber ehe der Geist mich mit seiner Wut infizieren konnte, war ich weg.«

»Hut … oder vielmehr Tee-Ei ab«, schnaufte Marie, die mit beiden Händen eine wildgewordene Marzipantorte auf Abstand hielt. »So wird das nichts«, rief sie Emmerich zu. »Der Wutgeist wird nur immer mehr Dinge beleben.«

Ein Ablenkungsmanöver, das brauchten sie jetzt. Gedacht, getan. Schon lösten sich Maries Umrisse auf und sie stob als Dampfschwade unter die Decke. Der Zinnsoldat klammerte sich mit einer Hand an Emmerichs Hosenbein. In der anderen zitterte sein Bajonett. Bevor er klirrend auf die tickenden Taschenuhren einhieb und zinnoberrote Zylinder zerfetzte, quiekte er jedes Mal, sobald sich ein Angreifer zu nähern begann. Emmerich rang unterdessen mit einem Schirmständer und musste sich der gewalttätigen Avancen eines zu eng geschnürten Mieders erwehren.

»Hey, Brause-Wölkchen, hierher! Wie wär's mit einem Bissen von meiner Substanz«, provozierte Marie den Wutgeist und schwebte näher.

»Du weißt nicht, was du tust«, zischte der zurück. »Aber dafür weiß ich, was ich mit dir anstellen werde. Deine Immaterie obliegt meinem Reich, du dummes Gör«, tönte er und löste sich aus dem Bild eines Koboldknabenchores. »Dein Zustand macht dich zur leichten Beute!« Schon änderte der Geist seine Richtung und sauste auf Marie zu, der es nur knapp gelang, aus der Halle zu schweben.

* * *

»Zurück zur Apparatur«, rief Emmerich, befreite sich aus der Umklammerung des Mieders und rannte los. Nach wenigen Metern ertönte hinter ihm ein Quieken.

»Zu Hüüülfe, meine Beine sind zu kurz.«

Ehrenmann, der er war, machte Emmerich kehrt, stolperte dabei elegant über eine Teppichfalte und entwand den

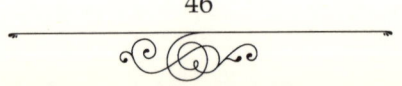

Soldaten auf grazil-galante Weise dem Zugriff eines tollwütigen Tigerfells, indem er es mit dem Stock einfach niederknüppelte. Ein kupfernes Glöckchen begann daraufhin verärgert zu bimmeln, aber Emmerich befand, dass man es eben nicht jedem recht machen konnte.

Er schnappte sich den Zinnsoldaten und stürmte weiter – eine zinnoberrote, zeternde Schar Schemel, Kobolde, und Obstschalen auf den Fersen. Immer wieder musste er mit dem Stock hinter sich schlagen, um dem Zugriff eines besonders eifrigen Verfolgers zu entgehen. Ein ums andere Mal geriet er dabei ins Stolpern. Gut, dass der zinnoberrote Zinnsoldat ihm wenigstens Mut zusprach.

»Reiß dich mal zusammen, die kriegen uns noch!«, maulte er zuletzt, als sie nach einer gefühlten Ewigkeit den Ausgangsflur erreichten. Der Wutgeist kam endlich in Sicht, da verschwand er auch schon im Labor, und die Tarntür wurde ihnen mit einem Knall vor der Nase zugeschlagen. Sie vernahmen noch das Klicken, als ein Schloss einrastete.

»Bei Preußens Pickelhaube!«, schnaufte Emmerich, klemmte sich den Stock unter den Arm und begann mit der nun freien Hand, seine Taschen zu durchsuchen, während der Zinnsoldat zähneklappernd seine Nägel abkaute.

»Wo habe ich sie denn? Irgendwo muss sie doch sein.«

»Wir haben keine Zeit mehr!«, wimmerte der Zinnsoldat und vergrub seine Nase in Emmerichs Hand. »Oh weh, da vorn sind sie schon, die Kobolde! Setz mich ins Rohr!« Er begann mit den Beinen zu strampeln. »Na, los doch!«, schrie er, wobei seine Stimmlage heisere Höhen erreichte, und er immer heftiger herumzappelte.

Emmerich kam seinem Wunsch nach. In der Röhre und damit außer Reichweite der Verfolger beruhigte er sich schlagartig, und Emmerich sah seine Füße in der Dunkelheit verschwinden, als er die Libelle hervorzog.

* * *

Marie versuchte sich unter Aufgebot sämtlicher Kraftreserven der Einsaugmaschine zu nähern, dem Wutgeist zu entgehen

47

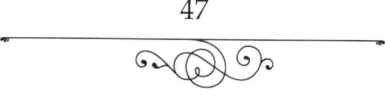

und ihn gleichzeitig von Fridolin fortzulocken. Sie musste feststellen, dass es gar nicht so leicht war, sich umzuwandeln, wenn man dabei im Affentempo durch ein Labor floh.

Der zinnoberrote Wutgeist funkelte Rauchmarie an und schnitt ihr immer wieder den Weg ab. Sämtliche Fläschchen und Apparaturen, die dabei die Frechheit besaßen, seine Route zu kreuzen, zerbrachen klirrend und wurden über den Boden verstreut. Flüssigkeiten traten aus und mit ihnen die seltsamsten Düfte, die sich untereinander vermengten. Zwiebel-Käsefuß-Tartar schien für den Moment die Oberhand zu gewinnen.

* * *

Als der Zinnsoldat das andere Ende der Röhre erreichte, fiel ihm beinahe das Bajonett aus der Hand. Gerade stürzte ein Regal mit Messbechern zu Boden und entsandte eine kleine Flutwelle in Regenbogenfarben. Den Lärm hatte er bereits vom anderen Ende aus vernommen, aber nun reizte ihn schlagartig die explosive Duftmischung in der Nase, und seine Augen begannen zu tränen. Verschwommen nahm er Marie wahr, die ganz in seiner Nähe versuchte, in ihre menschliche Gestalt zu wechseln. Doch der Wutgeist legte einen Gang zu und bekam sie bei ihrem Dampf zu fassen. Es zischte laut und sie erstarrte jäh in der Verwandlung.

Marie! Ehe er selbst wusste, wie ihm geschah, war der zinnoberrote Zinnsoldat aus seinem Versteck gesprungen, stieß einen Schrei aus und ruderte wild mit den Armen. »Huhu, Puderquaste!«

Als er auf dem Boden landete, begann er augenblicklich damit, alles in seiner Reichweite aufzuklauben und in den Wutgeist zu schleudern. Hauptsächlich Scherben segelten durch die Luft und klirrten gegen die Wände. Der zinnoberrote Geist lachte schrill, ließ allerdings von Marie ab, die ihre Chance nutzte und in eine Ecke des Labors floh.

»Denkst du, du kleiner Wicht hast eine Chance? Mein Wille mag nicht in dir wohnen, aber wir sind immer noch durchs Gas verbunden. Was, wenn ich es einfach anhalte?«

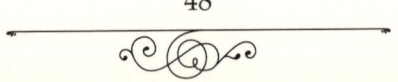

Die Augen des Zinnsoldaten weiteten sich, doch er ließ seine Scherbenhagelattacke nicht abreißen. Marie, wieder in körperlicher Gestalt, sprang auf, und der Wutgeist verzog seine Gasschlieren zu einem Grinsen.

»Schnipp.«

* * *

Während das zitternde Insekt emsig surrend seine Arbeit am Schloss verrichtete, trafen weitere Verfolger ein. Allen voran die Kobolde. Sie stampften und traten und zerfurchten den Teppich, als plötzlich ein scharfes Zischen erklang, und sie in ihren Einzelteilen zu Boden fielen. Das Gas erlosch.

Emmerich lüpfte den Hut in Richtung der Schwung-Klinge und fasste die nächste Reihe Wadenbeißer ins Auge. »Schemel?«

Sie mussten bereits die Bekanntschaft mit anderen Fallen geschlossen haben, denn sie humpelten und wiesen Brandspuren auf. Emmerich hieb auf sie ein, wobei ihm sein Hut schief ins Gesicht rutschte. Endlich klickte es. Er nahm die Libelle, riss die Tür auf, stürzte halb ins Labor und schlug sie hinter sich zu. Ein Poltern brandete von außen dagegen, in das sich auch Kratz- und Schablaute mischten.

Emmerich schob seinen Hut zurecht und konnte nur mit ansehen, wie der kleine Zinnsoldat sein Bajonett in der winzigen Hand umklammerte, als er erstarrte und leblos zur Seite kippte.

Marie stürzte auf Emmerich zu. »Die Maschine, Erasmus!«

Er nickte, »oh, genau«, und hechtete wie in Zeitlupe über die scherbenübersäten Tische. Marie entschlüpfte ein Ächzen, als sie sich dematerialisierte und ein weiteres Mal als Qualm unter die Decke stob.

Der Wutgeist kreischte. »Weiter tanzen, Menschlein?«

»Ich. Bin. Kein. Mensch!« Mit diesen Worten wirbelte sie in engen Kreisen um den Wutgeist herum, darauf bedacht, dieses Mal genügend Abstand zu seinen Gasarmen zu wahren.

Unterdessen schraubte und drehte, schüttelte und rüttelte Emmerich an der Maschine.

»Vermaledeite Schrottbüchse, spring schon an!«, fluchte er, während Maries Kreise langsamer wurden. Eine Sekunde der

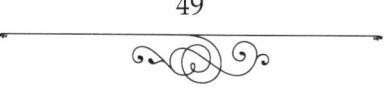

Unachtsamkeit, und ein zinnoberroter Arm schnellte aus der Gaswolke hervor. Marie sah ihn auf sich zukommen, schloss die Augen und empfand bereits denselben Schmerz wie bei der ersten Berührung, noch bevor er sie erwischte. Stille umfing sie. Das musste die Betäubung sein. Dann wurde ihr klar, dass nicht nur der Schmerz ausblieb, sondern es wirklich ruhig war. Das Trommeln gegen die Tür war verstummt, das Kreischen des Wutgeists verhallt. Sie drehte sich in der Luft und öffnete die Augen. Ihr Blick fiel auf Emmerich. Mit erhobenen Armen stand er neben Fridolin, den Schlauch der Maschine in Händen, die soeben unter seinen Fingern zu Staub zerfiel. Der Drehknopf stand auf Rot.

»Ich muss einen Fehler beim Justieren gemacht haben«, gestand Emmerich. »Anstatt zu saugen, gab es eine Druckwelle und ...«

Wieder drehte Marie sich um. An der Stelle wo soeben noch der Wutgeist geschwebt war, rieselten nun klitzekleine Flöckchen zinnoberroten Staubs herab. »Sie haben ihn pulverisiert.«

»Aus Versehen.«

Marie materialisierte sich und lächelte, als sie ihm um den Hals fiel. Wie sollte man darauf reagieren? Emmerich entschied sich für ein leichtes Tätscheln der Schulter.

»Danke«, flüsterte Marie.

Ganz offensichtlich hatte er, Erasmus Emmerich, im Angesicht dringender zwischenmenschlicher Entscheidungen, wieder einmal die richtige Wahl getroffen.

»Gleichfalls«, erwiderte er, und Marie löste sich von ihm. Sie griff sich beiläufig an die Seite, während sie durch das Labor in Richtung Rohr stolperte, wo sie sich inmitten der Scherben auf die Knie niederließ. Als sie sich wieder erhob, hielt sie den zinnoberroten Zinnsoldaten in Händen.

»Ist er ... sind die da draußen ... nun ja ... tot?«, kämpfte sie das Beben ihrer Stimme nieder.

»Sieht so aus, als sei die Zirkulation des Gases erstarrt.«

Da ihre Augen brannten, senkte Marie den Kopf und drehte sich weg.

Emmerich seufzte und rieb sich die Schläfen. »Treten Sie mal beiseite, Marie. Wir brauchen Platz.«

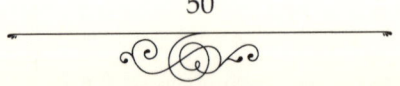

Mit einer schwungvollen Bewegung seines Stocks fegte er die verbliebenen Scherben vom Tisch. Dann nahm er den leblosen Soldaten, legte ihn vor sich auf die Oberfläche und fischte einen kleinen Gegenstand aus seiner Tasche. Marie lief um den Tisch herum und sah, wie er der Libelle einen Kuss zu hauchte.

»Wie überaus bedauerlich«, murmelte er, holte aus und zerschlug das mechanische Insekt an der Tischkante in zwei Teile. Aus dem Inneren barg er einen noch winzigeren Gegenstand, zauberte ein paar Miniaturwerkzeuge aus seinen Taschen hervor und machte sich an die Transplantation des mechanischen Herzens. Schlussendlich befestigte Emmerich noch einen weiteren Mechanismus der Libelle am Rücken des Soldaten und übergab ihn Marie, die ihn aufzog. Ein Rattern zuckte durch den Zinnmann, während ein Surren einsetzte und das zinnoberrote Gas allmählich in Bewegung geriet.

»Der Herzmechanismus treibt das Gas an. Wie eine Pumpe!«, folgerte Marie und strahlte ohne jegliche Finsternis im Blick. »Aber Ihre Erfindung, die einzige, die je funktioniert hat, Sie haben sie für ihn«, sie schüttelte den Kopf, »für mich geopfert.«

Emmerichs Ohren liefen rosa an und er murmelte: »Unerhört. Sie funktionieren alle. Kurzzeitig. Irgendwie.« Seufzend wandte er sich dem bewusstlosen Fridolin zu. Doch Marie war schneller, küsste Emmerich auf die Wange und schritt mit dem zinnoberroten Zinnsoldaten zur Tür hinaus, als der soeben die Augen aufschlug.

»Lassen Sie ihre Seite untersuchen!«, konnte ihr Emmerich gerade noch hinterherrufen.

* * *

Mit den ersten Strahlen der aufgehenden Novembersonne wehte ein Rauschwaden vor Emmerichs Haustür.

»Marie ist da«, verkündete sogleich ein blechernes Stimmchen aus der Dachrinne. Aus dem Inneren des Hauses wurden die Beschwerden knarrender Dielen vernehmbar und die Tür flog auf, bevor Marie zum Türschlitz hineinziehen konnte.

»Durchaus praktisch der kleine Kamerad. Endlich Schluss mit dem Anschleichen«, begrüßte Emmerich sie.

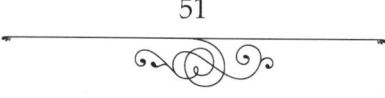

Marie zog einen Flunsch und ließ ihre Augen finster aufblitzen, bevor sie an ihm vorbei in die Stube stolzierte. Sie verströmte den Duft einer Teestube – wenn man einmal von der unterschwelligen Schmierölnote absah. Im Kamin loderte ein knisterndes Feuer und auf dem kleinen Esstisch in der Ecke standen dampfende Tassen.

Marie ließ sich auf einen Stuhl fallen. »Wie geht es Ihrem Kollegen?«

»Der hat dem Erfinden abgeschworen«, tönte es von oberhalb der Haustür und der zinnoberrote Zinnsoldat strahlte Marie aus einem neu angebrachten Kupferrohr an.

»Der werte Herr Kupferstich hat sich auf das Malen von freundlichen Blumen in allen Formen und Farben verlegt. Nur alleine ist er nach wie vor.«

»Und du gehst hier nun nach Belieben ein und aus?«, hakte sie nach.

»Jap, ich spiele Wachhund im Ausguck.«

Die Brust des Zinnsoldaten schwoll an, was Emmerich einen Seufzer entlockte. Dann räusperte er sich, während er Marie gegenüber Platz nahm, nach einem metallischen Gegenstand griff und an ihm zu schrauben begann.

»Was macht eigentlich Ihre Seite, Qualmfee?«

»Alles halb so schlimm. Von der leichten Verätzung ist kaum mehr was zu spüren.«

»Gut.«

»Aber ich habe etwas Farbe abbekommen.«

Emmerich hob eine Augenbraue und putzte sich die mit Öl verschmierten Finger an einem rußigen Tuch ab. Wie immer verschlimmerte sich der Zustand dadurch nur, doch das konnte ihn nicht davon abhalten, keine Notiz davon zu nehmen.

»Die zinnoberrote Verfärbung von der Berührung des Wutgeists wird mir wohl erhalten bleiben.«

»Na ja, man sieht sie dort ja nicht«, bemerkte Emmerich und griff nach seiner Teetasse.

»Ach nein?« Marie klimperte mit den langen Wimpern.

Emmerich verschluckte sich. »Natürlich nicht«, prustete er. »Sie tragen doch immer Bluse und Korsett darüber. Haben Sie sich auch den Kopf gestoßen?«

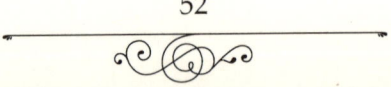

Marie erstickte ein Lachen, indem sie sich fest auf die Unterlippe biss und schüttelte den Kopf.

Emmerich musterte sie mit krauser Stirn. »Wie dem auch sei, Ihnen ist schon klar, dass das kein Geist war, sondern ein Gas; das Produkt einer Erfindung, das einen aus emotionaler Wut genährten Wirbel belebt hat, durch den er dann mutierte und Dinge ohne Persönlichkeit als Sklaven reiner Wut erschuf. Nicht wahr?«

»Da ist Wutgeist allerdings wesentlich griffiger«, erwiderte Marie und zwinkerte dem Zinnsoldaten zu, der vor Lachen fast aus dem Rohr fiel. Dann wandte er sich abrupt um.

»Habt ihr das gehört? Meine Pflicht ruft!«

Schon krabbelte der zinnoberrote Zinnsoldat durch die Röhre nach draußen. Marie sah Emmerich fragend an. Der zuckte die Schultern. Vermutlich trafen nur die ersten Würdenträger ein, um ihm persönlich die längst überfälligen Beglückwünschungen zu seinem neuesten Coup zu überbringen.

»Eiltelegramm!«, erscholl da das blecherne Stimmchen aus dem Rohr, und Emmerich ergriff seinen Hut. Die Glückwünsche würden wohl wieder warten müssen.

»Na, dann mal los.«

»Ich hätte niemals gedacht, dass uns diese Geschichten über den preußischen Ermittler weiterhelfen, aber man lernt nie aus«, sagte Sarah und blickte aus dem Fenster des Reisezeppelins auf die Pyramide von Gizeh. »Ich würde die beiden … Spezialisten gerne einmal treffen.«

»Eine hervorragende Idee«, erklärte Archibald und schaute auf. »Gerade diese Marie verdient in mehrfacher Hinsicht meine Bewunderung.«

»Ach ja?« Sie richtete sich auf und wandte den Blick von den ägyptischen Bauwerken ab.

»Warum genau?« Unbewusst ballte sich ihre Prothese zu einer knirschenden Faust.

»Dazu müssten Sie sie sehen«, antwortete er und winkte nach dem Kellner.

»Dieser Erasmus scheint ja auch über bemerkenswerte Fähigkeiten zu verfügen«, fügte sie aufgekratzt hinzu.

Vielleicht wäre mir seine Gesellschaft sogar lieber, dachte sie, *als dieser Schmock, der nicht einmal mein neues Kleid bemerkt.*

»Wir sollten Erasmus schreiben, dass wir ihn besuchen wollen«, schlug Archibald vor.

»Ist lange überfällig«, fügte Sarah hinzu.

Wenn diese Marie ihm schöne Augen macht, dachte sie, *reiß ich sie ihr aus.*

»Mich würde interessieren, was die beiden Exzentriker gerade so treiben«, sagte Archibald und versank erneut in die Betrachtung des südamerikanischen Giftpfeils auf dem Tisch.

I. Teil

Die Maskerade

1
Kaffee zur Eiszeit

Es war ein klirrender Dezembertag, der erste, um genau zu sein, und der allererste und einzige Tag seines Lebens – soweit er sich entsinnen konnte –, an dem Erasmus Emmerich durch eine kalte Nase geweckt wurde. Indirekt jedenfalls.

Wenn man es genau betrachtete, hatte er eigentlich schon eine ganze Weile wach gelegen. Es war ihm bloß nicht bewusst gewesen. Zu dieser Erkenntnis, die sich seinem Verstand minutenlang entzogen hatte, verhalf ihm ein Riechorgan schließlich binnen Sekunden. Natürlich hatte er seit jeher gewusst, dass die Nase dem Gehirn immer einen Schritt voraus war. Allerdings handelte es sich in diesem Fall nicht einmal um Emmerichs eigene. Sie gehörte vielmehr der Langzeit-Nebenwirkung seiner letzten Mission und neuem Mitbewohner.

Der zinnoberrote Zinnsoldat, Zinoberius der III., wie er sich mittlerweile nannte, hatte sich in einer Kupferröhre – aka Rohrpostguck – oberhalb der Haustür eingenistet und führte somit eine Existenz zwischen dem Hier-Drinnen und dem Dort-Draußen. Dummerweise hatte er vergessen die Klappe, die beide Bereiche trennte oder verband, je nachdem wie man es sehen wollte, am Vorabend zu schließen, was einen Teil des Dort-Draußens dem Hier-Drinnen beträchtlich nah gebracht und ihm eine gefrorene Nase eingehandelt hatte. Eben diese Nase war es nun auch, die dem kleinen Mann bei Erwachen einen derart gellenden Schrei entlockte, dass es selbst das Universum aus dem Schlummer schreckte und Emmerich beinahe die Wände hochtrieb. »Huaaah-ahh-aaaah!«

Ehe der Ausruf vollends verhallt war, und Zinoberius sich auch nur aufgerüttelt hatte, stand Emmerich bereits fertig angekleidet unterhalb der Röhre und starrte zu ihm hinauf. Na gut, er hatte einen Strumpf vergessen und trug den anderen über dem linken Pantoffel. Doch Hut und Stock vermochten das zu kaschieren. *Einen edlen Mann im ordentlich zerknitterten Anzug kann nichts entstellen,* war nicht umsonst eine Devise des erfolgreichen Ehrenmannes.

»Was ist los? Schlechte Nachrichten?«, verlangte er unterdessen von seinem Wachposten und Wecker zu erfahren.

»Das kann man wohl sagen. Ich brauche ein Nasenbad. Aber pronto! Setz heißes Wasser auf! Sie ist völlig taub und steif gefroren.« Zum Beweis brach er einen Eiszapfen – pardon, ein Eis*zäpfchen* – von der Spitze ab.

»Sie ist aus Zinn. Rein chemisch betrachtet, ist eine Erfrierung da absolut ausgeschlossen«, gähnte Emmerich, legte den Stock fort und ließ sich auf sein Bett zurücksinken.

Zinoberius hüpfte in eine gepunktet und behenkelte Porzellankabine seines surrenden Tassen-Paternosters, so dass nur noch das halbe Tee-Ei von Kopfbedeckung herauslugte, und ließ sich abwärts tragen. Bevor die Tasse jedoch vollständig durch die Dielen im unteren Stockwerk verschwand, sprang er wieder heraus, hüpfte an einem halben Dutzend Werkbänke vorbei und kletterte zu Emmerich auf die Matratze.

»Und was ist dann das?« Er streifte sich mit einer winzigen Hand Raureif vom Nasenrücken und schmierte ihn an Emmerich ab.

Dieser roch daran, glitt mit dem Finger hindurch und leckte ihn schließlich ab. »Raureif, würde ich sagen. Njam jaam. Ganz eindeutig.«

»Also gefroren.«

»Allenfalls … beschlagen.«

Der Zinnsoldat setzte zu einem Konter an, als ein Windhauch zum Türspalt hereinzog und die graue Gestalt mit sich brachte, die sich im Nu vor Emmerich und dem kleinen Herrn des Hauses aufbaute. Die Hände in die Hüften gestemmt, blickte Marie von einem zum anderen. »Feiern wir ein Kostümfest und Sie haben mir wieder nichts davon erzählt?«

Emmerich hob eine Augenbraue. »Wie kommen Sie denn auf diesen absurden Gedanken, Qualmfee?«

»Tja, ich weiß auch nicht, vielleicht weil sein zinnoberroter Zinken noch roter wirkt als sonst und«, sie berührte die Nase des Zinnmanns, »eiskalt ist. Und Sie, na ja«, sie musterte Emmerich von Kopf bis Fuß, wobei ihr Blick an dem bestrumpften Pantoffel hängenblieb, »Sie, Erasmus, geben ganz offensichtlich den verwirrten Wissenschaftler.« Sie biss sich auf die Lippen,

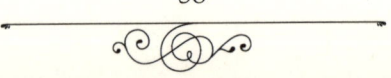

um ein Kichern zu unterdrücken. »Mein Fehler. Alles beim Alten. Abgesehen vom Schneeclown neben Ihnen.«

»Pah! Nun reicht es aber!«, kam Zinoberius einer Entgegnung Emmerichs zuvor, rutschte an der Decke vom Bett hinab und lief zum Kamin der einräumigen Schlafwohnwunderwerkelstube. »Schneeclown«, jammerte er. »Da friert man sich in Ausübung seiner Pflicht fast die Nase ab, und was ist der Dank?«

»Er betrachtet Schlafen bereits als Pflicht?«, fragte Marie Emmerich, doch der zuckte nur die Schultern.

»Verdammt«, vermeldete der Zinnsoldat, der sich reckte und streckte, aber nicht einmal annähernd an die variable Kesselstange reichte, mit der er – oder jeder etwas größer Gebaute – einen Bottich über die Feuerstelle schwenken konnte.

»Na, komm, Zinbi, ich helfe dir.« Marie klackerte auf ihren Absätzen zum Kamin und setzte das Wasser auf.

Der Zinnsoldat kraxelte unterdessen auf einen kleinen Puppenhaussessel nahe des Feuers, allerdings nicht so nah, dass er Gefahr lief zu schmelzen, verschränkte die Arme und blickte demonstrativ zur Wand. »Nenn mich nicht immer so! Ich heiße Zinoberius. Das ist ein Ehrfurcht gebietender Name. Einem Feldherren würdig.«

»Ist gut, Zinbi.«

Zinbi seufzte und sah zu Marie. Großer Fehler! Sie hatte doch tatsächlich die Unverfrorenheit zu lächeln. Und als sie ihm mit diesen langen Wimpern auch noch zuzwinkerte, schlug das dem Fass den Boden aus. Wärme durchströmte seinen Zinnleib und brachte glatt die eisige Nase zum Schmelzen. Er schnäuzte sich in seine Uniform.

»Wie wäre es mit einem Kaffee, bis das Wasser für den Tee soweit ist?«, mischte sich Emmerich ein, rieb sich die Hände und machte sich gleich darauf an einer Kurbel zu schaffen, die neben dem Bett in seine drittneueste Erfindung eingelassen war. Nachdem er die ersten Runden gekurbelt hatte, drehte sie die restlichen Umläufe von allein, bis sich das braune Gebräu aus einer eigens dafür vorgesehenen Öffnung in eine der letzten vom Bau des Miniatur-Paternosters übrig gebliebenen Tassen ergoss.

Ungewöhnlich genug, wie Marie befand, tat die Maschine dies äußerst zuverlässig, genauso wie das Schnurren und

Rattern, das sie dabei von sich gab. Und ebenso selbstverständlich blies sie aus den im Deckel befestigten Orgelpfeifen
regelmäßig Dampfwolken aus, die von den schrägsten Tönen
begleitet wurden, die Maries Feen-Ohren jemals vernommen
hatten. In ihrer Abfolge allerdings schufen sie dadurch eine
derart harmonische Melodie, dass die Qualmfee sich stets dabei
ertappte, ihr zu lauschen. Wie hatte Emmerich das nur wieder
angestellt? Schön und gut also, wären da nicht der Geschmack
und Geruch des sogenannten Kaffees gewesen.

»Keiner?«, holte sie Emmerichs Stimme aus der Erinnerung
an die *Teufelsmaschine* zurück, wie Marie sie in Gedanken
schimpfte. Mit Ausnahme dieses ersten Mals, als sie den Namen
fast ausgespuckt hatte - samt Tasseninhalts.

»NEIN! ... Vielen Dank, ich verzichte.«

Der Zinnsoldat schüttelte gleichsam den Kopf, und Emmerich
musterte die beiden, als ob sie jeden Moment ihren Irrtum
erkennen mussten. Als kein Widerruf ertönte, verzog er die
Mundwinkel und wandte sich ruckartig ab. »Hmpf.«

Fehlt nur noch das Manno!, schoss es Marie durch den Kopf,
aber für so etwas war Emmerich dann doch zu sehr Gentleman.
Als sie bemerkte, dass sie lächelte – schon wieder –, verfinsterte
sie ihren Blick zu Testzwecken, ob sie überhaupt noch in der
Lage dazu war. Emmerich fing den Blick auf und griff prompt
neben die Tasse. *Na also, Übungsbedarf gedeckt und Emmerich
darüber vor diesem Gebräu bewahrt. Für den Moment zumindest.* Sie
lugte in die braune Brühe und kräuselte die Nase.

Ja, die Kaffeenote war bei ihrer Erstverkostung tatsächlich unter-
schwellig vernehmbar, oder sie wäre es gewesen, wenn Marie
ihn nur lange genug dafür auf der Zunge behalten hätte. Der
Pilz-Kuttel Geschmack hatte dabei nur die zweite Geige hinter
der Konsistenz von zähflüssiger, Blasen werfender Lava gespielt.

»Ich höre was!«, rief Zinoberius aus und stürmte zur
nächstaufsteigenden Tasse seines Tassternosters. Über der
Tür angekommen, krabbelte er *todesmutig*, wie man seinem
Murmeln entnehmen konnte, durch das Rohr aus dem warmen
Hier-Drinnen in das eisige Dort-Draußen hinaus. Kurz darauf
ertönte unter Zähneklappern und Bajonettrasseln sein zweiter
Ausruf an diesem Morgen. »Upfer ich ommt!«

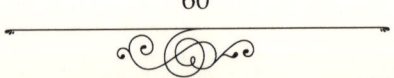

Mit steifen Gliedern und hakenden Bewegungen erschien der Zinnmann wieder im Hier-Drinnen.

»Die Kälte kann ihm doch nicht wirklich schaden, oder?«, fragte Marie und lief zu dem Postrohr hinüber.

»Dem Simulanten? Ach was, er gehört nur mal wieder aufgezogen«, grummelte Emmerich.

»as ut ihr och on en an zen Mor gen«, entgegnete Zinoberius.

Während Marie in die Röhre griff, um Zinbis Mechanismus aufzuziehen, schritt Emmerich über die knarrenden Dielen zur Tür und öffnete dem angekündigten Besucher. Kaum war sie aufgeflogen, starrte er in die schreckgeweiteten Augen seines ehemaligen Kollegen.

»Ach so, ja, guten Tag! Ich wollte gerade klopfen.«

Mit der Stimme des Besuchers drang auch das trübe Licht des bewölkten Dezemberhimmels in die ständig durch Vorhänge verhüllte Stube, die sonst nur von tanzenden Gaslämpchen erleuchtet wurde. Aber nicht weil Emmerich etwa fürchtete, jemand könne seine Ideen stehlen, oh nein, sollten sie nur, sollten sie nur. Er half doch, wo er konnte. Was ihm allerdings missfiel, war der Gedanke, dass die Maschinen sich in ihrem unfertigen Zustand bloßgestellt fühlen könnten. Vielleicht standen sie nicht gerne im Rampenlicht, und man wusste schließlich nie, wann der nächste Gratulant, Pressemitarbeiter oder gar Bismarck persönlich auftauchen würde.

Kupferstich räusperte sich, und Emmerich trat zur Seite.

»Oh, natürlich. Immer nur hereinspaziert. Klopfen ist Zinoberius dem III. sei Dank nicht mehr nötig. Das ewige Pochen der ausbleibenden Gratulanten hält ja der edelmütigste Verstand nicht lange aus.«

Fridolin Kupferstich nahm den Zylinder ab, klopfte sich einige Eisblumen von der Krempe und trat, eine Zeitung unter den Arm geklemmt, endlich ein. »Marie.« Er deutete eine Verneigung an. »Zinnsoldat.«

»Hallo Fridolin«, ließen die Angesprochenen wie aus einem Munde verlauten.

»Wer war denn die Frau? Eine Freundin von Ihnen?«

»Welche Frau?«, erklang Emmerichs Stimme hinter ihm. Der Detektiv zupfte mit spitzen Fingern an den Vorhängen, um eine

frisch entdeckte Lücke zu schließen, während er mit der anderen Hand und einem lauten Knall die Tür zustieß. Kupferstich sah ihr eine Weile dabei zu, wie sie im Rahmen vibrierte, bevor er es schaffte, sich wieder von der fast hypnotischen Wirkung loszureißen. Er blinzelte mehrfach. »N-na die, die mich auf der anderen Straßenseite fast umgerannt hätte? Sie kam von hier«, wandte er sich wieder seinen Kameraden zu.

»Hier war niemand sonst«, antwortete Marie.

Fridolin zuckte mit den Schultern. »Wie dem auch sei. Hier.« Er schob etliche Einzelteile an Rädchen, Schrauben und Abstraktumskonkretisierern sowie kleinere Erfindungen von F wie Fabulatorfeile bis K wie krummsäblige Kreischkreisel auf einer Werkbank zusammen und breitete die mitgebrachte Morgenpost auf dem leeren Platz aus. »Da malt man gerade nichts Böses ahnend seine Blümelein und dann flattert einem das hier ins Haus. Lest!«

Emmerich, Marie und der Zinnsoldat, der es sich auf ihrer Schulter bequem gemacht hatte, kamen heran und ließen die Augen simultan über die Seite wandern.

»Jungfernfahrt der Wobbly Dick. Erste Route des mechanischen U-Boot-Wals bekanntgegeben. Die Reise von Hamburg nach Calais …«, murmelte Emmerich, bis Fridolin ihn in die Rippen stieß.

»Nicht das. Daneben!«

»Ex-Insassin der Nervenheilanstalt Schweizerhof behandelt andere Patienten mit Hypnose, bevor sie wegen Budgetkürzungen entlassen …«

»Nein, Himmelherrgott noch eins. Da drunter!«

»Gesangsverein Berliner Brote …«

»Man könnte meinen, Sie machen das mit Absicht! Noch weiter unten!«

»Toter Troll gefunden. Damit tauchte heute Morgen die siebte Trollleiche in sieben Tagen auf. Das?«

»Ja, aber selbstverfreilich das.«

»Also, mich hätten ja die singenden Herrenbrote viel mehr interessiert«, brachte Zinoberius noch eben unter Lachen hervor. Fridolins strafender Blick ließ Maries Einstimmen in einen vorgetäuschten Hustenanfall umschlagen, während der

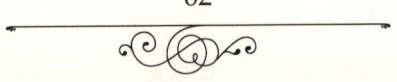

Soldat die Hand vor den Mund presste. Er setzte zwar eine ernste Miene auf, doch sein bebender Körper bezeugte, dass er noch immer lachte, als Emmerich mit dem Lesen fortfuhr.

»Ermittler ratlos. Die Opfer verbindet über ihre Spezies hinaus nur ein dubioser Hintergrund. Alle waren erst kurze Zeit zuvor wegen mangelnder Beweislage aus der Untersuchungshaft entlassen worden«, schloss Emmerich und fixierte das zum Artikel gehörige Bild. Seine Hand erinnerte sich der Tasse Kaffee, die sie schon die gesamte Zeit über hielt, und ließ ihn, von seinem Verstand unbemerkt, einen Schluck trinken. Prompt entgleisten ihm die Züge, er schüttelte sich, starrte auf die Tasse in der Hand, als wäre sie ein Geist, den es überhaupt nicht gab, und wurde weiß wie Eis, bevor sich ein leichter Grünton seiner Wangen bemächtigte.

»Alter Freund«, tätschelte ihm Kupferstich die Schulter. »Hätte ich gewusst, dass dich der Tod von ein paar kriminellen Trollen derart mitnimmt, hätte ich dich sicher nicht so angeblafft. Ich male dir eine Sonnenblume zum Trost.«

Marie kicherte. »Das ist es gar nicht, stimmt's?« Nun blickte auch sie auf die Tasse in Emmerichs Hand. »Schmeckt der Kaffee so gut, ja? Was ist es denn dieses Mal: Lebertran, Lauge, Lachs-Lakritz?«

Emmerich kniff die Augen zusammen und schluckte, wie es sich für einen Ehrenmann geziemte. Bei Preußens Pickelhaube, er würde nicht spucken, und wenn sein Leben davon abhinge. Was in diesem Fall durchaus sein konnte. »Schlimmer.«

Beinahe tat Marie ihr Kichern leid. »Was könnte denn noch sch-«

»Kalt. Er ist eis…kalt.«

Marie hielt inne. »Wie, und das ist schon alles? Geben Sie mal her!« Sie entnahm Emmerichs ausgestrecktem Arm die Tasse und ließ ihre Nase darüber zucken. »Riecht wie Kaffee.« Marie äugte hinein und kippte die Tasse vorsichtig. Das Getränk schwappte hin und her, was auf eine gewöhnlich flüssige Konsistenz verwies. Dann führte sie die Tasse flink zum Mund und nahm einen winzigen Schluck.

»Und?«, fragte der Zinnsoldat, der sich so weit vorbeugte, dass er fast kopfüber von Maries Schulter in die Tasse fiel.

»Mmmmmhhh.«

»Du verkohlst uns doch?«, hakte er nach.

»Nein, durchaus nicht. Hier, nimm einen Schluck. Er ist …«
Der Zinnsoldat rümpfte die Nase.

»… gar nicht grässlich. Eiskaffee ja. Also definitiv Kaffee. Nur besser.«

Sie bot Emmerich die Tasse dar, der sie mit flacher Hand von sich schob. »Trinken Sie ihn, Qualmfee. Wohl bekomm's!«

Allmählich wich die grünliche Färbung wieder aus seinen Wangen. Er schluckte noch einmal und räusperte sich schließlich, als sein Blick wieder auf das Bild fiel. »Genug Kaffee geklatscht! Wenn mich nicht alles täuscht, haben wir einen neuen Fall.«

Fridolin, der bereits auf und ab getigert war, und irgendetwas von Margeriten vor sich hin murmelte, atmete auf.

»Wenn wir uns nicht beeilen, sind die Flecken nicht mehr wegzukriegen.«

Kupferstich musste sich verhört haben. »Bitte was?«

Jetzt wurde auch das Universum hellhörig und beschloss, das Geschehen im Auge zu behalten.

»Da, auf dem Bild sieht man es ganz deutlich«, führte Emmerich aus. »Dieser Troll hat einen mit unserem Reichswappen gezierten Kanaldeckel mit dem Schweiß seines Ablebens benetzt. Das Gitter ist aus Gusseisen, die Tropfen fetthaltig, wenn die erst mal festfrieren … Sie verstehen? Los, allereiligste Eisenbahn jetzt! Marie, bringen Sie Putzlappen und Kessel mit! Das Wasser dürfte mittlerweile ja wohl heiß genug sein.«

Emmerich eilte auf der Suche nach seinen Schuhen herum, doch Marie war es, die sie fand.

»Das soll der Fall sein? Was gibt es denn daran zu lösen?«, grübelte Fridolin vor sich hin, doch Emmerich hatte ihn vernommen.

»Das Fett, meine teuren Gefährten, das Fett.«

»Für den Anfang«, fügte Marie hinzu und wechselte einen Blick mit Zinoberius.

»Könnt ihr das dann nicht allein? Ich würde gerne meine Margeriten zu Ende malen, und die Veilchen. Diese blühende Glückseligkeit …«

Marie schob seinem Redeschwall den Putzlappen vor und lud einen weiteren Stapel gleicher Art auf seinen Armen ab.

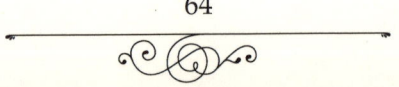

2

Brüche, Blumen, Katzenschrei

In dicke Mäntel gepackt, hetzten Marie und Fridolin seit einer viertel Ewigkeit mit Kessel und Ruß geschwärzten Lappen über Berlins Kopfsteinpflaster und ernteten die erstaunten wie missmutigen Blicke der spärlichen Passanten, die noch keine Zuflucht hinter einer Kneipen- oder Wohnungstür gefunden hatten.

Emmerich sprang auf federnden Schneestelzen vorne weg. Blasebälge mit Dampfventilen zierten die Längsstreben, und ihre Zierde war dabei wörtlich zu nehmen. Abgesehen von den herrlichen Zischlauten, die sie in unregelmäßigen Abständen ausstießen, verfolgten sie keinen Nutzen, doch für Emmerich war das gerade Funktion genug.

Der fulminante Ausblick auf den Testlauf dieser zischenden Hoppswerkzeuge trotz fehlender Schneedecke auf den Bürgersteigen Dort-Draußen, hatte den Zinnsoldaten allerdings dazu bewogen, seinem Hier-Drinnen den Vorzug zu erteilen. Jetzt, da Emmerich genauer darüber nachdachte, wunderte ihn diese Entscheidung nicht mehr. Er klatschte sich mit der Hand vor die Stirn, wobei er leicht aus dem Gleichgewicht geriet, ohne selbst Notiz davon zu nehmen. *Was war er doch manchmal für ein Trottel! Der kleine Zinnmann musste sich in Anbetracht seines höher gelegten Ichs ja geradezu zwergenhaft vorgekommen sein. Und das sollte bei dem Winzigmann schon etwas heißen. Der arme Kerl*, dachte Emmerich, und beschloss, Zinoberius bei seiner Heimkehr zur Wiedergutmachung gleich ein eigenes, besonders langes Paar zusammenzuzimmern.

»Hoppla!« Als eine der Stelzen durch den verlorenen Rhythmus in den Spalten des Kopfsteinpflasters hängenblieb, dämmerte auch Emmerich, dass sich sein Körper dem Boden verdächtig näherte.

Marie und Fridolin hörten es knirschend knacken. Ein Laut, der ihnen die Gesichtsmuskeln zusammenzog, als hätten sie in eine Zitrone gebissen. Sie erreichten Emmerich in dem Moment, als jener auf den Knien landete. »Oh, oh.«

»Haben Sie sich etwas gebrochen?«, fragte Marie außer Atem.

»Allerdings.«

»Auch das noch! Erasmus, lassen Sie mich mal den Bruch sehen. Vielleicht können wir ihn schienen. Wo genau ist er?«

Emmerich stöhnte und hielt ihr die Spiralfedern der Sprungstelzen entgegen.

»Sieh es positiv, alter Freund, nun hast du vier, und bald noch die schön gemalte Sonnenblume dazu«, warf Fridolin ein, während sich eine Rauchschwade nach der anderen aus Maries zerzaustem Schopf zu lösen begann. Dann ließ sie einer Vulkaneruption gleich einen Schwall Wörter auf Emmerich niederprasseln. »Die Federn sind gebrochen? Die FE-DERN? Sie ächzen und stöhnen wegen Ihrer Federn? Sonst geht es Ihnen gut? Sie selbst sind völlig unversehrt? Ich hätte es wissen müssen. Das hätte ich wirklich. Zinbi hat es gleich gesagt. Was wundere ich mich da eigentlich noch?« Marie schüttelte den Kopf und knuffte Emmerich gegen die Schulter.

»Autsch!«

Als er zu ihr aufsah, schickte sie direkt noch einen finsteren Blick hinterher.

»Mensch, Marie!«

»FEE!«

»Nein, bin ich nicht.«

»Eben, und ich kein Mensch.«

»Hat das jemand behauptet?«

»Aaach, vergessen Sie's!« Marie stampfte mit dem Fuß auf und ließ den Blick über die nähere Umgebung schweifen. Stein an Stein an Stein an Stein. Wände, Putz, Mörtel, Emmerich. *Moment!* Zwischen all den Steinen hatte etwas aufgeblitzt. Ein gusseisernes Wappen. Sie trat näher heran. »Ist das wenigstens der richtige Kanaldeckel?«

Emmerich rappelte sich auf, legte ihr eine Hand an den Rücken, um sich abzustützen, und beugte sich hinab.

»Jawohl, das ist er.« Grinsend winkte er nach einem Lappen.

* * *

Nach einer weiteren viertel Ewigkeit und Fridolins blumigem Vortrag über die Dichte von Blütenblättern, der die Ewigkeit

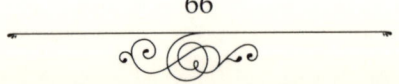

ins Unermessliche ausdehnte, hatten sie es endlich gemeinsam vollbracht, den Kanaldeckel so blank zu polieren, wie er noch nie zuvor geglänzt hatte. Und auch nie wieder würde, erlaubte sich Marie zu mutmaßen.

»Sieh doch mal einer schau, was haben wir denn hier?« Emmerich nestelte einen kleinen, eckigen Gegenstand aus der letzten zu reinigenden Ritze des Wappens und hielt ihn zwischen gespreiztem Zeigefinger und Daumen in den einzelnen Strahl, den die Sonne durch eine Schwachstelle entsandte, die sie beim Abtasten der Wolkendecke gefunden haben musste. Ihr Licht fiel auf den gläsernen Kubus, der von feinen Metallbändern gesäumt wurde, und brach sich in eine Armada kleiner Regenbögen. Die blanken Metallbänder glitzerten und blendeten Marie mit ihrer schimmernden Reflektion. Sie wandte sich ab, um als grau dampfende Gestalt mit dem gewohnt trüben Winterlicht zu verschmelzen.

Nach einem Moment der Trance, in der Emmerich den Kubus wendete und drehte, verebbte das Licht, die Wolkendecke stopfte die Lücke in ihrer Mitte, und Emmerich steckte den gläsernen Würfel mit einem Achselzucken in seine Manteltasche. Über das Blenden der Mitlebewesen hinaus schien er keine Funktion zu besitzen, aber man wusste ja nie, wozu man das einmal brauchen konnte. Und wenn der Tag kam, wollte er sich nicht dieses Momentes entsinnen, an dem er seine Chance verpatzt und das Blendwerk zurückgelassen hatte.

Fridolin griff sich an die Nieren, streckte sich und seufzte. »Mein Knospenstadium ist zu lang vorbei.«

Marie und Emmerich wechselten einen Blick und hoben die Schultern.

»Meine Blüte verwelkt.«

Weiterhin erntete er ratlose Blicke, so dass er sich geneigt sah, den Kopf auf die Seite zu legen. »Na, kommt schon, Leute. Das soll heißen: Ich bin langsam zu alt für sowas.«

»*Sowas?*«, fragte Emmerich.

»Na, *das* das.« Mit der Hand beschrieb Fridolin einen Halbkreis. »Mit den Knien auf eiskaltem Boden herumzurutschen. Mir kriecht die Kälte in die Stängel … K-knochen. Knochen selbstverständlich.«

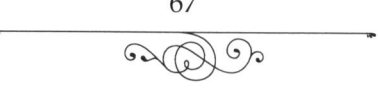

»*Sie* haben uns doch aber hergeschickt«, warf Marie ein.

»Na ja, schon, aber wegen der Morde«, nörgelte er.

»Die Polizei scheint doch alles im Griff zu haben. Und den letzten konnten wir ja gerade noch einmal verhindern. Sie können sich auf die Schulter klopfen, alter Junge!« Emmerich nickte ihm zu.

»Welchen Mord haben *wir* denn verhindert? Mit Putzlappen?«

»Den an unserem schönen Wappen auf dem …«

»… Kanaldeckel, schon klar. Erasmus, ich weiß wirklich nicht, das hier alles … und überhaupt, wäre ich lieber bei meinen Veilchen geblieben. Hach«, seufzte Fridolin, »meine wild-violetten Veilchen.«

Marie verdrehte die Augen. Kupferstich war ja ein netter Mann. Aber auf die Dauer überstieg diese neueste Marotte der ewigen Blumenfaselei die Grenzen ihres Aushaltevermögens. Und dieses ständige Gejammer und Genörgel an Emmerichs Praktiken. Wenn, dann war das ja wohl ihr Job. Angenommen, dass es so weiterginge, wären es beim nächsten Mal sicher nicht mehr nur ihre Augen, die verdreht wurden. Marie ertappte sich dabei, wie sie auf Fridolins Hals schielte, und wandte sich flugs ab. Es tat ihr ja auch leid. Vielleicht brauchte er wirklich nur eine … ‚Blume'. Aber ja, genau! Wieso auch nicht? Das war die Lösung. Das sollte klappen.

»Tee! Jetzt!«, rief sie aus, sammelte die Lappen zusammen und raffte ihre Röcke.

Emmerich und Fridolin sahen mit gehobenen Brauen zu ihr auf.

»Schön wär's?«, fragte Emmerich. »Sehen Sie denn welchen?«

»Wohnt nicht Frau Oppenheimer ganz in der Nähe?«

»Marie, ist Ihnen das Putzzeug zu Kopf gestiegen? Seit wann gehen Sie denn freiwillig …«

»Tee und Kekse«, wiederholte sie. »Und außerdem haben wir einen neuen Fall und eine Idee, ist doch klar«, ahmte sie Emmerich aus vergangenen Fällen nach.

»Haben wir?«

»Haben wir.« Marie lächelte. Das galt zumindest für sie und ihr kleines Amor-Unterfangen.

»Schon wieder?«, stöhnte Fridolin. »Und was säubern wir dieses Mal? Eine Klinke vielleicht oder ein …«

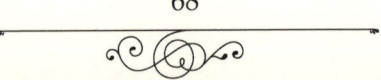

Er riss im Satz ab, als Marie ihm einen ihrer gefürcht-berüchtigten Blicke schenkte und eine Rauchfahne aus ihrem Haar aufsteigen ließ. »Ich dachte, Sie frieren? Da sollte ein Tee Sie doch wieder auftauen können. Klingt das nicht wohlig anheimelnd?«

»Da ist schon was dran.« Als der Wahrheitsgehalt Kupferstich vollends erreicht hatte, verschaffte er sich in einem Lächeln Ausdruck. Er rieb die Beine aneinander. »Also gut, wo finden wir diese Oppenheimer?«

Kaum dass er wieder verstummt war, klatschte Marie in die Hände und nickte. »Wie hübsch, dass wir uns einig sind. Dann auf in die Gichtgasse!«

»Wohlig anheimelnd klingt die wiederum gar nicht«, murmelte Kupferstich, folgte aber der vorauseilenden Qualmfee.

* * *

Emmerich schabte mit seinen Fingernägeln an der Haustür, und Marie konnte ihn gerade noch davon abbringen zu miauen.

Schon näherten sich schlurfende Schritte und eine raue Stimme raspelte Sägespäne. »Maunzbert, hast du schon wieder Hunger?«

Die Tür schwang auf und Frau Oppenheimer blickte auf die Spitzen von drei Paar Schuhen. Zweimal Herrenmodell, einmal Hexenstiefel – hochhackig – um deren Schäfte sich ergraute Rocksäume bauschten. Sie runzelte die Stirn und sah an den Besuchern auf ihrem Treppenabsatz hinauf. Sofort glitt ihre Hand zur Tür, doch Emmerich stellte den Fuß dazwischen, bevor sie zufiel.

»Wir dürfen doch?« Er stemmte die Hand gegen den Rahmen, und Frau Oppenheimer trat grummelnd zur Seite.

»Na, schön, aber das dreckige Zeugs da bleibt draußen!«

Marie, Emmerich und Kupferstich warfen Lappen und Stelzenbruchstücke in den Kessel und stellten ihn scheppernd neben der Tür ab. Anschließend traten die drei hintereinander in den holzgetäfelten Flur und folgten ihrer Gastgeberin.

»Hui.« Fridolin zuckte zusammen, als ihn unterwegs etwas Weiches auf Wadenhöhe streifte, kurz bevor die Tür hinter ihnen ins Schloss fiel. Er sah hinab, konnte die Ursache aber nicht mehr ausmachen.

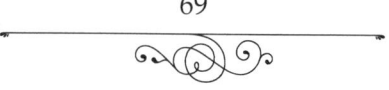

»Ist was?«, fragte Marie.

»Öh, ich glaube nicht.« Fridolin rieb sich die Hände und fühlte, wie sich allmählich die Wärme des nahen Herdfeuers ihren Weg durch den Mantel bahnte, um sich einer lebendigen Decke gleich an ihn zu schmiegen. Weiterhin fein säuberlich aufgereiht betraten sie das in Zwielicht getauchte Wohnzimmer mit blau geblümten Tapeten ringsum und einem forstgrünen Teppich. In angelaufenen Rahmen hingen Bilder von Katzen über den von Kratzspuren übersäten Möbelgarnituren und Kandelabern.

»Dürfen wir Platz nehmen?«, fragte Emmerich.

»Setzen reicht. Dafür wohin Sie wollen«, schnarrte Frau Oppenheimer und ging in die Küche.

Allmählich konnte Marie den muffigen Geruch, der in die Nasen der Besucher drang, als eine Mischung von Kalk mit Staub und angebrannten Keksen ausmachen. Außerdem schien irgendeine Art Fleisch vor sich hinzuköcheln. Sie vermochte es jedoch keinem von ihr bereits verzehrten Tier zuzuordnen. Doch da war auch noch eine feine, angenehmere Note, die an den Rändern ihrer Wahrnehmung zuckte.

»Chinesische Teerose?«, fragte Fridolin.

Oppenheimers Kopf erschien im Türrahmen. »Das haben Sie erkannt?«

Emmerich hatte gar nicht gewusst, dass ihre Stimme zu einem derart hellen Schnarren imstande war. Er schürzte die Lippen und nickte, die Erkenntnis verarbeitend, mit dem Kopf.

»Aber natürlich, Blumen sind meine absolute …«

»Er kennt sich damit aus«, unterbrach Marie Kupferstich, um einen weiteren rosigen Vortrag im Keim zu ersticken.

Frau Oppenheimer musterte sie mit zugekniffenen Augen und sah dann mit erweichender Miene zu Fridolin. Fast hätte man meinen können, sie lächelte, da schrie ein glockenhelles Stimmchen dazwischen und ließ ihre Züge zeitlupenartig verknittern.

Emmerich sprang auf, und unter ihm schoss ein fetter Kater hervor, hetzte in einer Geschwindigkeit, die seine Leibesfülle nicht vermuten ließ, über die Chaiselongue und sprang direkt in die Arme seiner Fürsorgerin.

»Ich sagte zwar, wohin Sie wollen, aber offenbar hätte ich extra für Sie meine Katzen davon ausnehmen sollen.« Sie wandte sich

70

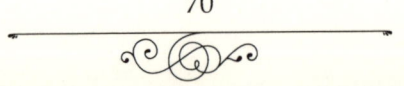

dem Bündel in ihren Armen zu. »Mein armer Maunzbert, ist ja schon gut, Mama ist da.«

»Tut mir leid«, entschuldigte sich Emmerich. »Ich hielt ihn für ein prall gestopftes Kissen.«

Marie biss sich auf die Lippe, während Frau Oppenheimer brummte und den Kater kraulte. Sie trug ihn, Fridolin im Schlepptau, mit sich in die Küche. »Ich helfe Ihnen«, zwang er sich auf.

Emmerich ließ sich erneut auf dem Sofa nieder, und dieses Mal blieb alles stumm. Mit Ausnahme der Geräusche von klapperndem Porzellan, knarzenden Schranktüren, die zuschlugen, und den gedämpften Stimmen, die aus der Küche herüber hallten. Marie setzte sich neben Emmerich und hielt angestrengt die Lippen aufeinander gepresst, während ihr das Lachen in die Augen geschrieben stand. Er sah sie aus den Augenwinkeln an, woraufhin sie ihm die Schulter tätschelte. »Sie haben ihn also für ein Kissen gehalten?«

Emmerich wippte den Kopf hin und her und druckste herum. »Nun ja … zuzutrauen wäre es mir, nicht wahr?« Er schmunzelte.

Sie hörten, wie die Stimmen von Fridolin und Oppenheimer lauter wurden, als sie ins Wohnzimmer zurückkehrten.

»Ja, ja, natürlich, ich sehe sie mir gleich an«, sagte Fridolin und setzte ein Tablett mit dampfenden Teetassen samt Untertellern und geschwärzten Keksen auf einem Beistelltisch ab.

»Da vorne und überall.« Frau Oppenheimer deutete auf die Tapeten in Kniehöhe. »Natürlich ruinieren sie das florale Muster, aber sie sind meine Schätze. Wo sollen sie sonst ihre Krälllein wetzen?«

Fridolin studierte die Kratzer. »Das bekomme ich hin. Ist vollkommen restaurierbar. Schließlich sprechen Sie hier mit einem Experten der Blütenkunst. Auch auf Tapeten.« Er zwinkerte und Marie machte große Augen. Fridolin flirtete doch nicht etwa? *Der* Fridolin Kupferstich? Das lief ja …

»Bestens«, sagte Frau Oppenheimer.

Sie sagen es, pflichtete Marie ihr in Gedanken bei.

»Wann können Sie anfangen, Herr Kupferstich?« Frau Oppenheimer streichelte wie mechanisch den schnurrenden Kater in ihren Armen.

»Na, sogleich.«

»Entzückend«, gluckste sie. »Ganz fabelhaft.«

»Ja. Das heißt, Sie beide brauchen mich doch nicht mehr, oder?«, wandte sich Fridolin an die Zuhörer auf der Couch, und Frau Oppenheimer betrachtete die beiden, als wären sie vor ihr aus dem Nichts erschienen.

Was in meinem Fall ja auch gut hätte sein können, dachte Marie und beeilte sich mit der Antwort. »Nein, nein, tun wir nicht. Bleiben Sie ruhig hier.« *Wer sagt's denn.* Wie sie es liebte, wenn ein Plan funktionierte.

Emmerich musterte Marie und hob die Brauen. »Nett, dass Sie das eingefädelt haben, Marie. Ich habe gar nicht gewusst, dass Frau Oppenheimer Hilfe braucht.«

Marie rollte mit den Augen. Die Oppenheimer brauchte etwas ganz Anderes als Hilfe mit den Tapeten. Sie kicherte in sich hinein und tätschelte Emmerich erneut die Schulter. »Ach Erasmus, es gibt so vieles, das Sie nicht wissen.«

»So? Was denn zum Beispiel?«

»Später. Ich erkläre es Ihnen später. Vielleicht.«

»Sie sind also tatsächlich wegen der Tapeten hier und wollen sonst weiter nichts von mir? Eine willkommene Abwechslung«, schnarrte die Gastgeberin.

»Ich weiß nicht«, sagte Emmerich. »Es war Maries Idee herzukommen. Sie hat einen Fall gewittert.«

»Also doch. Was wollen Sie denn nun, Dampfnudel?«

»*Qualmfee!* Und der Fall«, Marie schnaubte, »hat sich bereits erledigt. Abgeschlossen. Finito!«

Emmerich hielt die dampfende Marie am Arm fest.

»Sie weiß eben, dass ich der Beste in Sachen Blumen bin«, schaltete sich Fridolin ein. »Die Dichte der Blüten beispielsweise muss …«

»Bitte, Fridolin, nicht schon wieder«, schalt ihn Marie nach wie vor rauchend.

»Nun unterbrechen Sie ihn doch nicht immer«, grunzte Frau Oppenheimer sie an, was den Qualm, der von Maries Schopf aufstieg, zum dichten Schwaden anschwellen ließ, während Rußpartikel von ihrer Kleidung zu Boden rieselten.

»Genau! Ich glaube, wir gehen dann auch. Danke für den Tee.« Emmerich stand auf, trank in einem einzigen Zug eine

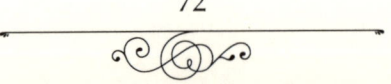

Tasse leer und bot Marie eine weitere an, die mit finsterem Blick den Kopf schüttelte. Kurzum stürzte er auch noch die zweite hinunter und zog Marie am Arm mit sich zur Tür. Im Hinausgehen angelte er sich drei Kohlkekse vom Tablett und winkte damit. »Wiedersehen, man sieht sich!«

»Das steht zu befürchten«, raunte Frau Oppenheimer, als die beiden schon durch den Flur davon stürmten.

Die Kekse im Mund, Marie am Arm und eine Hand bereits am Türgriff, klopfte es mit einem Mal von der Außenseite dagegen.

Emmerich ließ den Griff los. »Mamou«, murmelte er mit vollem Mund, entsann sich, dass das höchst unehrenmännisch war und schluckte, bevor er es erneut versuchte. »Nanu?« Der Detektiv schaute zu Marie, die weiterhin düster vor sich hinstarrte, nach einem Moment aber die Achseln zuckte und auf ein weiteres Klopfen hin die Klinke herunterdrückte. Tappen auf Teppich und Schnurren hinter ihr verrieten die Ankunft von Frau Oppenheimer, Maunzbert und Fridolin, die sich sogleich anschickten, über die Schultern Emmerichs und Maries hinweg einen Blick auf den weiteren Gast an diesem Mittag zu werfen.

3
Die schwarze Witwe und das Trolltoupet

Der Anblick, der sich dem im Hausflur versammelten Grüppchen in Gänsemarschstellung bot, war ein höchst verschleierter. Auf dem Treppenabsatz stand, der Kleidung zufolge, augenscheinlich eine Frau, aber genau vermochte Emmerich das nicht zu sagen. Bis auf die Augen von Kopf bis Fuß in wallendes, weites Schwarz gewandet und das Haupt in Schleier gehüllt, stand – tollkühn würde er die Gestalt einfach als eine *Sie* bezeichnen –, stand also *sie* völlig stumm dort, ganz so, als hindere sie das Tuch über der unteren Gesichtspartie daran zu sprechen.

Nach sekundenlangem An- und Rückgestarre, das für Marie nunmehr die dreiviertel Ewigkeit vollmachte, erhob sich ein Hüsteln, das den Schleier vor dem Mund in leichte Wellen blähte. »Sie müssen der berühmte Erasmus Emmerich sein«, ertönte eine eindeutig weibliche Stimme.

Hatte er es doch gleich gewusst. Ihm machte keine Maske etwas vor.

»Und das an Ihrer Seite ist doch ganz gewiss Ihre Bedienstete. Wie heißt sie noch gleich?«

Maries Blick verfinsterte sich dunkler als düster und Emmerich musste den Griff um ihren Arm manuell verstärken.

»Part-ne-rin«, presste die Qualmfee zwischen zusammengebissenen Zähnen hervor.

»Marie. Sie heißt Marie, oder wahlweise Qualmfee«, setzte Emmerich mit fröhlicher Stimme hinzu. »Wenn ich es recht bedenke ...« Er kratzte sich am Kinn. »Qualmfee nennen *Sie* sie besser nicht.«

»Gewiss doch, gewiss«, hauchte die Verschleierte. »Ich bin Madame Mallarmé, oder für Sie, werter Herr, Stéphanie.« Sie fixierte Marie mit einem Seitenblick. »So nennen *Sie* mich allerdings besser nicht.«

Emmerich runzelte die Stirn, während Marie sich abmühte, die Rauchfahne zu unterdrücken, die sich aus ihrem Schopf

75

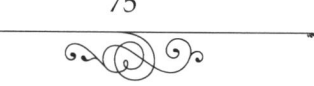

schlängeln wollte. Unter ihrer dampfenden Fassade ratterte es, dann verkanteten sich die Rädchen ihrer Gedanken und sie stutzte. Entweder war diese Dame von ausgesprochener Ignoranz gezeichnet oder aber sie wusste viel. Zu viel. So vieles mehr, als sie vorgab. Qualmfee war eine Seltenheit unter den Wesen - soweit sie wusste, war sie die Einzige ihrer Art -, und diese Dame hatte nicht einmal mit der Wimper gezuckt, als Emmerich es erwähnte.

»Weshalb ich Sie aufsuche, nun, es handelt sich um eine Bitte. Sie mögen die Freundlichkeit besitzen, den Mord ...« Sie verstummte und rang sich ein Schluchzen ab. »... an meinem Gatten aufzuklären. Es stand ja außer Frage, dass ich Sie hier finden würde.«

»Wir sind sonst quasi nie hier«, sagte Marie.

»In Ordnung, in Ordnung, da haben Sie mich erwischt. Ich habe Sie auf der Straße gesehen, aber mich nicht getraut, Sie zu behelligen. Ich wollte meinen Mut sammeln, und als ich ihn beisammen hatte, waren Sie verschwunden. Es ist so schwer, seit mein Mann, Sie wissen schon ... Ich irrte also durch die Gassen und glaubte meine Chance vertan, da fiel mein Tränen verwässerter Blick auf diesen Kessel.« Sie tippte mit der Fußspitze dagegen. »Und ich erkannte Ihre Putzlappen wieder.«

Ihre Augen verrieten, dass sie lächelte, und Marie wusste endlich, wozu die Schleier gut waren. Sie schienen eindeutig die Theatervorhänge zu ersetzen. Das war doch ein reichlich affektiertes Stück, das diese Dame ihnen da vorführte. Sie hatte sie verfolgt, wer weiß, wie lange schon. Unter Umständen aber eine ganze Weile. Wahrscheinlich war sie sogar diejenige, die am Morgen Fridolin fast über den Haufen gerannt hatte. Daher musste auch ihr Mehrwissen stammen.

»Also werden Sie mir helfen? Bitte?«

Marie traute ihren Augen kaum, als sich diese Madame auch noch eine kullernde Träne heraus drückte. Schreckte die denn vor gar nichts zurück?

»Aber natürlich.« Und Emmerich fiel tatsächlich darauf herein?

Marie schüttelte den Kopf, bemerkte, wie sich Erasmus' Griff an ihrem Arm lockerte und vollends von ihr löste, als er zur Madame auf den Absatz hinaus trat. »Wir wollten ohnehin

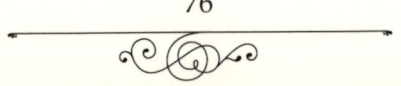

gerade gehen. Dann erzählen Sie doch mal. Marie, nehmen Sie bitte unsere Ausrüstung?«

Putzutensilien und gebrochene Stelzen, tolle Ausrüstung. Dennoch schob Marie sich an den beiden vorbei und bückte sich nach dem Kessel, während Frau Oppenheimer und Fridolin im Flur bis an die Tür vorrückten. Der dicke Kater begann in den Armen seiner Trägerin zu buckeln, seine Schnurrhaare zuckten. In nächster Nähe zur Verschleierten begann er zu fauchen, sträubte das Fell und befreite so die Verstummten aus ihrem Schweigen.

»Aber Maunzbert! Das tut mir wirklich leid. Maunzbert, das hätte eine Kundin sein können. Was ist los mit dir?«, schnarrte Frau Oppenheimer und wandte sich zur Seite, damit der Kater die Gestalt nicht mehr sehen konnte, doch das beruhigte ihn kaum. »Das muss der Schock sein, seit sich der *berühmte Herr Emmerich* auf ihn draufsetzen wollte. So benimmt er sich sonst nur gegenüber Kleinvolk. Und dieses Gesindel hat es, weiß Gott, auch nicht besser verdient!«

»Wie gut, dass wir den Zinnsoldaten nicht dabei haben«, bemerkte Fridolin.

»Wen?«, fragte Frau Oppenheimer.

Madame Mallarmé trug eine verängstigte Miene zur Schau, rückte eng an Emmerich heran und ergriff seinen Arm. »Gehen wir. Bitte, gehen wir fort von hier. Dann werde ich Ihnen alles erzählen.«

»Ich kann's kaum erwarten«, murmelte Marie.

»Genau wie ich«, sagte Fridolin, der sie gar nicht gehört hatte. »Gehen wir rein, nehmen wir doch ein Tässchen Tee, und ich berichte Ihnen von Zinnsoldaten und Gespinst-Gespenstern, geehrte Frau Oppenheimer.«

»Nennen Sie mich Margarete.«

Fridolin errötete. »Fast wie die Blume …«

Bei dieser Bemerkung rastete die Haustür im Schloss ein und verschluckte damit jedes weitere Wort. Im Stillen dankte Marie der Tür für diese Güte. Allerdings schien sich ihr eigenes Schicksal dadurch kaum gebessert zu haben. Vielleicht sollten sie den Stand ihrer Wesensbezeichnung von neuem überdenken. Einfach ein *m* weniger. *Qualfee,* empfände sie als zunehmend passender. Bloß dass sie selbst keine bereitete,

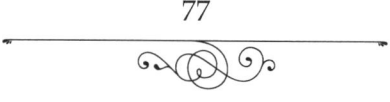

sondern unglücklicherweise auf Empfang geschaltet war. Sie seufzte, was wieder keiner hörte.

Emmerich war mit Madame Mallarmé am Arm bereits die Stufen hinunter gestiegen. Einige Meter weiter blieb er nun auf dem Bürgersteig stehen. »Kommen Sie, Marie?«

Die Dame an seiner Seite schenkte ihr einen strengen Blick, bevor sie sich noch enger an Emmerich schmiegte und gekünstelt kicherte. Nichts konnte die zarte Dampfschwade jetzt noch davon abhalten, sich aus Maries Haar zu lösen und gen Himmel zu kringeln. *Vom Geseier an den Schleier.* Eine Redensart, die sich sicher einbürgern würde, befand Marie und stapfte den beiden nach. Nicht jedoch ohne wenigstens wild den Kessel zu schlenkern, dass die Teile darin blechern aneinander schlugen, nur von Zeit zu Zeit durch ein paar schmutzige Lappen gedämpft.

Emmerich atmete auf, als Marie zu ihnen aufschloss. Sie würde ihm ganz sicher sagen, wenn er etwas im Auge hatte. Diese Dame war dafür wohl zu viktorianisch verhalten, dafür sprachen ihre Blicke eine weniger subtile Sprache. Immer wieder blieben sie an seinen Augen haften. Irgendetwas musste damit nicht stimmen. Ein Gerstenkorn? Geplatzte Äderchen? Er sah Marie an, doch der erwartete Kommentar blieb aus.

Vielleicht lag es gar nicht an seinen, sie hatte womöglich ganz einfach selbst etwas an den Augen. Ganz Ehrenmann, der er nun mal war, sollte kommen, was da wollte, würde er sich einfach bemühen, absolut unauffällig über sie hinwegzusehen. Wortwörtlich. Also ab auf die Zehenspitzen. Nicht dass sie sich mit ihrem Leiden seinetwegen unwohl fühlte.

»Um es kurz zu machen. Mein Mann und ich waren zwar erst seit kurzer Zeit verheiratet, aber er war mein strahlender Prinz in schimmernder Rüstung.«

Marie glaubte, jeden Moment würgen zu müssen.

»Er trug mich auf Händen und sorgte für unser finanzielles Auskommen, während ich mich daheim darin übte, zukünftig unsere Kinder zu hüten. In aller Öffentlichkeit eine Arbeit zu verrichten, schickt sich für eine Dame nicht. Schon gar nicht, wenn man sich dabei schmutzig macht.« Bei diesen Worten

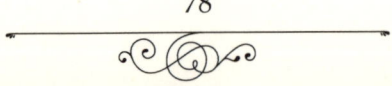

fixierte Madame Mallarmé Marie, ließ ihren Blick an der rußigen Kleidung hinauf und hinab wandern und räusperte sich.

Obwohl Maries Haare nach wie vor schwelten, konnte sie sich ein Lachen nicht lange verkneifen. Die Verschleierte versuchte Emmerichs Blick für sich zu vereinnahmen, indem sie während ihres Monologs mit den Wimpern klimperte, was ihr Tuch hielt, und alles daran setzte intensiven Augenkontakt herzustellen. Wohingegen Emmerich bei jeder ihrer Bestrebungen auf die Zehenspitzen stieg und über sie hinweg oder an ihr vorbei blickte. Als Marie es nicht mehr aushielt, schlug er sich gerade die freie Hand vor Augen. Darüber ließ die Witwe beinahe von seinem Arm ab, packte ihn aber nach Maries giggelnder Reaktion umso fester.

Dieses Spiel führten sie fort – sie suchte seine Augen, er wippte, neigte den Kopf, schloss die Lider, schaute weg –, während sie zwischen den weitgehend schmucklosen Häuserfassaden durch die nahezu ausgestorbenen Straßen und Gässchen des Theomann-Krautbier-Viertels schlenderten, das dieser Tage sogar der Wind mit seinem Säuseln schmähte. So verkündeten die angebrachten Messingschilder still die Namen von Gewerben wie *Das flatternde Hähnchen*, *Taverne Gackeriki* oder *Zum wilden Pustekuchen*, während gedämpftes Licht aus ihren Buntglasfenstern drang. Abgesehen vom Widerhall der eigenen Schritte fanden nur dann Töne und fremde Stimmen den Weg an ihr Gehör, wenn ab und an eine der Kneipentüren den ein oder anderen Gast ausspuckte, oder das Surren und Knattern die Anwesenheit von Pickatoren verriet.

Die Hybriden aus Krähe und Gürteltier, Lebewesen und Mechanik – der aktuelle Schrei auf dem Gebiet der Biolonik –, pickten und saugten Abfälle auf, zersetzten sie und gewannen daraus die nötige Energie, um blinkend und piepsend durch die Berliner Straßen zu sausen. Sie steuerten eigenständig den Dampfablass durch ihren beweglichen Auspuff, um die Geschwindigkeit zu regulieren. Zwei jener Exemplare brausten soeben an dem Trio vorbei.

Als Marie ihre Aufmerksamkeit wieder der Witwe zuwandte, sprach diese längst weiter.

»... dem auch sei. Auf unser gemeinsames Glück folgte schnell der herzzerreißende Schmerz und die Trauer ...«

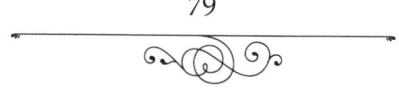

Wie trag-… theatralisch, dachte Marie zum wiederholten Mal, und Emmerich sah schleunigst auf seine Schuhspitzen, als die Madame ihm wieder den Kopf zuwandte. Eine heranrumpelnde Kutsche dehnte die dramatische Pause in die Länge, wenn sie auch die Stille relativierte. Als sich die klackernden Hufe der Shire Horses samt ratterndem Räderwerk näherten, zuckte die Witwe zusammen, sprang zur Seite und zog Emmerich mit sich in den nächsten Hauseingang. Dort presste sie sich gegen die Tür, während die zwei Kaltblüter schnaubend vorbei trabten. Die warme Atemluft trat als Wölkchendunst aus ihren Nüstern und kurz darauf war das Gespann mit klirrendem Geschirr in einer kreuzenden Straße verschwunden. Nur ein paar zurückgelassene Äpfel zeugten noch von ihrem Erscheinen.

Und das nicht für lange. Sofort stürzte sich das Pickatorenduo auf die dampfenden Überbleibsel und kümmerte sich um die pferdeapfelgerechte Entsorgung. Der Gürteltierkopf sengte sich, und durch den geöffneten Krähenschnabel hörte man das Saugen des mechanischen Robotertierchens. Die Beute wurde geschreddert, der Gürteltierpanzer zog sich zusammen, um die Reste zu pressen, und überließ die Zersetzung den Metallbakterien in seinem Inneren. Dann knatterten sie auf ihren hydraulischen Beinen mit Dreierrollfortsätzen weiter.

Die Witwe atmete hörbar ein und grunzte als würde sie unter ihrem Schleier - für alle gut hörbar - die Nase rümpfen.

Wenn ihre Redepausen noch länger dauern, muss man die Worte eher als Pausen von der Stille betrachten. Marie verdrehte die Augen und zog eine Grimasse, als die Witwe nicht hinsah – im Gegensatz zu Emmerich. Er verzog darüber den Mund, und Marie verschränkte die Arme, so gut das mit nur einem freien möglich war.

»Er war unter den sieben Opfern, von denen die Zeitungen berichten«, fuhr Madame endlich fort.

»Dann war er ein Troll?«, fragte Marie und presste die Lippen zusammen, um nicht wieder zu lachen.

»Was denken Sie sich?! Nein, er war kein Troll. Er trug ein Toupet!«

»Auf dem ganzen Rücken? Und den Armen? Und das ist den Beamten nicht aufgefallen? Wenn die ihn für einen Troll gehalten haben, muss er ganz schön häss-, also sehr … *markant* ausgesehen haben.«

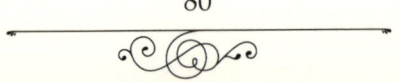

Marie erntete einen finsteren Blick. Immerhin wusste sie jetzt, wie sich das anfühlte, auch wenn es bei ihr bestimmt wesentlich natürlicher wirkte, aber es konnte ja nicht jeder ein Meister des düsteren Starrens sein. Die Qualmfee umging eine der stadtweit immer wieder im Boden eingelassenen Glasplatten, die hier am Messingschild des *Ramponierten Entchens* sogar einen gesamten Bürgersteigabschnitt ersetzten und den Blick auf das darunter plätschernde Flussrinnsal freigaben. Die Gegend war für ihre Straßenfeste in den Sommermonaten bekannt, bei denen man munkelte, dass sich sogar Bismarck unter das Volk mischte. Ein Heidenspaß für Touristen, aber Gefahr für jede Frau, die ihre Unterröcke nicht ausspioniert haben wollte.

Madame Mallarmé schien es nicht zu kümmern, jedenfalls ging sie über die Platte hinweg als trüge sie Hosen. Ihr Glück, dass gerade kein Ausflugskrebs unter der Stelle herumdümpelte. Obwohl Marie es ihr gegönnt hätte.

»Mein Mann brauchte Arbeit und war damals in den Dienst eines Ausländers getreten, der allerdings partout nur Trolle einstellte«, fuhr die Witwe fort. »Also hat er sich verkleidet. Na ja, später wurde sein Auftraggeber verhaftet, weil er angeblich einen Anschlag auf das Deutsche Kaiserreich plante. Gott behüte! Wenn Sie mich fragen, ist da nichts dran. Mein Mann hätte sich auf so jemanden niemals eingelassen. Jedenfalls ist mein Mann bei seiner Troll-Truppe geblieben. Sie wurden immer gut beschäftigt, bis die Ermittler auftraten und versuchten an Informationen zu gelangen, inwieweit sie von den Plänen ihres ehemaligen Arbeitgebers gewusst hätten. Der schwieg sich nämlich in seiner Zelle aus. Jeder, der beschlossen hatte zu reden …«

Zu grunzen, traf es wohl eher, dachte Marie.

»… wurde kurz darauf tot aufgefunden. Mein Mann verriet mir kurz vor seiner Ermordung, dass er meinte, seinen hageren Arbeitgeber gesehen zu haben. Was ja nicht sein kann, wo er doch in Frankreich einsitzt.«

»Villard!«, keuchte Marie. »Er ist hier?«

»Wenn ich das richtig verstehe«, mischte sich Emmerich ein, »sind es nur Gerüchte. Er ist doch im Hochsicherheitsgefängnis-Bisweilen-Magischer-Aber-Im-Rahmen-Der-Gleichheit-

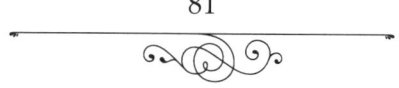

Brüderlichkeit-Und-Toleranz-Nicht-Weniger-Natürlicher-Wesen untergebracht. Sei es drum, ich meine, wir sollten uns den Fall vielleicht doch einmal genauer ansehen. Das heißt, bevor Villard – ob nun er selbst oder irgendwer in seinem Auftrag – wieder anfängt, wahllos unschuldige Türknäufe auszutauschen.«

»Oder weiter zu morden«, ergänzte Marie.

»Wie meinen?«

»Na ja, man könnte weitere Leben retten.«

»Ja ja, genau, die der Knäufe, meiner Geduld, et cetera, et cetera, wie ich eben sagte. Dann sind wir uns also einig. An diesem fallreichen Tag nehmen wir einen weiteren an?«

Marie nickte, ließ ihre Auftraggeberin jedoch keine Sekunde aus den Augen.

»Führen Sie uns doch bitte dahin, wo das Schicksal Ihren Mann ereilt hat«, sagte Emmerich.

Das Universum fragte sich, wie sein fatalistischer Vetter das wieder angestellt hatte, und schob sich einen Löffel Müsli in den Mund.

»Das habe ich längst. Wir sind da.«

Marie und Emmerich begutachteten die Backsteinmauer der Sackgasse, die sich vor ihnen aufbaute. Der Ermittler machte sich von Madame Mallarmé los, trat schnurstracks auf die Wand zu und beugte sich nach vorne, bis seine Nasenspitze fast den Stein berührte.

Das Universum verschluckte sich um ein Korn am Hafer. Was dieser Erdenkerl da wohl machte?

Tatsächlich klopfte der Erdenkerl mit den Knöcheln gegen den kalten Stein, drückte sein Ohr dagegen, so dass sein Zylinder verrutschte, und lauschte auf das Nichts. Doch selbst das tat sich nicht. Lediglich sein Ohr schien allmählich festzufrieren. Vorsichtshalber verharrte er eine weitere Weile in der Position, bis ein spitzer Aufschrei ihn herumwirbeln ließ. Mit blau gefrorenem Ohr wandte er sich so schnell um, dass er dabei zum zweiten Mal an diesem Tag drohte, das Gleichgewicht zu verlieren. Emmerich streckte den Arm aus, fing sich an der Mauer ab und tat sogleich, als müsse er sich strecken. *Nur die Ruhe, Emmerich, das hat keiner gesehen, selbst auf deine mittleren Tage bist du noch so schwungvoll, dass es einen manchmal umhaut.*

Er straffte den Rücken, umschloss mit den Händen sein Mantelrevers und schritt der Witwe entgegen.

Die deutete auf Marie. »Sie verunreinigt den Tatort!«, kreischte sie. »Da sehen Sie! Die rußigen Putzlappen in dem Kessel. Und von ihr selbst rieselt er auch zu Boden. Das verwischt doch alle Spuren.«

»Welche Spuren?«, fragte Emmerich, und Marie schaute mit großen Augen drein.

»Weiß ich nicht. Die sind ja jetzt verrußt!«

»Papperlapapp«, wiegelte Emmerich ab, doch Marie ließ scheppernd den Kessel zu Boden fallen und stemmte die Hände in die Hüften. »Das reicht jetzt! Was für ein Spiel treiben Sie hier?«

»Ich? Gar keins. Sehen Sie das, Herr Emmerich? Die ist völlig außer Kontrolle!« Mit wehendem Rock trat die Witwe an die Seite des Privatermittlers und legte ihre behandschuhten Hände an seine. »Schicken Sie sie fort!« Sie klimperte mit den Wimpern, und Emmerich blickte zur Seite. »Madame Mallarmé ...«

»Stéphanie«, gurrte die Witwe.

»Fein, dann Madame Stéphanie, ich wollte es wirklich nicht sagen, aber ich fürchte, Sie haben etwas am Auge.«

»Wie? Was? Ach! Schnickschnack, schicken Sie sie nun weg? Bitte. Sie verunreinigt den Tatort und damit das Andenken meines Mannes. Außerdem ...« Sie schniefte.

Was kommt denn nun wieder? Eine Rauchfahne kräuselte sich aus Maries zerzaustem Schopf.

»Außerdem macht sie mir Angst. Nun ist es raus. Ich fürchte mich vor ihr, und sie ist unprofessionell!«

»Also, ich weiß nicht.«

»Schon gut, Erasmus, ich gehe freiwillig. Falls es hier Spuren gab, sind sie ohnehin *verunreinigt*. Aber nicht von mir, sondern von den vergangenen Tagen. Ich gehe zu Zinoberius zurück. Der wartet schon lang genug auf uns.« Damit stolzierte Marie erhobenen Hauptes davon.

Emmerich blickte ihr nach, während Madame Mallarmés Augen funkelten. Gerade als er einen Schritt nach vorn machte, um Marie zu folgen, hielt ihn die Witwe zurück.

»Endlich allein!« Sie positionierte sich vor dem Ehrenmann wie die Schlange vor dem Kaninchen, fixierte seinen Blick und hielt Emmerichs Kopf fest zwischen ihren Händen, damit er

ihn nicht wieder abwenden konnte. Wie unter vielen Decken verborgen, drang ein Summen an sein Ohr, das sich so dicht am Rand seiner Wahrnehmung bewegte, dass es kaum mehr als eine bloße Vibration darstellte. In sanften Wellen strich sie seinen Gehörgang entlang, während er versuchte einen deutlicheren Ton zu vernehmen. Je genauer er sich jedoch bemühte hinzuhören, desto weiter schien sie sich zu entfernen, desto mehr dicke Decken breiteten sich darüber, und sie begann sich zunehmend aufzulösen.

Das Universum schob die Müslischale von sich und rieb sich die Augen. Was immer da vor sich ging, schien vielversprechend, und weil es schon mal wach war, konnte es das auch gleich bleiben. Ein Kännchen heiße Milch und seine Bommelpantoffeln kämen dazu genau richtig.

4
Spuren und Qualm verdichten sich

Maries Haar war längst nicht mehr das Einzige, das rauchte. Im Sekundentakt wechselte sie von Qualm- zu Körpergestalt und löste sich wieder auf, nur um sich erneut zu verfestigen, während sie stetig vorwärts strebte und die Spur aus Rauch nach sich zog.

Die Dunkelheit rückte an diesem Tag frühzeitig heran. Es schien ganz so, als habe die Sonne ihre Versuche aufgegeben, durch das Wolkendickicht zu dringen. Schon bald würden die ersten Laternenanzünder Maries Weg kreuzen. Bewaffnet mit den langen Stielen und in dicke Schals gewickelt würden sie die trüben Straßengassen schlussendlich doch noch in goldgelbe Lichtkegel hüllen und die schwammigen Graustufenschatten, in die Marie als Dampffetzen eintauchte, sich regelrecht mit ihnen verband, an die Ränder zurückdrängen, wo sie an Kontur und Tiefe gewinnen konnten.

Eine Weile schwamm Marie wie auf sanften Wellen in diesem Dazwischen und ließ sich auf ihrem Nichtlichtschattenmeer treiben. Dabei blendete sie jeglichen Gedanken aus, bis ein einziger sich wie ein Blitz in ihr Bewusstsein zurückstahl und mit einem Knall explodierte. Sie materialisierte sich, um aufzustampfen, wandelte sich wieder zu Rauch und zischte voran, bis ihr der Qualm schon die eigene Sicht vernebelte, und sie ihre Umgebung nur mehr wie durch einen Schleier wahrnahm.

Schleier, das war ihr Stichwort. Taucht aus dem Nichts auf, spinnt Emmerich ein und dann schwärzt diese zugedeckte Geheimnistuerin sie auch noch an. Schwärzt sie, Marie - eine Qualmfee, bei Bismarcks Barte! – an. Ihre Sicht verunklärte sich zusehends. »Aaarrgh!! Und hach.«

Vielleicht hätte sie nicht so aus der Haut fahren sollen; nicht flüchten wie ein Kind. Schließlich war sie doch keine Kleinfee mehr, und sie konnte Emmerich unmöglich mit sich selbst alleine lassen. Noch dazu bei dieser Dame. Andererseits hatte er sich nicht ansatzweise dagegen gewehrt. Sie seufzte. Außerdem war er ein erwachsener Mann – *aber gleichsam auch sozio-naiv*, widersprach ihre innere Flüsterstimme.

Und diese Witwe, wenn sie überhaupt eine war, führte definitiv etwas im Schilde. Ein Trolltoupet. Von wegen. Puppentheater! Emmerich mochte sich davon blenden lassen, ihn hatte diese Mallarmé zum Kasperle auserkoren. Aber Marie würde definitiv herausfinden, was es damit auf sich hatte, bevor *ihrem* Kasperle etwas geschehen konnte.

Selbst in Rauchform konnte sie spüren, wie ihre Miene weich wurde. Sie musste sich zusammenreißen und zwang sich zur Verfinsterung. Nur so konnte sie den Schleier lüften, der sich um das Geheimnis legte wie um die Figur der Mallarmé selbst.

Erst als Marie die Klinkergasse erreichte, in der die kahlen Häuserfronten allmählich schmuckvolleren Fassaden wichen, und das Gassengewirr durch bepflanzte Plätze aufgebrochen wurde, hielt sie an und materialisierte sich endgültig. Sie stand vor einer der Werbeapparaturen, die klickend zwischen bis zu drei Anzeigen wechseln konnten und durch Wurzeln aus Kupferdraht im Boden verankert waren. Marie starrte den eckigen Kasten auf dem etwa einen Meter hohen Spiralstamm an, bis ihre Sicht sich klärte.

»Erleben Sie Berlin von unten! Startpunkte entlang der Krebsdümpelstationen beidseits der Spree«, bewarb das Reklamometer. Dann mahlte ein Räderwerk, eine Kette rasselte, der Kasten drehte sich und gab mit dem Klang eines Hammerschlags die nächste Nachricht preis. »Das KKK-Netzwerk wird weiter ausgebaut. Klangkugelkommuni-katorschienen zur Installation im Villenviertel.«

Die Biolonik machte weiterhin Fortschritte. Wie lange es wohl noch dauerte, bis die vom elektrischen Extrakt mechanischer Zitteraale betriebenen Kugeln auch durchs Erfinder-Viertel rollten? Emmerich würde nicht begeistert sein, eine Erfindung Wellwatts an sein Haus anzuschließen, aber die Kommunikation würde es erleichtern. Zumindest solange, bis Emmerich etwas noch Funktionaleres einfiel.

Marie ging weiter. Sie würde den Rest des Weges im Fußmarsch hinter sich bringen, bevor noch ein Laternenanzünder den

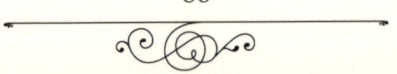

Versuch unternahm, sie zu löschen, weil er sie für eine wandernde Flamme hielt. Wäre ja nicht das erste Mal. Sie erschauderte bei dem Gedanken tropfnass durch die Kälte zu wandern.

Auf einer Bodenglasplatte blieb sie stehen. Da sie sich gewundert hätte, darunter um diese Zeit etwas anderes als den unterirdisch dahin plätschernden Flussarm zu sehen, erschien es ihr trotz Rocktragens ungefährlich. Sie schaute in die feuchte Grotte. Geführte Gründeltouren der mechanischen Krebsboote lohnten nur bei Tageslicht. Sonst gab es selbst für die da unten nicht viel von Berlin zu sehen.

Als Marie den Blick wieder hob, ragte vor ihr ein dunkler Schatten auf, der sich klar gegen das Zwielicht abzeichnete. Ein weiteres Reklamometer war das eindeutig nicht. Dafür verliefen die Konturen zu weich. Es schien sich vielmehr um einen schwammigen, dunklen Berg zu handeln. Er lag abseits vom Bürgersteig in einem Beet.

Marie zögerte, sah sich um und trat näher. Der Geruch von Schweiß, Rost und wilden Kräutern stieg ihr mit einer Intensität in die Nase, dass sie ihn fast körperlich spüren konnte. Es war, als inhaliere sie die substanzlosen Duftnoten wie Gelee, das durch ihre Atemwege schwappte, träge durch den Rachen floss und die Zunge verklebte. Sie schmatzte und konnte deutlich salzige Kräuter schmecken. Während sie die Zunge rausstreckte und die Mundwinkel verzog, starrten sie kleine, eingesunkene Augen aus einer mettartigen Masse heraus an, die man kaum als Gesicht bezeichnen konnte. Das Bild setzte sich in einem massigen, haarigen Leib fort. Beide – Körper wie Blick – zeigten keinerlei Regung, was am Rande des Krautbierviertels nichts bedeuten musste. Marie wurde schon allein von dem Geruch passiv-duselig. Sie zog den Mantelkragen über die Nase, stupste mit der Stiefelspitze in den Haufen und machte sich bereit in Deckung zu gehen.

* * *

»Ich kann beileibe nichts erkennen, tut mir leid. Ihre Augen scheinen völlig in Ordnung zu sein.« Emmerichs Versuche sie einzufangen, hatten die Vibration vollends vertrieben und seine

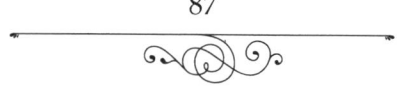

Gedanken zu Madame Mallarmé zurückkehren lassen. Er löste ihre Hände von seinen Wangen und trat zurück.

Die Witwe blinzelte irritiert und schob die Brauen zusammen, so dass eine steile Falte dazwischen erschien. Als sie merkte, dass Emmerich sie musterte und sie die Hände nach wie vor erhoben hielt, ließ sie sie sinken. »Verzeihen Sie. Ich bin nur so einsam und Ihre Augen … ich wollte mich nur einen Moment in ihrem Spiegel verlieren.«

Emmerich zog eine Braue hoch. »Aha. Ja ja, das leuchtet ein. Marie hatte jedoch Recht, hier ist nichts mehr zu machen. Wir sollten vielleicht stattdessen …« Er runzelte die Stirn, und die Witwe hing an seinen Lippen, während er in Gedanken schon zu Brot und Käse schweifte.

»Verraten Sie es mir! Ich kann doch sehen, dass Sie einen genialen Einfall haben.«

Emmerichs Lippen verzogen sich zu einem Grinsen. »In der Tat. Ich weiß jetzt, wie ich die Federn der Schneestelzen stabiler gestalten kann. Aber erst mal wird es Zeit für ein deftiges Abendmahl. Mit vollem Magen lässt es sich besser tüfteln.«

»Und der Mord an meinem Mann?«

»Höchste Priorität. Morgen wieder. Kommen Sie, ich bringe Sie heim. Marie und mir wird da schon etwas einfallen.«

»Marie?«

»Ja, Sie wissen schon, die Dame mit dem dampfenden Haar, die gerade fort ist. Ach ja, richtig, habe ich Sie Ihnen nur als Qualmfee vorgestellt, hm?«

Madame Mallarmé stöhnte auf.

Bei Preußens Pickelhaube, hat diese Witwe vielleicht ein Kurzzeit-gedächtnis, schoss es Emmerich durch den Kopf, er hatte Marie ganz sicher nicht nur als Qualmfee vorgestellt. Dennoch schalt er sich für den abfälligen Gedanken. Vielleicht drückte der Dame ihre Trauer auf den Hippocampus. *Wie dem auch sei,* für den modernen Ehren-mann war ein solcher Gedanke völlig ungebührlich. Wohingegen Marie ihn vermutlich sogar ausgesprochen hätte. Emmerich schmunzelte, und das Schmunzeln übertrug sich auf seine innere Stimme, die zu glucksen begann. Dass er sich nicht schäme. Die Stimme hob den Finger. Ja, das sollte er wirklich, aber er entschied sich dagegen und nahm sich stattdessen des Kessels an.

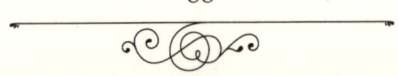

»Ihr Haus liegt auf dem Weg. Von dort kann ich mir eine Kutsche nehmen«, sagte Madame Mallarmé und hakte sich bei Emmerich unter. Der pfiff vor sich hin, während sie losmarschierten – das heißt, er marschierte, und sie versuchte neben ihm her trippelnd Schritt zu halten.

Der letzte Pfeifton verendete Emmerich auf halbem Weg über die Lippen und geriet zu einem Ausruf. »Marie!«

Die Qualmfee stand etwas abseits in einer Bepflanzungsanlage und beugte sich über einen haarigen Fleischberg am Boden. Jener überführte das dort angesiedelte Immergrün in die Kategorie *Es war einmal ...*, wobei von *Es lebte glücklich, bis an sein Lebensende* nicht die Rede sein konnte. Der Größe nach zu urteilen, war es erst im Herbst gepflanzt, sein Daseinszustand somit durch ein vorzeitiges und überaus trolltriefendes Schicksal von *einstmals vorhanden* zu *vollends geplättet* verschoben worden.

»Vale, Vinca minor«, murmelte Emmerich, nahm den Hut ab, drückte ihn in letzter Ehrerbietung an die Brust und setzte ihn wieder auf, bevor er sich wiederholte. »Marie!«

Sie schreckte auf und ließ einen silbernen Gegenstand fallen, der raschelnd seinen Weg durch die Bodendeckertrümmer nahm, bevor er dumpf am Boden aufschlug. Eine rötliche Substanz zog zähflüssige Fäden durch die kleinen Blätter des Immergrüns.

»Auf frischer Tat ertappt«, säuselte die Witwe, und ihre Augen funkelten.

»Ganz recht«, pflichtete Emmerich ihr bei. »Was fällt Ihnen ein das Vinca minor zu zertrampeln! Wo gerade Sie darüber schweben könnten! Denken Sie doch nur an Fridolin! Der Ärmste wäre schockiert.«

»Vinca minor?«, fragte Marie. »Sie haben sich doch nicht von seiner Pflanzenleidenschaft anstecken lassen?«

»Ich hatte schon immer eine Vorliebe für diesen kleinblättrigen Vertreter der Familie der Apocynaceae. Sie glauben gar nicht, was man mit seinem Gift alles anfangen kann.«

»Für den Tod des Trolles wird es jedenfalls nicht verantwortlich sein.«

»Den Blutspuren auf dem Dolch zufolge sicher nicht, nein.«

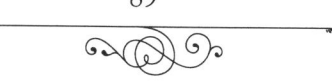

»SIE! Sie hatte die Tatwaffe in der Hand!«, meldete sich Madame Mallarmé zu Wort. »Interessiert das hier denn keinen?«

»Der Troll kam kurz zu sich und drückte mir den Griff in die Hand!«

»Aber Marie.« Emmerich war näher herangetreten und begutachtete den Leichnam, der immer noch Wärme ausstrahlte. Demnach konnte er tatsächlich frühestens kürzlich in den toten Zustand übergetreten sein.

Die Qualmfee beugte sich zu ihm und flüsterte: »Es war sein Dolch, er hat versucht sich damit zu verteidigen. Er sagte, er habe sie damit erwischt. Seine MörderIN.«

»Also klebt Ihr Blut daran«, sagte die kalte Stimme, und Marie fuhr zur schwarzen Witwe herum, die mit einem Mal direkt hinter Emmerich stand, die zu Schlitzen verengten Augen auf sie geheftet. »Und wo waren Sie eigentlich heute Morgen? Mord Nummer 7 begangen?«

»Na na na.« Emmerich kratzte sich am Kinn, zupfte aus dem Eimer den saubersten rußig-fettigen Lappen, den er finden konnte, und bückte sich nach dem Dolch, um ihn einzuwickeln. »Marie, die Laternenanzünder sollten uns bald erreichen, laufen Sie Ihnen entgegen und schicken Sie einen zu Inspektor Graus. Athanasius soll gleich seine Beamten mitbringen.«

»Aber da kann ich doch gleich selbst hinflieg- ... gehen.« Sie warf von der Seite einen Blick auf die lauschende Witwe.

»Sie, meine Teure, gehen nach Abpassen der Anzünder zu Zinoberius. Ich warte hier und hüte derweil den Troll. *Sie* kehren nicht hierher zurück.«

»Aber ...« Marie begegnete Emmerichs strengem Blick. Würde sie ihn nicht selber sehen, hätte sie nicht geglaubt, dass ein solcher zu seinem Repertoire der Gesichtsausdrücke zählte. Schon gar nicht gegen sie gerichtet. Der Moment dehnte sich aus und füllte die Ewigkeit zur Gänze. »Sie denken doch nicht wirklich, dass ich ...«

Emmerich wandte den Kopf ab. »Sie sollten nicht hier sein, wenn die Polizei eintrifft.«

»Ausgespielt, Qualmfee«, zischte die Madame unter ihrem Schleier.

Marie überhörte den Kommentar, senkte den Kopf und lief

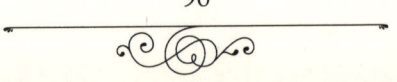

den Anzündern entgegen. Mit klackernden Schritten immer der Laternenroute nach.

Natürlich hatte Marie nichts getan, da war Emmerich sich sicher, aber er würde auch nicht dulden, dass irgendwer, und sei es Athanasius Graus, auch nur auf die Idee käme. Es stand außer Frage, dass hier Villards Befehle ausgeführt wurden. Nur er würde so sorglos mit deutschem Eisen umgehen wie am Morgen mit dem Kanaldeckel. Außerdem hatten alle Trolle für ihn gearbeitet, und Marie war nicht mit dem Halunken ausgegangen. Soweit er wusste, hatte er sie zwar nie darum gebeten, aber was sollte ihn sonst gegen die Qualmfee aufgebracht haben? Das war das Werk eines verschmähten Menschen, ganz klar. Sie hatte zwar damals die Soldaten in seine Hallen geführt, aber daran erinnerte sich Villard gewiss nicht mehr, schließlich hatte ihm Emmerich höchstpersönlich eine mit dem Spazierstock übergezwiebelt.

Seine Ohren färbten sich rosa, wenn er daran dachte. Nicht die feine kaiserliche Art, aber da gab es doch ein Sprichwort: *Ungeheure Halbalben erfordern ungeheure Hiebe* oder war es *Der Stock befehligt die Trolle* gewesen? Das konnte er später noch einmal nachschlagen. Fortan würde er jedenfalls jeden Knauf und jede Klinke im Auge behalten. Vorsorglich. Sollten sich Ersetzungsspuren daran erkennen lassen, hätte er im Vorbeigehen Villards Versteck entdeckt.

Eine gezielte Überprüfung kam nicht in Frage, wenn sie nicht Jahre damit zubringen wollten. In solchen Zeiten gab es eben nur ein Mittel: Sehorgane offenhalten und hoffen, dass das Universum einem hold war. Zumindest lächelte es bei seiner Erwähnung, auch wenn Emmerich das verborgen blieb.

Ob sich der Halbalb etwa doch an Maries führende Rolle bei dem Vorfall damals erinnerte? Der Detektiv wischte den Gedanken fort. Humbug, *ein* Mann konnte unmöglich so kleinlich sein. Allerdings war dieser ja nur ein halber, das musste Emmerich sich stetig vor Augen halten.

Jetzt stand aber erst mal das Vorknöpfen der Madame auf dem Plan. »Madame Stéphanie, Ihre Trauer in allen Ehren, aber ich weiß genau, dass ich Sie darauf hingewiesen habe, Marie

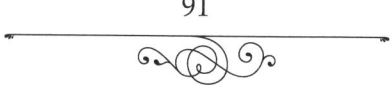

bitte nicht Qualmfee zu nennen. Trotzdem haben Sie es getan. Was sollte das?«

Wenn man genau hinhörte, konnte man das Universum seufzen hören.

* * *

Dampfend kehrte Marie in die 2-2-1 C zurück, wo Zinbi sie schon erwartete. Als sie unter dem Türschlitz hereinzog und sich wieder materialisierte, machte er große Augen. »Soll ich den dampfbetriebenen Einsahner holen? Du stehst ja förmlich in Flammen, bloß ohne … du weißt schon … das Feuer.«

Marie marschierte zum Bett und ließ sich auf die weiche Decke fallen.

»Wenn ich mir allerdings deine Pupillen ansehe, scheinen da doch welche zu züngeln. Was ist passiert? Schneestelzenmassaker? Kupferstich'sche Blumenkatastrophe?«

Maries Seufzen geriet zu einem Schluchzer. Sofort biss sie sich auf die Lippen und atmete tief durch, bevor sie losschimpfte und die Fakten vor Zinoberius ausbreitete.

»Wir müssen etwas tun. Müssen vorbereitet sein, Zinbi«, schloss Marie ihre Ausführungen. Sie stolzierte vor ihm auf und ab, die Arme hinter dem Rücken verschränkt und eine erstarrte dünne Rauchfahne über dem Kopf schwebend. »Diese Witwe spielt mit uns. Mich will sie offenbar aus dem Weg räumen. Damit komme ich klar, aber Erasmus … Er glaubt mir vielleicht nicht mehr. Und wer weiß, was sie mit ihm vorhat? Wir müssen ihn retten. Die Frage ist bloß wie?«

»Na jaaaa.« Zinbi wiegte den Kopf und tippte sich im Sekundentakt eines Uhrzeigers auf die Lippen. Dann sprang er auf. »Wie wäre es, wenn wir in das Spiel einsteigen würden und selbst mal ein paar Züge machten?«

»Wie meinst du das? Die merkt doch, wenn wir etwas unternehmen.«

»Nicht, wenn sie uns nicht erkennt.«

»Aber sie weiß, dass ich mich zu Qualm wandeln kann.«

»Das schon. Aber sie ist auch nicht die Einzige, die sich

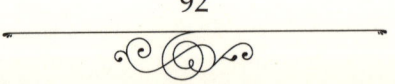

verkleiden kann. Nimm die Treppe, wir treffen uns unten!« Der Zinnsoldat hatte die Worte nicht ganz ausgesprochen, da lief er bereits zum Tassternoster und sprang in die erstnächste Tasse, deren Rand soeben im Fußboden verschwinden wollte.

94

5

Dichter und nicht ganz so Dichte(nde)

Marie nahm die knarzenden Holzstufen ins Untergeschoss. Zinoberius hatte bereits die Gaslampen entzündet, die auf seiner Höhe angebracht waren, das heißt, Maries Stiefel wurden auf Höhe der Knöchel in gedämpftes Licht gehüllt. Von dort an aufwärts schraubten sich Konturen kantiger Gestalten in die Höhe, vermutlich aufeinander gestapelte Kisten. Durch die Deckenöffnung für den Tassternoster fiel ein heller Strahl aus der Stube und zerschnitt die Dunkelheit in diesem Teilbereich. Ein Tisch wurde erkennbar, unvollständige Gegenstände; eineiige Erfindungen, Ersatzteile, Werkzeug, Schräubchen, Drahtfortsätze, Federn und … Rosinen?

Marie schraubte an dem Schraubkippler, bevor sie ihn kippte, und im gesamten Gewölbe ringsum der Gasschein der erwachsenen Verwandten der fußhohen Lämpchen aufflammte. Sie erhellten die explosionsdurchlöcherten, brandgeschwärzten Nischen zwischen den von Kisten gesäumten Wandabschnitten. Die Spuren quittierten Emmerichs erste 14 Fehlversuche mit der Technik. In manchen waren noch angeschmolzene Sahnerückstände zu erahnen und weitere Einsahner standen bereit. Eigentlich dazu entwickelt mit Pumpendruck auf Apfelkuchen befördert zu werden, hatten sie sich letztlich als bessere Löschwerkzeuge entpuppt.

Dafür, dass sie sich hier so selten aufhielten, war der hohe Kellerraum erstaunlich staubfrei, stellte Marie fest, als sie mit dem Finger über ein Metallgestell glitt. Trockener Boden und Luft, die nach … Ja, wonach roch es hier eigentlich? Natürlich lauerte auch diesseits der Schlafwohnwunderwerkelstube ein Hauch von Brennholz und Schmieröl, der aus den oberen Stockwerken hinab zog, aber da war noch …

»Apfelkuchen. Er versteckt ihn hier vor dir«, sagte Zinbi.

Stimmt, das war es. Diese milde Brise von Zimt und gebackenen Äpfeln. Frisch süßlich duftender Kuchenteig. Fast

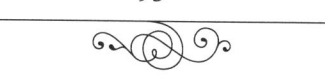

hätte sie vergessen, warum sie hier herunter gekommen war. Da fiel ihr ein, dass sie den genauen Grund dafür noch gar nicht kannte.

»Du weißt schon, was sonst passiert?«, fuhr Zinoberius fort.

Marie winkte ab. Selbstverständlich wusste sie das. Und trotzdem …

»Vergiss es! Du kannst dich mit vollem Magen nicht verwandeln. Und er kennt dich eben zu gut.«

Offenbar nicht so gut wie Zinbi, befand Marie. Wie konnte er sonst auf jeden ihrer Gedanken antworten, als hätte sie ihn laut ausgesprochen?

»Vor allem Apfelkuchen kannst du nie widerstehen, aber er liebt ihn selbst so. Du allerdings kannst dir das mitten im Fall nicht erlauben.«

»Seit ich ihn kenne, ist quasi immer *mitten im Fall*.«

Auf einen Dialog ließ sich der Zinnsoldat gar nicht ein, nicht inmitten seiner Tirade, und so monologisierte er ungehindert weiter, als hätte er den Einwand gar nicht gehört. »Wer weiß, wann du auf das Dematerialisieren angewiesen bist? Niemand. Und dann?« Dramatische Pause, in der Zinbi Marie wie eine überfürsorgliche Glucke musterte. »Er will dich doch nur …«

Marie schenkte dem kleinen Soldaten einen finsteren Blick, nicht völlig von Finsternis durchdrungen – diese speziellen hob sie sich für Emmerich auf –, aber doch dunkel genug, um ihren Standpunkt zu verdeutlichen.

»… beschützen«, schloss der Zinnmann dessen ungeachtet und schürzte die Lippen.

Wollte er das? Wahrscheinlich. Aber dieser ernste Blick von Erasmus stahl sich immer wieder in ihre Gedanken.

Zinbi verschwand derweil im hinteren Teil des Ideensammelsuriums – wie Emmerich dieses Stockwerk nannte. Wie eben alles an dem Tüftler etwas verdreht war, lag sein verräumlichtes Gehirn halbgarer Einfälle und aufkeimender potenzieller Genialitäten eben nicht oben, wo sich bei jedem gewöhnlichen Menschen der Denkapparat befand, sondern unten im Keller. Andere verwahren dort Leichen, Erasmus mechanische Embryos. Marie war sich nicht einmal sicher, ob Emmerichs Haus überhaupt über so etwas wie einen

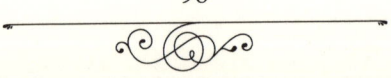

Dachboden verfügte. Wenn, war dieses Oberstübchen sicherlich nicht ganz sauber. Nicht so sehr wie der Keller jedenfalls. Sie kicherte in sich hinein.

Aus der Ecke drang ein Rumpeln zu Marie herüber, dicht gefolgt von einem halb erstickten Quieken.

»Zinbi? Alles in Ordnung? Was wollen wir nun eigentlich hier unten?«

Ein blechernes Husten ertönte, dann ein Röcheln, das in ein gedämpft genuscheltes »er leiden« mündete.

»Musst du etwa schon wieder aufgezogen werden?«

Das Hüsteln meldete sich erneut und ging dieses Mal in einen Nieser über. »Verkleiden! Verdorrte Pflaume noch eins! Jetzt steh da nicht so dösig rum wie ein Huhn im … im … im Pfefferminztee, sondern hilf mir lieber!«

Die Hände zwischen den Holzlatten, zog der Zinnsoldat mit aller Kraft an einer umfunktionierten Kartoffelkiste. »Jetzt … sei doch nicht … so … stur!«, ächzte er sie an.

Die Kiste ließ sich davon nicht aus der Ruhe bringen und rührte sich keinen Zentimeter vom Fleck. Unter Zinbis Blick, der es mit einem von Maries aufnehmen konnte, hätte allerdings jeder Zuschauer beim Seelenheil Emmerichs werter Frau Mutter beschworen, dass sie sich einige Nanomillimeter bewegt hatte. Ganz bestimmt.

Die Qualmfee packte mit an, und so schafften sie es gemeinsam, schaffte vielmehr sie es, weil sie buchstäblich viel mehr Nanomillimeter schaffte, die Kiste hervorzuziehen, die nachgab und schabend über den Steinfußboden rutschte.

»Wiiieh, dieses Geräusch.« Der Zinnsoldat schüttelte sich, kletterte bis auf den Rand und hüpfte hinein.

»Alte Kleidung?« Marie lugte in die Kiste. »Warum ist die dann so verwitwet schwer?«

»Das dürften die Steine sein.«

»Was machen denn Steine …? Ach, vergiss es.«

»Und ich dachte schon, du wolltest tatsächlich Erasmus' Motive in Frage stellen«, sprach Zinbi zwischen den Kleidungsstücken hervor, durch die er sich wühlte, bevor er in die Vertiefung eines verfilzten Hutes stürzte. Marie zog ihn an zwei Fingern heraus, und das Gewühle konnte weitergehen, bis der Zinnmann einen

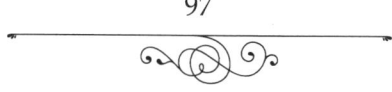

Schrei aus- und gleichzeitig eine Feder seinem Schwert gleich in die Luft stieß. »Da haben wir's. Das ist meine Verkleidung. Was rede ich da? Meine neue I-den-ti-tät.«

»Also Zinbi, du magst klein sein, aber um dich in der Feder zu verbergen, bist selbst du zu groß.«

»Zinoberius der Dritte! Vom Feldmarschall und Supergeneral zum Edelmanne und Dichter, gnäd'ge Frau.« Er räusperte sich, steckte die Feder durch ein Löchlein in seinen Tee-Ei-Helm und hielt sich mit angewinkeltem Arm die Hand auf Augenhöhe, als wollte er sich in ihrem Ballen wie in einem Spiegel betrachten. Er machte eine ernste Miene, bevor er zu rezitieren anhob. »Es war die Nachtigall und nicht die Lerche ... nein, dröger Stoff, hm ... ja, das sollte besser geeignet sein ...« Wieder ein Räuspern. »Schwein oder nicht Schwein, das ist, was ich mich frage, in meiner Hungersplage.«

Marie rollte mit den Augen, griff sich dennoch ans Herz und begann dann zu applaudieren.

Der kleine Dichtersmann verbeugte sich sogleich. »Vielen Dank. Der tosende Beifall ist gerechtfertigt, denn diese Feder ist keine gewöhnliche Feder.« Er strich sie sich aus dem Gesicht, in das ihr geschwungenes Ende immer wieder hineinfiel.

»Ach nein?« Marie schmunzelte.

»Nein. Mit dieser Feder habe ich meine Berufung gefunden. Sie möge fortan das Symbol meines Dichtens sein.«

»Als Erstes dichtest du am besten deinen Verstand damit.«

»Tse tse tse, Kunstbanause, wie? Fein, Madame.«

»Nenn mich bloß nicht Madame! Eine davon reicht mir am Tag.«

Zinbi nickte. »Verschwenden wir weder weiter Wort noch Zeit und wenden wir uns lieber deiner Gewandung zu. Also, was willst du? Wie wäre es hiermit?« Der neugewordene Dichter in Soldatentracht mit Feder am Tee-Ei langte unter sich, zerrte an etwas, und dieses Etwas kam als pelziges Gewirr zum Vorschein.

»Eine tote Ratte?« Marie machte einen Satz zurück und rümpfte die Nase.

Nun war es an Zinbi mit den Augen zu rollen. »Das ist doch keine tote ... ach, hier, setz die mal auf.« Er umfasste das Büschel mit beiden Armen und warf es ihr zu. Zumindest hatte er das beabsichtigt, stattdessen verheddere er sich mit seinem

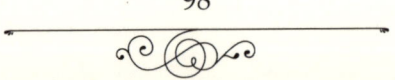

Bajonett darin, stolperte hintenüber und wurde darunter begraben. Er prustete. »Baff ifft eine …« Zinbi krabbelte unter seinem wehrhaften Angreifer hervor. »… Perücke.«

»Aus Rattenpelz?«

»Nein, fühlt sich an wie diese Fasern, die Emmerichs Walzen-Apparat immer ausgespuckt hat, als er versuchte, Lakritz herzustellen, das nach Schinken schmeckt. Hauptsache, du fällst nicht auf, wenn wir dieser Dame folgen.«

Marie begutachtete das Büschel in Zinbis Armen, und ihre Brauen wanderten nach oben.

Zinbi schnupperte daran, wandte sich ab und hielt sich die Nase zu. »Zugegeben«, näselte er, »Sie müsste vielleicht mal wieder gekämmt werden.«

»Und gewaschen.«

* * *

Die Haustür schlug zu, und schwere Schritte polterten über die ächzend knarzenden Dielen zu ihren Köpfen. Marie löste die Kinnschleife der Schute, deren Aufsetzen Zinbi sogleich zurück in die Kiste und auf den Hosenboden befördert hatte. Noch immer hielt er sich den Bauch und konnte nur mit Mühe atmen, ohne in weiteres Gelächter auszubrechen.

Die Qualmfee bugsierte die hutartige Haube zurück ins Land des Vergessens und hoffte inständig, die Motten würden sie fressen. So hätte wenigstens irgendjemand was davon. Ihre Verkleidung musste jedenfalls ohne auskommen. Für ein solches Monstrument der Frauenfessel gehörte der Erfinder verhaftet.

Emmerich hängte Mantel und Zylinder an die Wandhaken, stellte den Kessel ab und begrüßte seinen Spazierstock, der am Morgen den Stelzen hatte weichen müssen. Der Privatier koste lieb, ja, liebkoste dessen Schaft und driftete ab. Er hatte Inspektor Graus die Ermittlungen und allem voran die Trollleiche überlassen. Kurz vor Ankunft der Polizei hatte er zugesehen, wie Madame Mallarmé ohne ein Wort in einer Droschke davon gerattert war.

Wie diese Kutscher das nur immer anstellten? Einfach aus

dem Nichts waren sie da, wenn man sie brauchte, außer wenn Emmerich dieser Man(n) war. Als er vor gar nicht allzu langer Zeit das Ruckelverhalten einer pferdebetriebenen Kutsche untersuchen wollte, hatte sich partout keine auftreiben lassen. Gut, weiter als bis zum Fenster des Erdgeschosses war er mit dem Anliegen nicht gekommen, da hatte ihn bereits der Geistesblitz … aber das spielte nun keine Rolle. Gerade fand er sich wieder an derselben Stelle in seinem Heim ein, wodurch ein Käsebrot in immer greifbarere Nähe rückte. Er strich sich über den Bauch, als er das Klicken von Absätzen auf den Kellerstufen vernahm. »Hallo?«

Aus den Bodendielen zu seiner Rechten tauchte ein Tee-Ei in einer Tasse auf und begann prompt drauflos zu plappern. »Ist nur Marie, keine Sorge!«

»Ich sorge mich gerade deshalb. Wo sie doch aus dem Keller kommt.« Er versuchte, Zinbi fuchtelnd ein Zeichen zu geben.

Der grinste breit. »Keine Sorge, ich habe sie geschickt von dem Apfelkuchen abgelenkt. In der nachfolgenden Tasse kommt ein Stück. Mach aber schnell, sie dürfte gleich … oh, zu spät.«

Keineswegs, dachte Emmerich, machte einen Ausfallschritt, pflückte das Kuchenstück aus der Tasse und stopfte es sich in den Mund. Er schob noch immer die Reste nach, als Marie schon mitten in der Schlafwohnwunderwerkelstube stand und die Arme in die Hüften stemmte.

Emmerich versuchte sich an einem Grinsen, das Marie an einen pausbackigen Hamster kurz vor dem Erbrechen oder wahlweise Platzen erinnerte. Sie wandte sich ab, um ihrem Lächeln freien Lauf zu lassen, glättete ihre Rockschöße und kehrte sich wieder zu ihm um. »Und gibt es was Neues?«

»Neim. Pfir müffem«, er schluckte, »schleunigst einen neuen Ansatzpunkt entwickeln. Und schleunigst heißt in diesem Fall: morgen. Sie haben also nichts verpasst.«

Sie deutete ein Nicken an.

»Du schon«, mischte sich Zinbi dazwischen. »Hör mal! Hab ich mir auf dem Weg nach oben ausgedacht. Mie mie mie. Öhö öhö.«

»Interessant.«

»Sccchhht, das war es noch nicht. Also mie öhö miiiieee.« Er kletterte auf seinen Sitz und stellte sich erhobenen Armes darauf.

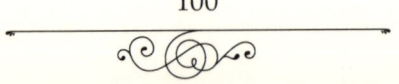

»Hast du es bald?«

»Jaaa, shhht jetzt! Ähäm. Es folgt: Im Kopf des paranoiden Flauschehäschens. In einer Weltpremiere dargeboten von Zinoberius dem III. Also: Im Kopf des paranoiden Flausche-«

»Das hatten wir berei-«

»Psst«, flüsterte Marie und stieß Emmerich seicht den Ellbogen in die Seite.

»...-häschens:

Oh, diese Möhre,
sie starrt mich so an.
Ich werde sie fressen,
bevor sie mich essen kann.«

Pause.

»Wie, das war es schon? Das ist jetzt alles gewesen?«, fragte Emmerich, doch Marie pfiff durch die Zähne und jubelte dem Zinnmann zu. Durch ihr Lächeln hindurch zischte sie zwischen zusammengebissenen Zähnen: »Erasmus, nun machen Sie hinne, klatschen Sie oder sowas!«

Emmerich tat wie ihm geheißen und klatschte die Hände aufeinander. Ein einziges Mal. Maries Ellbogen traf ihn erneut. »Aua. Ich meine ... vom Wecker zum Dichter befördert in nur einem Tag! Welch steile Bahnen der Irrsinn doch nimmt.«

»Es ist mir durchaus ernst damit. Ich tauschte mein krummes Bajonett gegen die geschwungene Feder ein«, ließ Zinbi verlautbaren und verneigte sich.

»Lediglich metaphorisch, wage ich zu hoffen. Andererseits käme es auf den Versuch an, eine Schar tollwütiger Schemel und andere Ungetüme in die Flucht zu kitzeln.«

»Oder er gibt ein Gedicht zum Besten. Das wird schon reichen, um jeden zu vertreiben.« Marie zwinkerte Zinbi zu. »Ach na komm, zieh nicht so eine Schnute. Sie hat ja schon was für sich, deine Plüschhasenpoesie.«

»*Flausche*häschen«, widersprach Zinbi. Trotzdem kräuselte sich sein Schmollmund zu einem Lächeln. War das zu fassen? Nicht mal in Ruhe schmollen konnte man noch. Diese Qualmfee war einfach unfassbar. Er pustete sich seine neue Waffe aus den Augen und trippelte mit wippender Feder zu ihr hinüber.

»Und nun wird gegessen!«, verkündete Emmerich.

»Na, Sie haben doch längst«, stichelte Marie und klackerte mit dem Zinndichter in die offene Küchennische.

* * *

Der Morgen schickte bereits seine ersten Lichtstrahlen voraus, als Marie Emmerichs Stube verließ und mit dem übriggebliebenen Nachtgrau verschmolz.

Die gesamten Abend- und Nachtstunden hatten sie über Käsebrot und Tee gebrütet, wobei das Käsebrot Emmerich und Zinbi vorbehalten und lediglich der Tee ihre Obliegenheit gewesen war.

»Meinen Sie, Villard könnte sich wieder im Geisterviertel verstecken? Immerhin steht es weitgehend leer und er dürfte sich noch vom letzten Mal dort auskennen.«

Emmerich kratzte sich am Kinn. »Denkbar, aber ich vermute eher nicht. Sein Versteck wurde versiegelt und die Polizei patrouilliert das Buhu O'Schreck seitdem regelmäßig.«

Am Ende hatten sie trotzdem einen wasserdichten Plan. Der noch dazu ganz einfach war. Sie würden schlafen und abwarten, was der kommende Tag mit sich brachte, wobei Zinoberius und sie für alle Fälle noch ihren Plan Doppel-V in der Rückhand behielten.

6
Das Telegramm in der Suppe

Emmerich schenkte Marie eiskalten Kaffee nach, während er durch die ihrerseits erkaltete Suppe auf seinem Teller rührte und das Ziffernblatt seiner tickenden Taschenuhr anstierte.

»Erasmus.«

Schon halb drei und immer noch keine Spur des Anstoßes, den er sich von dem Tag versprochen hatte.

»Es ist genug.« Das konnte sie wohl laut sagen. Der ließ sich heute aber auch wirklich lange bitten.

Emmerich schnalzte mit der Zunge.

»Erasmus! Es reicht!«, wiederholte Marie lauter.

»Hm? Was, was? Ach so, ja, natürlich.« Emmerich stellte die Kanne in die Kaffeepfütze, die sich über Maries Tassenrand ergossen und auf dem Tisch ausgebreitet hatte. Er ließ sich auf seinen Stuhl zurückfallen.

Marie schüttelte den Kopf und besorgte sich kurzerhand selbst einen Putzlappen. Das Kurzerhand hatte sie allerdings zu voreilig vorausgesetzt. Tatsächlich gestaltete sich die Suche nach dem am wenigsten schmierigen zunehmend schwieriger und nahm daher eine ganze Weile in Anspruch, in der sie vor sich hin summte.

Emmerich starrte währenddessen die Uhr an, als sei das Nichts allein ihre Schuld, weshalb nur sie ihn daraus erlösen könnte, indem sie endlich das erwünschte Ereignis herbeiführte. Er warf einen Blick auf den Stadtplan, den er an die Wand gepinnt hatte. Sie hatten darauf die Fundorte der Trollleichen markiert, doch wollte sich aus den Kreisen einfach kein Muster ergeben. Zumindest keines, das sie erkannt hätten. Vermutlich hatte man die Opfer verfolgt und sich ihrer entledigt, als sich die günstige Gelegenheit dazu bot. Also wieder eine Sackgasse. Emmerich fixierte die Kreise, doch die blieben stur an Ort und Stelle und verweigerten ihm den Dienst. Er schüttelte seine Uhr.

»Vorsicht, Telegra-gra-graaaaamm!«, hallte es da aus Zinbis Röhre in das Hier-Drinnen.

Emmerich sprang auf. Ein zusammengerollter Zettel schoss aus der Leitung hervor und segelte hinab, nur um zielstrebig seinen

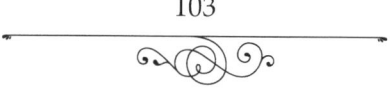

Weg in Emmerichs gut gerührten, vollen Suppenteller zu finden. Es platschte, und zu der Kaffeepfütze gesellten sich Sellerie und Lauch. Ein paar Fettaugen waberten über die Tischplatte.

Emmerich strahlte über das ganze Gesicht. »Das ist es, das ist es!« Er hüpfte und schlug in der Luft die Fußsohlen gegeneinander, worüber Marie ihren gefundenen Putzlappen beinahe zurück in den Lumpenhaufen fallen ließ.

Der Detektiv und Ehrenmann fischte den Zettel aus der Suppe, bevor er sich vollständig damit vollsaugen konnte, schüttelte ihn und rollte ihn aus. Seine Augen flogen über die Zeilen, dann ließ er ihn in die Pfütze und sich auf den Stuhl plumpsen. Ein tiefer Seufzer kam über seine Lippen.

Marie sah zu Zinbi, dessen Gesicht in der Rohröffnung erschienen war. Beide zuckten synchron die Schultern und schauten Emmerich mit erhobenen Brauen an.

»Und?«, fragte Marie schließlich.

»Fridolin bringt uns zum Abendbrot das versprochene Sonnenblumenporträt vorbei.«

Marie ließ sich Emmerich gegenüber auf den Stuhl sinken, sprang aber sofort wieder auf, weil es gegen die Haustür hämmerte.

»Ich gucke schon!«, rief Zinoberius und krabbelte durch die Dunkelheit der Röhre zurück in das Dort-Draußen. »Es ist der Inspektor!«

Marie öffnete ihm, und Athanasius Graus trat an ihr vorbei ins Haus. »Guten Tag!« Er nickte Emmerich entgegen.

»Könnte besser sein«, entgegnete der.

»Hören Sie«, wandte sich Graus Marie zu. »Ich fürchte, ich muss Sie leider verhaften. Die Beweise sprechen eine eindeutige Sprache und die Belastungszeugin … nun ja, belastet Sie!«

»Mich?« Marie stippte den Finger gegen ihre Brust.

»Sehr wohl.«

»Und weshalb?«

»Wegen Mordes … mindestens im Fall des letzten Trolls.«

»Aber …«, setzte sie an.

»Lassen Sie nur!«, mischte Emmerich sich ein. »Athanasius, das ist Kokolores! Ich bin imstande ihre Unschuld zu beweisen.«

»Sind Sie das?«, fragten Marie und der Inspektor wie aus einem Munde.

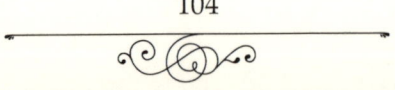

»Jawohl.« Emmerich stand auf und drückte beiläufig einen Knopf an der Tischkante, woraufhin ein Spalt erschien, der die Tischplatte in der Mitte teilte. Die zwei Hälften stellten sich schräg, Rotoren surrten und die Pfütze lief - samt scheppernd rutschendem Geschirr - ab, bevor kleine Schläuche wie Antennen aus dem Spalt heraufwuchsen und die Plattenteile anbliesen. Als sich die Luft mit dem Duft kokelnden Holzes füllte, entschwanden sie in das dunkle Nichts unter dem Tisch, aus dem sie gekommen waren. Die Platte schloss sich wieder, und kreisrunde Brandflecken ergänzten die natürliche Maserung, als hätte jemand ein Geschwader kokelnder Pfeifenköpfe daran ausgeleert.

»Hm, erinnern Sie mich bitte daran, die Temperatur neu einzustellen, wenn wir zurück sind, Marie?«

»Vielleicht sollte doch lieber wieder *ich* putzen. Und wenn ich schon dabei bin auch abräumen und trocken wischen.«

»Soll ich Sie nun entlasten oder nicht?«

Sie verschränkte die Arme und sog die Unterlippe ein.

»Ich bitte darum«, antwortete Graus an ihrer Stelle.

»Immerhin passt der Tisch jetzt zu den Kellerwänden«, murmelte Marie.

Emmerich nahm sich einen Gurt vom Werkzeugtisch, band ihn sich um und zog einen Gegenstand aus einer der Taschen hervor. »Hieran arbeite ich schon länger, heute Morgen habe ich ihn vorsichtshalber beendet.«

»Und was ist das?«

»Ein Wesenbestimmomat, der Emmerich CX 7, um genau zu sein.«

»Wofür steht die Modellkennzeichnung?«

»Sie klingt schön.«

»Aha, und was tut der so?«, fragte der Inspektor weiter.

»Er bestimmt Blut. Sehen Sie! Hier trägt man etwas von dem Blut auf, das man analysieren möchte.« Er deutete auf ein Elastikplättchen im Zentrum. »Und je nachdem welchen Geruch dann diese Düse hier verströmt, verrät uns, welchem Wesen es entstammt. Riecht es nach gemahlenen Blattläusen, war es zum Beispiel ein Dreihorn, bei Zwieback ein Drache, Würstchen ein Mensch ...«

»Ja, schon gut, ich habe verstanden. Und wie entlastet das nun Ihre Partnerin?«

»Der Dolch, mein lieber Athanasius. Daran klebt das Blut der Angreiferin.«

»Nach Maries Aussage.«

»Sollte sie gelogen haben, und es stammt vom Opfer, wird uns das Gerät nassen Hund aussprühen.«

Man konnte das Fragezeichen über dem Kopf des Inspektors regelrecht wachsen sehen.

»Das hieße Troll«, half ihm Emmerich auf die Sprünge.

Graus strich sich über den Schnurrbart. »Na schön, dann begleiten Sie mich alle beide. Der Dolch liegt verwahrt auf dem Revier.«

Emmerich nickte, und Marie tätschelte ihm die Hand. »Danke«, flüsterte sie.

Sie zogen ihre Mäntel über und Emmerich nahm Zylinder und Stock.

»Halt!«, rief da die blecherne Stimme aus dem Rohr. »Dieses Mal bin ich gewappnet. Ich komme mit!« Der Zinndichter kam im Tassternoster herab. Sein Tee-Ei hatte er mit Wollresten ausgestopft, die bunt durch die Löcher traten. Die Feder steckte noch an ihrem Platz und lugte samt seines Kopfes aus einem frisch geschnittenen Loch am oberen Ende eines Eierwärmers, der ihm angezogen bis an die Knie reichte. Darunter fuhrwerkte er mit seinem Bajonett herum, bis er damit kleine Löcher für die Arme ausgestochen hatte.

Marie schmunzelte in sich hinein. »Danke dir.« Sie nahm ihn und setzte Zinoberius auf ihren Schulterkragen, bevor sie nach den Männern aus der Haustür trat.

An einer Laterne gegenüber lehnte die schwarze Witwe, gerahmt von zwei Beamten.

»Sagen Sie bloß, das da ist die Belastungszeugin, von der Sie sprachen«, wandte sich Marie an Graus.

»So ist es.«

»War ja klar.«

»Na na, das wird ein Missverständnis sein«, hob Emmerich an.

»Da, Erasmus, da!«, rief Zinbi von seiner erhöhten Position. »Er hängt fest, helfen Sie ihm!« Er wies die Straße hinunter.

»Wem denn überhaupt?«

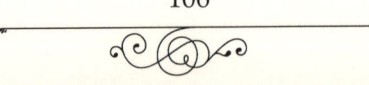

»Na, dem!« Der Zinnmann zeigte auf einen der Pickatoren. Das Gürtelrobotier schien tatsächlich an einem Bordstein festzuhängen. Sein Surren schwoll zusehends an.

»Ja ja, aber den geschätzten Herrn Geiger zum Reichserfinder ernennen. Seine Erfindungen sind ja so viel zuverlässiger als Ihre, Herr Emmerich. Von wegen. Da haben wir es. Jetzt muss ich wieder ran«, grummelte Emmerich.

»Nun machen Sie schon«, sagte Marie. »Was kann denn das arme Robotierchen dafür, dass dieser Wellwatt Geiger Sie ausgestochen hat.«

»Genau!« Zinbi nickte.

Emmerich schnaufte, straffte die Schultern und spazierte zu dem auf der Stelle zappelnden Straßenreiniger. Er ging auf die Knie, drückte ein paar Knöpfe, was die Lichter durcheinander blinken ließ, verstellte die Hebel und löste ihn schließlich vom Grund. Er ratterte, zog sich zusammen und auseinander wie eine Mundharmonika, wackelte mit dem Kopf und bekam einen Schluckauf.

»War nur an der Glasplatteneinfassung festgefroren!«, rief Emmerich herüber, bevor ihm das krähengeschnabelte Gürteltier einen kleingehäckselten Streifen Müll auf die Schuhe hickste.

Marie kam mit Zinbi herüber und setzte ihn vor dem Robotertierchen ab. Geschüttelt vom Schluckauf, funkelte es ihn mit seinen schwarzen Perlenaugen an.

»Armer Picker!« Zinbi tätschelte dem Tierchen die Seite. »Ich wusste gar nicht, dass es das kann, ich dachte, es wäre mehr Roboter als Tier.«

»Tja, bevor Emmerich daran herumgewerkelt hat zumindest«, sagte Marie.

»Wir sollten nun wirklich los«, rief der Inspektor und tippte mit der Fußspitze auf die Pflastersteine.

Zinbi trat eine Nadellänge hervor. »Ich bleibe hier bei dem verschreckten Tier.«

Picker bewegte seinen Kopf stockend wie ein Huhn und begann bei diesen Worten mit dem Auspuff zu wedeln.

»Seht ihr nur zu, dass ihr Maries Unschuld beweist.«

»Machen wir!«, sagte Marie. »Also hoffe ich.« Sie sah zu Emmerich, dachte an die Brandflecken auf dem Tisch und den

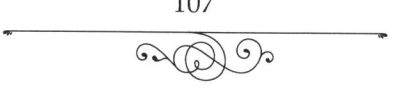

Schluckauf des Pickatoren und schluckte selbst.

Emmerich nahm sie beim Arm, nickte ihr zu und folgte den Beamten.

»Und nun zu dir, mein glänzender Freund«, wandte sich Zinbi Picker zu. »Was tun wir zwei beiden denn jetzt?«

»Wieh...juuh«, quietschte der zwischen zwei Schluckaufläufen. »In dem Fall gehen wir wohl besser rein.« Zinbi tupfte ihm mit dem Eierwärmer den Schnabel ab.

* * *

Die Polizisten eskortierten sie zu Fuß, obwohl die Madame – halbherzig bloß, als müsste sie die Rolle der Diva spielen – eine Droschke forderte, und ein Beamter bereits los eilen wollte, um ihren Wunsch zu erfüllen. Als Emmerich jedoch abwinkte, stimmte sie ihm sofort zu und wirkte erleichtert, wie Marie zusehends unruhiger bemerkte. Was hatte sie nur vor? Allein die Frage verschaffte ihr eine Gänsehaut.

Als sie den Inspektor auch noch zu einem Umweg überredete, begann Marie jedem Stein Beachtung zu schenken, als könne er sich jeden Moment in ihr Verhängnis verwandeln, sie anspringen oder noch schlimmer, mit Kutteln bewerfen.

Obwohl es kaum wärmer geworden war, drängelten sich mehr Menschen auf den Straßen als am Vortag. Pickatoren flitzten surrend zwischen ihren Beinen hindurch und bahnten sich piepend ihre Wege. Der Umschweif führte sie nun weg von dem Gewimmel und abseits des Trubels durch leblosere Gassen. Der Schatten eines Vogels erregte Maries Aufmerksamkeit, bevor er vor den Schritten der nahenden Gruppe davonflatterte.

Emmerich hatte Marie losgelassen und ging zwischen ihr und der Madame. Marie beugte sich näher an sein Ohr. »Sind Sie sicher, dass das Wesensapparaturdingsi seinen Dienst tut? Wird es funktionieren?«

Emmerich hielt kurz inne, um sie verdattert anzusehen. »Meine Erfindungen funktionieren immer!«

Marie ließ die Schultern hängen. »Bloß nicht immer wie geplant.«

»Glauben Sie, ein Emmerich würde Sie hängen lassen?« Er tätschelte seine Tasche. »Der CX 7 wurde zur Zuverlässigkeit erfunden.«

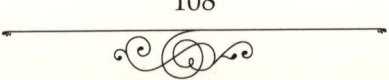

Marie seufzte innerlich, nickte aber, und sie gingen weiter. Sehr weit kamen sie allerdings nicht.

»Halt!«, dröhnte der Bass des Inspektors, und er streckte ihnen die flache Hand entgegen.

Marie schaute um ihn herum und erblickte einen großen Berg, der ihnen den Weg versperrte. Sie erstarrte. *Nicht schon wieder.*

Die Leiche des Nachttrolls überragte jene der Trolle wie schon zu Lebzeiten um ein besonders gewaltiges und saftiges Stück. Sofort stellte Graus einen der Beamten zur Gewahrung Maries ab, mit dem anderen und Emmerich umkreiste er den neuen Fund und machte sich an die Sicherung der Beweise. Dann schickte er den anderen Untergebenen Verstärkung und Ausrüstung holen.

Marie hörte ihn mit Emmerich tuscheln. »Ein verrußter, flacher Fußabdruck. Es sieht nicht gut aus. Was ist Ihre Schuhgröße, Marie?«

»Acht-achtunddreißig.«

Der Inspektor maß den Abdruck mit Fingerspanne und Ellbogen, kritzelte etwas auf seinen Block, das Marie verdächtig nach einem Haken aussah, bevor er die Notizen in seine Innentasche zurücksteckte.

»Was meinen Sie, wie lange ist er schon tot?«, raunte er Emmerich zu.

»Seit den frühen Morgenstunden. Sehen Sie, der famose Fabulator ...« Emmerich zog seine Taschenuhr hervor, öffnete sie und hielt sie über den Nachttroll. Dann drehte er den großen Zeiger um einige Stunden zurück. Eine Blase stieg aus dem Einfassungsring und wölbte sich wie eine Halbkugel über das Zifferblatt. Durch die durchsichtige Membran konnte man erkennen, wie ein schimmerndes Bild des liegenden Trolls entstand. »Nun, er zeigt mir an, dass der Troll bereits vor Stunden nicht mehr am Leben war. Sehen Sie, man hält sie über ein Objekt – Ding, Lebewesen, ganz egal – und im Kern wird dessen Zustand zur eingestellten Uhrzeit sichtbar. Aua.«

»Können Sie dadurch auch den Mörder identifizieren?«

»Nun, nein, nur wenn ich den Fabulator über ihn halten würde. Aber man sieht bloß die eingefrorene Geste, die zum stagnierten Zeitpunkt ausgeübt wurde. Keine Gegner, involvierten Gegenstände oder Örtlichkeiten. Aua.«

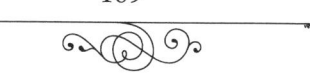

»Hm?«

»Er verpasst einem dabei ab und an gern mal einen Schlag. Das ist alles.« Emmerich ließ den Taschenuhrdeckel wieder zuschnappen, die Blase verschwand und die Uhr tickte ganz gewöhnlich weiter. Der Detektiv pustete sich auf die Finger, während er den rußigen Schuhabdruck fokussierte. *Höchst bemerkenswert. Auf den Pflastersteinen hätte es keinen gegeben. Warum man Trolle wohl mit Vorliebe in Beeten ermordet?*

»Können Sie Marie für die Zeit ein Alibi geben?«

Emmerich hörte die Stimme von Athanasius Graus nicht, zu sehr war er damit beschäftigt, seiner eigenen inneren zu lauschen. Beete konnten unmöglich ihr natürliches Terrain sein, erzählte diese ihm gerade. Sonst wären stadtweit ja wohl alle platt. Nein, dafür musste es einen anderen Grund geben. Da konnte der Detektiv ihr nur zustimmen. Bloß welchen? Emmerich verkniff den Mund.

»Aha, das reicht mir schon«, schloss Graus folgefälschlich aus der Geste.

Emmerich kratzte sich erneut an der Stirn, während der Inspektor die Leiche noch einmal umrundete und schließlich bei einer der Nachttroll-Fäuste von der Größe zweier Pickatoren stehen blieb. Marie beobachtete, wie er sie mit Gewalt aufhebelte, und etwas Flaches, Eckiges zu Boden segelte. Er hob es auf, betrachtete es, und seine Haltung versteifte sich. Sein Blick richtete sich auf Marie, als er auf sie zusteuerte. Im Vorbeigehen reichte er Emmerich den Zettel, der ihn *an-* aber kaum *wahr*nahm.

»Marie, hiermit verhafte ich Sie wegen des dringenden Tatverdachts des mehrfachen Mordes.«

Marie wich zurück, und der verbliebene Beamte schob sich mit Nachdruck wieder in ihr Gedächtnis, als sie mit ihm kollidierte.

»Was steht auf dem Zettel?«

Der Inspektor schob die Brauen so zusammen, dass ein tiefes V über seiner Nasenwurzel entstand.

»Was. Steht. Auf dem verdammten Zettel?«, wiederholte sie. Ihr Blick fiel auf die Witwe, die sich die Hände rieb und bei Maries Ausdruck prompt so tat, als wäre ihr kalt. Ihre Augen verrieten jedoch das hämische Grinsen unter dem Schleier. Eine Rauchfahne bahnte sich den Weg von Maries Schopf hinauf unter die Dachtraufen.

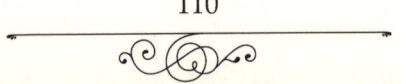

»Herr Emmerich, wären Sie wohl so nett?«, fragte der Inspektor. Keine Reaktion. Graus wurde lauter. »Emmerich!« Der Privatier und Ehrenmann kehrte zu der Gruppe zurück und räusperte sich. »Hm? Ja? Was soll mit mir sein?«

»Seien Sie doch so freundlich und verlesen Sie den Zettel.«

»Welchen Zettel?«

Graus starrte auf seine Hände, und Emmerich folgte dem Blick. »Ach so, der ja, selbstverständlich.« Auch wenn seine hoch wandernden Brauen verrieten, dass er nicht recht wusste, wie er an den Zettel gekommen war, schien er doch gewillt, darüber hinwegzusehen. Er studierte ihn kurz und strich die Kanten glatt, bevor er zu lesen begann. »Er ist an mich adressiert, und darauf steht folgende Nachricht: *Liba Dedecktief. Vürchte mich. Doll. Trollkollehgen ermoordett. Habe Teeteer flüchten sen. Eine Rauchwollcke. Hatt sich ausm Schtaub gemachtt. Gegen die Wintrichtunck. Hillfe.*«

Schweigen und Blickwettrüsten folgten.

»Aber das ist doch lächerlich. Der konnte vermutlich gar nicht schreiben. Sie haben ihn doch selbst gesehen. Sie hat etwas damit zu tun, da bin ich sicher.« Marie deutete mit dem Kinn auf Madame Mallarmé.

»Unmöglich«, antwortete Graus. »Sie steht seit dem gestrigen Spätabend unter Polizeischutz.«

»Ach, sagen Sie nicht, sie fürchtet sich auch vor der finsteren Qualmfee? Das ist Theater.« Der Rauch um Maries Schopf verdichtete sich zu einer Säule.

Emmerich hatte den Blick schon wieder abgewendet. Irgendetwas wollte an dem Bild einfach nicht stimmen. Er kratzte sich am Kopf und begab sich näher an die Leiche. Neben dem Fußabdruck ging er in die Knie.

In Maries Hals bildete sich ein Kloß und schnürte ihre Kehle zu wie ein Perückenhaarknäuel aus Emmerichs Kellerkiste. »Erasmus. Ich war es nicht. Sie glauben mir doch, nicht wahr?«

Er schob den Finger unter einen abgeknickten Blumenkopf. Gut, dass Fridolin nicht hier war, ihm wäre das Herz gebrochen wie dieses Genick.

»Es tut mir leid, aber der Ausflug endet hier. Daraus kann Sie auch keine Apparatur mehr befreien, die Ihr Herr Emmerich

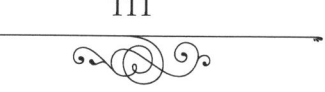

aus dem Hut zaubert. Selbst wenn das Blut Sie nicht belasten sollte. Mehrere Zeugen bringen Sie mit der Tat in Verbindung, und einer, der sie hätte belasten können, ja, auf dem Weg war, es Ihrem Patron zu erzählen, wurde ermordet. Ich nehme Sie in Gewahrsam …« Der Inspektor nickte seinem Untergebenen zu, woraufhin dieser rasselnd die Handschellen zückte und sie Marie anlegen wollte. »… bis Ihre Unschuld belegt wird … falls sie das wird.«

»Erasmus!«

Er wandte den Kopf nicht vom Boden.

»Ich habe nichts getan! Wirklich.«

Die Handschellen klickten, und Maries Blick kühlte ab. »Und das werde ich beweisen! Ihnen allen!«

Die Konturen der Qualmfee verschwammen und lösten sich auf. Der Beamte versuchte sie noch zu packen, griff aber bereits in die Leere, die schon die Handschellen umschlossen. Als Dampfschwade stob Marie davon. Ihr Blick verschwamm, doch dieses Mal lag es nicht an dem Qualm. Wenigstens der Wind war ihr gewogen und trug sie schneller voran als sie fliegen konnte.

»Marie! Jetzt hab ich's, der Fußabdruck ist nicht …« Emmerich blickte sich um und erhob sich. »Nanu. Aber wo ist sie denn? Ma? Rie?« Emmerich blinzelte gegen das Nichtvorhandene.

7

Kommando: ~~Hau~~ Lock die Spinne aus dem Netz!

Marie wirbelte in die warme Stube: »Schnell, wir haben keine Zeit. Madame Mallarmé, dieser schwarze Teufel, hat Beweise manipuliert, da bin ich mir sicher. Alles spricht gegen mich. Zinbi, höchste Zeit für unseren Plan! Wenn du noch dabei bist.« Marie bemerkte ein Schwanken in ihrer eigenen Stimme, das ihr bislang fremd gewesen war. Alles schien sich zu verändern.

»Machst du Witze? Und ob ich dabei bin. Alles liegt bereit; Operation Verkleiden und Verfolgen startklar!« Er marschierte mit breiten Schultern zur Tür. »Haa-halt«, quietschte er da. »Meine Feder.« Er griff nach der Flüchtenden und steckte sie fester ins Tee-Ei.

Marie ließ den Blick durch Emmerichs Schlafwohnwunder-werkelstube streifen und verabschiedete sich innerlich von dem vertrauten Ort. Bevor sie den Zinnmann aufnahm, zögerte sie. »Wo ist denn dein Pickator?«

»Picker? Hmpf. Wir haben uns so gut verstanden, ich hätte ihn gerne behalten. Der Schluckauf war auch schon weg. Ich hatte bloß die Tür offen gelassen und dann fuhr da ausge-rechnet die Markttante mit ihren Fischabfällen vorbei, aus deren Schubkarre immer alles rausfällt.«

»Er ist weggelaufen?«

Zinbi nickte. »Weggerattert.«

»Das tut mir leid, aber er gehört schließlich nach da draußen, aufs raue Pflaster. Und immerhin ziehen wir ihn nicht mit in diese Misere hinein.«

»Und was wird aus Emmerich?«

»Der kann schon selbst auf sich aufpassen.« Sie fühlte, wie sich ihre Gedärme zu einem Knoten verwickelten und die Zweifel in großen Lettern auf ihr Gesicht schrieben. Zinbi sah die Sorge aus ihrer Miene sprechen und selber auch nicht viel überzeugter aus. So fügte sie mehr an sich selbst gewandt hinzu: »Sein Ruf ist unbeschadet, ich sollte ihn da nicht mit hineinziehen. Sein Wort ist Graus noch etwas wert.«

Zinbi verschränkte die Arme vor der Brust.

»Es ist ja auch nur für eine Weile … bis ich rehabilitiert bin.«

Der Zinndichter musterte sie unverwandt und verzog die Mundwinkel.

»Nun schau nicht so besorgt!«

»Ich kann's aber doch so gut.«

Trotz ihrer Bedenken musste Marie lächeln. Dabei dachte sie nicht, sie tat es einfach, und der Knoten in ihrem Bauch lockerte sich.

»Ach Zinbi.« Sie schnipste gegen seine Feder, dass sie dem Zinnmann ins Gesicht fiel und ihn prusten ließ.

»Außerdem will diese falsche Spinne mich, dann soll sie mich auch kriegen!« Maries Stimme festigte sich mit jedem Wort. »Wir locken das Biest von Erasmus fort!«

»Das ist meine Marie, so will ich dich haben.«

»Dann auf in den Kampf! … Hmm, vielleicht kriechst du besser in meinen Schal, sonst erfrierst du mir doch noch. Und *so* möchte ich *meinen* Zinnsoldaten …«

»Dichter …«

Sie schmunzelte. »… meinen Zinn*dichter* also nicht haben.«

»Du meinst am Stiel?«

»Nun steig schon ein.« Marie bot ihm eine gestrickte Schlaufe. »Zeit, die schwarze Witwe aus der Reserve zu locken.«

»Auf zur Spinnenjagd!«, quietschte Zinbi und reckte sein Bajonett in die Luft.

»Ach, hast du es doch nicht gegen die Feder getauscht?«

»Das gehört zu meiner Verwirrungsstrategie: Feder UND Bajonett. So weiß der feindlich-fiese Fiesenfeind nie: Bin ich Dichter …«, er präsentierte mit graziler Neigung des Kopfes die Feder, »… oder Soldat.« Zinoberius stieß das Bajonett bis zum Heft in den Schal.

Marie griff sich ihr bereitliegendes Bündel, zog die Tür hinter sich zu und eilte vor den erwarteten Beamten davon.

* * *

Emmerich wandte sich dem Inspektor zu, der damit beschäftigt war, den Mund aufzureißen und seinen Untergebenen anzubrüllen. »Worauf wartest du noch? Brauchst du eine Sondereinladung? Hinterher! Schnapp dir die Flüchtige!«

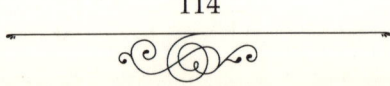

Der Beamte neigte den Kopf in einer Stakkatobewegung wie ein Huhn von seinen Händen, die immer noch die Handschellen hielten, zum Inspektor, und bewegte ihn schließlich zu der Stelle, wo die Qualmfee eben noch gestanden hatte, bevor er sich in Bewegung setzte, um der heranrollenden Ohrfeige des Inspektors zu entgehen.

Nun richtete der Inspektor seine gesamte Aufmerksamkeit wie einen Wasserstrahl auf Emmerich. »Wo will sie hin?«

»Dasselbe wollte ich Sie gerade fragen.« Wo hatte der Inspektor nur wieder seinen Kopf? Emmerich kratzte sich unter der Hutkrempe.

»Na, schön, wie Sie wollen, dann verhafte ich eben Sie, wegen Behinderung ...«

Emmerich hob die Hände. »Aber, aber, Inspektor! Soweit ich informiert bin, kann man für bloßes Nichtwissen nicht bestraft werden. Dafür spricht auch der Haufen frei herumstreunender Hohlköpfe, der die Viertel der Städte verstopft. Überaus praktisch. Ich werde mich bei Gelegenheit bei ihnen bedanken und mich vielleicht sogar mit einer Erfindung erkenntlich zeigen. Ich denke da an den Hohlkopf-Helfer für unterwegs ... vielleicht mit kleiner Gabel, Messer, Flaschenöffner und ...«

Ein Räuspern unterbrach ihn.

»Ehm, wie dem auch sei. Wenn ich Ihnen einen Tipp geben darf, Graus?«, fragte Emmerich und verharrte mit halbgeöffnetem Mund.

Der Inspektor sah ihn an. Als entgegen seiner Erwartung nichts geschah, und Emmerich weit entfernt davon schien fortzufahren, zog er demonstrativ die Augenbrauen hoch. Als sich immer noch nichts tat, außer dass Emmerich ihn anschaute, den Mund nach wie vor geöffnet, schob er ein »Nun?« hinterher.

Wie auf Knopfdruck spulte Emmerich sein Gedankenband weiter ab. »Werfen Sie doch noch einmal einen Blick auf den Rußfußabdruck.«

»Das ist alles?« Graus schien anzuschwellen wie ein Zeppelin. Vor allem wurde er kurz-vorm-Bersten-rot.

»Um mich zwischen die Streithähne zu schieben, würde ich sagen, wir sind hier durch.« Madame Mallarmé löste sich von ihrer Wandposition und trat auf Emmerich zu. »Hat

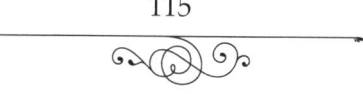

mich gefreut, Inspektor!«, verkündete sie mit klimpernden Wimpern, ehe sie sich bei Emmerich unterhakte und ihn mit sich fortschleppte.

Ein paar Ecken weiter zog Emmerich an der Kette seine Uhr aus der Tasche. »Ich sollte dann mal heimkehren.«
»Was denn? Schon? Wollen Sie nicht weiter ermitteln?«
»Ja ja, aber wie Sie vielleicht noch gar nicht wissen, wollte Fridolin auf einen Sprung vorbeischauen, und ich habe es stets als höfliches Gebot empfunden, wenn der Besuchte sich vor Ort einfindet, um vom Besucher anständig besucht werden zu können. Finden Sie nicht auch, dass das einen Besuch sonst ins Abstruse laufen ließe?«
Außerdem hatte er das unbestimmte Gefühl – eine Art Ziehen in der Nasenspitze – etwas in der gestrigen Zeitung überlesen zu haben, die ihm Kupferstich überbracht hatte. Es machte sich zudem allmählich als Flackern im Hintergrund seiner Gedanken bemerkbar, doch wollte er es nicht recht zu fassen kriegen. Seine Hand glitt zu seiner Brusttasche und ertastete einen eckigen Gegenstand unter den Stoffschichten, ohne dass Emmerich es selbst wahrnahm. Er meinte fast, dass dieses flüchtige Etwas, das in seinem Hirn nistete wie ein Kuckuck, etwas mit Gebäck zu tun gehabt hatte. Brezeln? Krapfen? Laugenstangen? Ein Hinweis, der ihn auf die Spur des Trollmörders brachte? Oder aber … er mochte gar nicht daran denken … hatte er möglicherweise einfach bloß … Hunger?
Das Universum trieb nah an den Rand des Haareraufens.
Nichts davon ahnend, verfolgte Emmerich die aufgezogene Gedankenwehe jedoch weiter. Er würde es am Selbstversuch überprüfen müssen. Gleich als Erstes, wenn er Zuhause war, würde er sich etwas zu Essen machen, und wenn es dann nicht mehr zog und flackerte, hatte er Gewissheit und war obendrein satt. Abgemacht! Ein schönes Brot mit … das war es! Brot -Brote - Brot … eine Bäckerei-Eröffnung? Hatte *davon* etwas in der Zeitung gestanden?
Das Universum ächzte.
Emmerich sah sich kurz nach dem merkwürdig um ihn herum hallenden Geräusch um, dachte aber gar nicht daran,

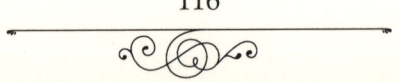

sich durch so etwas von seinen Gedanken abbringen zu lassen. Der Himmel würde schon nicht einstürzen.

Also, was aber sollte Villard damit bezwecken? Wollte er vergiftetes Gebäck in Umlauf bringen? Versetzt mit Vinca minor? Waren deshalb die Trolle in solchen Beeten gefunden worden? Aber warum hatte er sie dann überhaupt erstochen? Und was hatte er davon, Marie zu belasten? Die Spuren im Immergrün brachten Fragen über Fragen und alles lief auf diesen Punkt hinaus.

War es wirklich nur das verschmähte Ego eines halben Mannes? Anders war es kaum zu erklären. Wer würde denn, mit Ausnahme eines Wutgeistes vielleicht – verdammt verdampft, Maries Wort in seinem Kopf! Geister und Gespenster zum Kuckucksuhrenmacher! Die gab es nicht, so ein Humspuk! Und doch hatte er das Wesen jetzt wahrhaftig selbst als *Geist* gedacht. Er legte die Finger an die Stirn. *Konzentriere dich, Emmerich mein Freund, konzentriere dich, bei Preußens Pickelhaube noch mal!* Wo war er, bevor das verfluchte G-Wort dazwischen gespukt hatte? Ach ja, also wer würde denn heute noch auf Rache sinnen? So kleinlich konnte wirklich niemand sein. Ernsthaft.

Er strich sich das Revers glatt und straffte die Schultern. Emmerich mochte nicht wissen wie, aber Troll und Ruß sprachen die eindeutige Sprache des Halbalbs Ganzalbtraums und früher oder später würde er schon …

Madame Mallarmé grunzte.

»Wie war das, bitte?«

Sie zwang sich zu einem Lächeln, bevor ihr wieder einfiel, dass dieser dämliche Pseudo-Detektiv das unter ihrem Schleier wohl kaum würde sehen können. »Nichts«, trällerte sie daher mit brechender Stimme.

Emmerich hob zwar eine Braue, ließ es aber dabei bewenden. Gut, dass er ein solcher Hohlkopf war, der aus seinen wirren Gedanken nichts von der Welt mitbekam. Aber was zum Teufel machte sie eigentlich hier? Sie blinzelte und fasste sich an die Schläfen. Ständig nur durch die Gegend eiern, vor und wieder zurück, dabei hatten sie doch alles so eindeutig … Ihre Gestalt verzog sich und schwirrte wie eine Fata Morgana. Ein Glück, dass die Schleier sie verbargen. Trotzdem spürte sie das Ziehen.

Da drangen leichte Schallwellen an ihr Ohr, mehr Schwingung als Ton, eine bloße Vibration in der Luft. Ihre Augen leuchteten für den Bruchteil einer Sekunde in den Regenbogenfarben auf und wurden dann so dunkel wie zuvor. Das Schwirren verebbte, und sie wusste nicht mehr, woran sie soeben noch gedacht hatte.

Ha! Also doch, dachte Emmerich dafür umso nachdrücklicher. *Wenn die nichts an den Augen hat, bin ich Lünette Luminée, die keinbeinige Tänzerin!*

* * *

Ein buckliger Bettler mit breitkrempigem Schlapphut und derartig langen Hosenbeinen, dass sie über den Boden schleiften, humpelte durch die Gassen des Kempel-Klimper-Viertels, den Einwohnern auch als Erfinderviertel bekannt. Das Erfindervölkchen gluckte meist für sich in seinen Werkstätten, weshalb nur hier und da ein verirrter Kunde den Weg des Obdachlosen kreuzte: Der gutbetuchte Herr samt Gefolge auf der Suche nach gefrierfreier Ankerpolitur für ein privates Luftschiff – für das er innerhalb des nächsten Jahrzehnts ohnehin keine Starterlaubnis erhalten würde, als ob sich die Regierung ihr Privileg der Himmelsreisen abspenstig machen ließe –, oder die eine oder andere Dame, die wie eine Maus auf der Suche nach Speck vor Fallen scheuend durch die Gässchen huschte. Nur dass diese Mäuse anstelle des Specks eher eine Lösung gegen die verstopfte Pfeife ihres Vormunds, Vetters oder Ehemannes im Sinn hatten.

Der Bucklige ballte die Hände zu Fäusten und knirschte mit den Zähnen. Allerdings brachte diese Klientel nicht die Art innovativen Auftrags ein, die ein Erasmus Emmerich bearbeitet hätte, weshalb es im Umkreis seines Hauses besonders ruhig sein würde. Wenn nicht gerade gegen Morgen und Abend ein paar abgelegen lebende Marktständler vorbeizogen, war es dort erfreulich unbelebt. Selbst zu diesen Hauptverkehrszeiten blieb die Anzahl passierender Passanten in ihrer Spärlichkeit überschaubar. Auch weil sich nur die Wenigsten ein Leben im Villenviertel leisten konnten, auf das die Pfadweggassenstraße in der entgegengesetzten Richtung zuführte. Dem Bettler war es recht. Bei seinem Vorhaben konnte ihm jede Ablenkung gestohlen bleiben. Er hoffte nur, dass nicht gerade Auftraggeber auftauchten, die die anderweitigen Dienste des selbsternannten Detektivs in Anspruch nehmen wollten.

Der Obdachlose lauschte auf das ferne Rattern und Piepen der Pickatoren. Bis in den Spätherbst hinein wurden die surrenden Straßenkehrer hier in regelmäßigen Abständen von Flüchen, Geklirre, Hobel- und Rumpellauten aus den offenen Fenstern übertönt. Der eisige Griff der Winterkälte hielt sie jedoch zu dieser Jahreszeit geschlossen.

Das Rattern der Krähengürteltierhybriden wurde unüberhörbar lauter, was das Humpeln des Bettlers beschleunigte. Hin und wieder von kurzen Hustenanfällen geschüttelt, deren Geräusche er in einem Schal aus groben grauen Maschen erstickte, bückte er sich von Zeit zu Zeit nach vereinzelten Essensresten oder glänzenden Gegenständen, bevor sie ihm die Horde nahender Pickatoren vor der Nase wegschnappen konnte. Berlin war kein leichtes Pflaster mehr für Obdachlose, die dadurch zunehmend auf Bettelei umstiegen. Gut, dass er im Grunde genommen gar nicht so dachlos war. Vielleicht sollte er für die anderen da mal etwas deichseln, wenn es für ihn selbst wieder sicher war nach Hause zurückzukehren.

Sein Zuhause - bis eben hatte er gar nicht gewusst, dass er die niemals stille Stube als sein wahres Heim betrachtete. Geahnt ja, das Gefühl hatte immer an den Kanten seines Bewusstseins genagt, aber gewusst? Wieder wurde er geschüttelt, doch dieses Mal von einem Schauer, der ihm über die schmutzig graue Haut kitzelte und sich somit zum ewigen Jucken des kratzigen Stoffs seiner Kleidung gesellte. Der stete Reiz rieb und scheuerte auf der Haut des Bettlers, als sei jener kein Mensch sondern ein italienischer Hartkäse kurz vor dem Serviertwerden. Er schnüffelte, kräuselte die Nase. Und irgendwie roch er auch genauso. Um einen aufsteigenden Seufzer zu dämpfen, zog er seinen Schal enger um sich.

»Heeeeyy, willst du mich erdrosseln?«, piepste ein helles Stimmchen in den gestrickten Windungen.

»Oh, Entschuldigung«, wisperte Marie zurück und fuhr sich durch die buttergefetteten Haarspitzen.

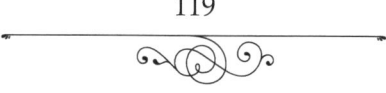

Zinbi lugte aus dem Schal hervor und kräuselte die winzige Nase. »Vielleicht hättest du doch besser die venezianische Maske nehmen sollen.«

»Na, klar, die verdeckt ja auch alles so prima … wäre aber schöner gewesen.« Sie rieb sich die Handgelenke unter dem groben Leinenstoff ihres Capes, bevor sie das Kinn hervor reckte und hinter einer Häuserecke Deckung suchte. Nur auf ihre hohen Hacken hatte sich nicht verzichten können, doch die überlangen Hosenbeine und ihr Schlurfen wussten das zu kaschieren.

Marie spähte aus ihrem Versteck auf die leer prophezeite Pfadweggassenstraße, die die Stationen ihrer jahrzehntelangen Entwicklung im Namen trug, und richtete den Blick starr auf die 2-2-1 C. »Das hier war die richtige Wahl. Die Pseudoobdachlosen-Verkleidung liefert die ideale Erklärung für meine verrußte Erscheinung und die alte Butter überlagert den leichten Verbrennungsgeruch, den mir gewisse Persönchen nachzusagen pflegen.« Sie starrte ihn an.

»Ja ja, und der Hut verhindert den Qualmaufstieg. Nur für den Fall. Ich weiß, ich weiß, das hast du mir schon ach so pragmatisch vorgebetet, als du mir diesen schwarzen Fiffi ausgeredet hast, aber …«

»Ssscht jetzt, da vorne kommen sie!«

»Gut, dass du den Hut hast«, stichelte Zinbi nahezu lautlos in die Schalschlaufen hinein.

Die zeitweilig Qualmlose hörte es dennoch und klatschte sich auf die Brust. Nicht *zu* fest natürlich, aber doch fest genug, dass sie daraufhin einen leichten Stiefeltritt gegen die Schulter kassierte. Sie lächelte. Dann spannte sich ihre Gesichtsmuskulatur an, als Madame Mallarmé sich gegen Emmerich presste.

* * *

Aus den Augenwinkeln nahm die schwarze Witwe einen Schatten wahr, der etwas abseits hinter einer Häuserecke lauerte. Sie ließ Emmerichs Arm los und schob sich frontal an seinen Körper.

Emmerich sog die Luft ein. Hatte es *das* mit ihrem Augenleiden auf sich? Extreme Kurzsichtigkeit? Der Privatier versuchte

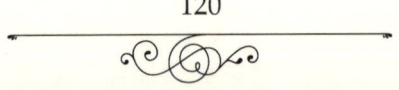

zurückzuweichen, wurde aber nach wenigen Zentimetern vom Gitter der Haustür gestoppt, gegen das er prompt mit dem Rücken stieß.

Die Madame drängte sich weiter an ihn. Ihre Schleier knisterten unter der Reibung, und sie warf einen Blick über die Schulter auf den Schatten.

Marie hätte schwören können, dass diese Hexe ihr genau den Kopf zuwandte und den Mund unter dem Schleier zu einem überheblichen Grinsen formte. Doch das konnte nicht sein. Marie stand im Schatten und war noch dazu verkleidet. Vor allem das Grinsen musste sie sich einbilden. Unter einem Schleier? Und auf die Distanz? Trotzdem ballte sie die Fäuste und hätte sich am liebsten auf die falsche Madame gestürzt.

Sie ahmte flüsternd deren Ausdrucksweise nach: »Aber bitte, das ziemt sich nicht für eine Dame. Sie sucht nie die Konfrontation. Sie arbeitet auch nicht. Sie macht sich nicht schmutzig.« In ihrer eigenen Art sprach sie weiter: »Genau! Eine Dame ist hübsch langweilig und hat auch keinen Spaß. Abgesehen von ihrem Tässchen Tee.« Bettler-Marie spreizte einen kleinen Finger ab und zog sich tiefer in die Schatten zurück. *Obwohl ein Tässchen heißer Tee gerade gar nicht verkehrt wäre.* Sie rieb sich die kühlen Knöchel und lehnte sich mit dem Buckel gegen die Wand, um für einen Moment die Augen zu schließen.

Schützte sie wirklich Erasmus, wenn sie auf eigene Faust ihre Unschuld zu beweisen suchte? Wie sollte sie den armen Emmerich aus den Fängen der Maskierten befreien? Und wollte er das überhaupt? Sah sie selbst vielleicht nur eine Gefahr in der Madame, weil sie es unbedingt wollte? Wollte die Madame Marie bloß loswerden, um den Detektiv für sich zu haben? Ging es wirklich allein um eine Romanze? War sie etwa in ihn … verliebt?

So ein Blödsinn, nein! Das Weibsbild hing in den Morden mit drin. Aber alles deutete auf Villard, und zugegeben, auf sie selbst. Doch von sich wusste sie ja wenigstens, dass sie es nicht gewesen war. Marie atmete tief durch, stützte eine Hand gegen den rauen Putz und lugte erneut um die Ecke.

Emmerich hatte die Hand in einer seiner Gürteltaschen. Er zog sie heraus und hantierte hinter sich an der Tür. »Werte Madame, wenn Sie Augengläser von mir wünschen …«

»Ich wünsche mir etwas ganz anderes von Ihnen.« Die Madame schmiegte sich noch enger an Emmerichs Brust, obwohl er kaum geglaubt hätte, dass das möglich gewesen wäre. Jetzt konnte er kaum mehr einatmen. Er wackelte mit den Fingern, während sie ihr Gesicht vor seinem positionierte und ihm mit den Wimpern klimpernd in die Augen sah.

Unter Maries Hut stauten sich die Rauchschwaden. Wenn das so weiterginge, würden sie noch ein Loch in die Kopfbedeckung schmoren, falls sie ihr nicht gar zu den Ohren herauskämen. Die Finger wieder zu Fäusten geballt, gruben sich die Nägel so tief in ihre Handballen, dass ihr Tränen in die Augen stiegen.

Sie spürte Zinbi unter dem Schal herum klettern. Schließlich hangelte er sich an einer Schlaufe entlang und erreichte ihren Unterarm, wo er seine winzige Hand auf das Gelenk legte, zu ihr hoch sah und den Kopf schüttelte. Augenblicklich entkrampfte sich ihre Fingermuskulatur.

Als sie den Blick schließlich von dem kleinen Dichter hob und wieder zu dem Paar wandern ließ, traute sie ihren Augen kaum.

Emmerich spürte den heißen Atem, der den Schleier in Wellenbewegungen versetzte, auf seiner Haut, und fühlte eine Geruchslawine durch seine Nase rollen. In der Hauptnote Erde und Mulch, spülte die Lawine auch Lehm, Holunder und … Schwefel an? Ja, das konnte nur der faulige Geruch von Schwefel sein. Irgendwoher war ihm diese Duftkonstellation vertraut. Sein Gehirn enthielt ihm diese Information allerdings vor. Es wollte sie partout nicht herausrücken. Was wieder einmal nur bewies, dass ihm sein Riechorgan bei allem eine Nasenlänge weit voraus war.

Endlich klickte es. Er drückte den Knauf und fiel rücklings durch die Tür in die Stube. Sein Stock klackerte auf die Dielen und rollte gegen die Wand. Mit Mühe konnte er sich selbst auf den Beinen halten, und es gelang ihm gerade eben, die Tür vor Madames Nase zuzuschlagen.

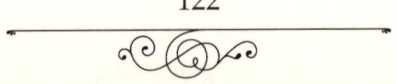

»Auf Wiedersehen!«, rief er durch das vergitterte Holz, lehnte sich mit dem Rücken dagegen und wischte sich mit einem verrußten Taschentuch die Schweißperlen von der Stirn. »Beehren Sie uns wieder.« *Bloß nicht allzu bald, wenn es keine Umstände macht.* Diese Frau musste ganz ganz dringend ihre Augen untersuchen lassen. Wenn sie das bei weniger ehrenhaften Gesellen täte, nur um ihr Gegenüber besser sehen zu können, würde sie sicherlich in arge Bedrängnis geraten. Sowas konnte man leicht in den falschen Hals bekommen. Er schüttelte den Kopf und rutschte am Holz hinab auf den Boden.

Marie konnte ein Kichern nur mit größter Anstrengung unterdrücken. Es half nichts. Sie biss sich fest auf die Lippe, dass ihr erneut die Tränen in die Augen schossen, traute sich aber schließlich ein wenig weiter vor.

Zinbi hatte sich unterdessen wieder im Strickgetöse verkrochen. »Unser Emmerich. Das ist mir einer«, hörte sie ihn leise murmeln, und schob sich an den Mauerwänden entlang bis in Hörweite, als ihr einfiel, dass sie besser humpeln sollte. Falls sie entdeckt würde, stünde ihr so noch die straßenfestlich kostümierte Ausrede parat.

»Herr Emmerich, ist Ihnen nicht gut?«, konnte sie nun die Madame hören, die ihren Kopf seitlich gegen das Gitter presste. Von innen kam nur ein dumpfes Rumpeln. »Also gut, vielleicht ruhen Sie sich besser aus. Ich werde mir ein paar neue Schleier in einem anderen Schwarzton zulegen. Einem, der meinem Teint besser schmeichelt. Treffen Sie mich doch später im *Ramponierten Entchen*, sobald Ihr Kollege da war. Bis um fünf heute Nachmittag werde ich Sie dort erwarten, sonst müssen wir es bis morgen aushalten. Tschüssitschüss«, flötete sie und warf ihm eine Kusshand durch die geschlossene Pforte zu.

Das war Maries Stichwort. Sie machte Anstalten, ihren Fassadenplatz aufzugeben und der Madame hinterher zu humpeln, als die Stimme des Zinndichters sie zurückhielt.

»Warte! Das gefällt mir nicht.«

»Hm?«

»Na ja, dass sie Emmerich ihre genauen Pläne durch die Tür zuruft, das ist ja geradezu, als bettele sie darum, von uns verfolgt zu werden.«

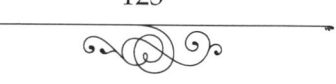

»Kann schon sein. Aber hast du einen besseren Vorschlag?«

In dem Augenblick rannte eine korpulente Frau von der anderen Seite der Straße genau auf sie zu und beanspruchte ihre Aufmerksamkeit für sich.

Zinoberius grinste. »Oh ja, den habe ich. Und da vorne kommt er schon.«

8

Das
Oppenheimer-Qualmfee-Paradox

Zinbis Vorschlag trug einen langen, graubraunen Mantel, unter dem ein weiblicher Oberkörper auf und ab wippte, wann immer ein kurzes Bein den Boden berührte, während das andere ihn verließ. Wenige Meter bevor die Frau die beiden erreicht hatte, hielt sie an, beugte sich vor und schnaufte sich, die Hände auf den Schenkeln, beinahe die Seele aus dem Leib. Noch immer gebeugt, hämmerte sie schließlich gegen die Haustür der 2-2-1 C.

»Zinoberius, wo stecken Sie? Wenn Sie einen schon nicht vorwarnen, besäßen Sie dann wenigstens die Güte zu öffnen?« Emmerich saß noch immer auf den Dielen an die Tür gelehnt. »Schon gut, ich mache ja selber auf. Er griff nach oben und zog sich an der Klinke hoch. Hinter dem Rücken kreuzte er die Finger der anderen Hand. Seine Lippen formten gehauchte Worte. »Nicht die Mallarmé. Jeder, nur bitte nicht die Mallarmé. Sogar die …«, er fasste sich ein Herz und öffnete die Tür, »… Frau Oppenheimer? Was machen Sie denn hier?«

»Keine Zeit.« Sie packte ihn am Mantelrevers und zog ihn nach draußen.

Emmerich konnte gerade noch die Tür hinter sich zuziehen, da rannte er auch schon an ihrer Seite die Straße Richtung Suppe-Pürierter-Rühregeleier, im Volksmund kurz Spree genannt, entlang.

Zinbi streckte den Kopf hervor und wechselte einen Blick mit Marie. Stumm kamen sie überein. Er tauchte ab. Die Qualmfee blickte sich noch einmal nach der schwarzen Witwe um, doch die war bereits entschwunden. Dann humpelte sie den beiden nach, so schnell es ihr das hinkende Bein erlaubte.

Der Name des einzigen Flüsschens der Stadt mit oberirdischem Verlauf gemahnte noch des prä-pickatorischen Zeitalters,

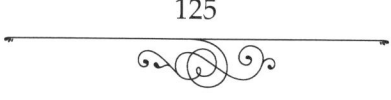

in dem es vielen Einheimischen als Müllkippe gedient hatte. Die liegengebliebenen Reste hatte das Gewässer sich selbst einverleibt, wenn es im Frühjahr regelmäßig über die Ufer trat und die umgebenden Gässchen unterspülte. Heute ließen ihm die Pickatoren nicht einmal mehr Brotkrumen, um seinen Hunger zu stillen.

Wie gerne sich der Privatier und Ehrenmann an diese Zeit erinnerte. Der Gestank des Flusses war, beim mahlenden Räderwerk seines Herzens, nun wirklich ein Segen gewesen, verglichen mit dem Ego dieses Herrn von und zu Geiger. Der Ruhm, der ihm seit seinem Biolonik-Fortschritt zuteilwurde, roch nun wirklich zum Himmel. Der reinste Smog von Halunke war das und hatte Emmerich noch dazu um die *ihm* zustehenden Ehren gebracht. Da war er sich mittlerweile sicher. Ihm allein hatte er die ausbleibenden Glückwünsche des Reichskanzlers zu verdanken. Vernebelte den hochrangigen Reichsbeamten mit seinen Erfindungen die Sinne. Aber die würden schon wieder zu sich kommen, wenn sie erst erkannten, was für einen Aufschneider sie zum Reichserfinder erkoren hatten.

Während er und Frau Oppenheimer das viertellose Wäldchen mit Namen *Viertelloses Wäldchen* passierten, schüttelte er die Fäuste. Innerlich. Seine Gesten würden nicht ausufern. So viel Anstand steckte noch in seinen Knochen, wenn er schon seine Gedanken nicht zu zügeln vermochte, die mit besorgniserregender Häufigkeit in Maries stürmisches Lager überwechselten.

Ein Schmunzeln umspielte seine Lippen, bevor er an der Gedankengabelung abbog. Gut, derweil musste er sich eben mit der Drecksarbeit begnügen, Villard zum zweiten Mal das Handwerk zu legen und damit das Reich zum unzähligsten Male vor dem Untergang zu bewahren. Es konnte ja nicht angehen, dass die Arbeiterschicht dezimiert wurde, und dieser Halbalb auch noch die Dreistigkeit besaß, es Marie in die Stöckelschuhe zu schieben. Und eben da lag auch der Rost im Getriebe. Verrußt wie er auch war, konnte diesem ebenmäßig flachen Schuhabdruck am Tatort auch nur die grausige Polizei auf den Leim gehen.

Frau Oppenheimer keuchte neben ihm auf und deutete geradeaus. »Fri-do-lin«, prustete sie zwischen zwei Schritten.

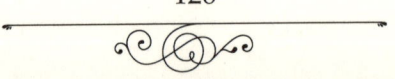

»Nieder-ge-schlagen. Dort.« Ihre Stimme versagte und sie blieb stehen, um dem Sauerstoff die Zufuhr zur Lunge in ihrer vollständigen Kapazität zu erleichtern.

Emmerich drosselte die Geschwindigkeit und verfiel für die letzten Meter in einen Trab. Er glaubte fast einem Déjà-vu zu verfallen. Hing er etwa in einer Zeitschleife fest? Nicht zum ersten Mal fand er seinen Kollegen am Boden liegend vor, in der misslichen Lage der Bewusstlosigkeit. Der arme Kupferstich! Dass es aber auch immer ihn treffen musste.

Und dass das in diesem Fall sogar wörtlich zu nehmen war, machte die große Beule unmissverständlich klar, die prominent glänzend mitten auf seiner Stirn prangte. Das Ungetüm reckte sich Emmerich ja förmlich entgegen. Er wich zurück, weil das Beulenei zu pulsieren begann, und er sich vorstellte, wie es jeden Moment Risse bekam, bis die Schale brach und ein winziger Villard-Alb daraus hervor krabbelte.

Emmerich gab sich eine Ohrfeige, rückte seinen Zylinder zurecht und zwang sich wieder näher auf Kupferstich zuzugehen. Nein, die Beule pulsierte nicht. Sie verfärbte sich bloß allmählich von rot zu blau. Dann war ja alles in preußischer Ordnung. Emmerich konnte also damit beginnen, den Bürgersteig um seinen Kollegen herum abzusuchen, wobei er prompt fündig wurde.

Er sammelte die Fetzen Leinenpapiers ein und legte sie wie ein Puzzle aneinander, als Frau Oppenheimer sich zu ihm gesellte. »Die Sonnenblume, die er Ihnen bringen wollte«, schnarrte sie bei Emmerichs Ohr. »Sollten wir uns nicht zuerst um ihn kümmern? Meinen Sie, er braucht einen Arzt?«

Emmerich winkte ab. »Er hat schon Schlimmeres überstanden als eine Beule. Lassen Sie ihn schlafen, bis er zu sich kommt.«

»Aber auf den kalten Steinen erfriert er mir noch. Ich habe Sie geholt, weil ich ihn alleine kaum bewegt kriege.«

»Das ist auch nicht nötig. Sehen Sie, seine Atmung beschleunigt sich ja schon und er trägt einen warmen Mantel. Ihrer gefällt mir übrigens ausnehmend … nun, fast annähernd gut.«

Der Bettler machte in einigen Metern Entfernung Halt und tat, als ob er eine Anlegestation der Krebsdümpler beobachtete. Ein

Kaltblutgespann trat soeben zwischen den Scheren hindurch über die Kuppelaugen auf den Rücken eines mechanischen Krebses, der die Kutsche mit den Scheren umfing und festhakte. Langsam krabbelte er auf die Spree zu und ließ sich zu Wasser gleiten. Die Droschke oberhalb des Wasserspiegels haltend, schwamm er auf das gegenüberliegende Ufer zu. Lediglich die Hufe der erfahrenen Pferde wurden von der Brühe umspült.

Als Marie bemerkte, dass sie dem übersetzenden Krebs-dümpler tatsächlich zusah, anstatt es nur vorzugeben, warf sie schnell ein paar Seitenblicke auf den Emmerich-Trupp.

»Wenn das Aufkommen wahllos herumliegender Körper zur Gewohnheit in dieser Stadt wird, brauchen wir demnächst wohl größere Pickatoren«, raunte Zinbi Marie zu, ohne den Blick seinerseits von Fridolin am Boden abwenden zu können.

»Sssschhh, ich kann nicht verstehen, was sie sprechen.«

»Dann geh näher ran!«, flüsterte Zinoberius unter dem Schal.

»Wenn du meinst, dass es so wichtig ist, was sie sagen.«

»Na ja, Emmerich hat etwas gesagt, jedenfalls schließe ich das aus der Bewegung seiner Lippen, das Frau Oppenheimer die Röte in die Wangen treibt.«

»Emmerich? Der Oppenheimer?«

»Wenn er nicht gerade Gesichtsmuskeltraining absolviert, was sie wiederum aus irgendeinem Grund ungeheuer zornig macht, ist das so.«

»Dann *müssen* wir näher ran! Tu was.«

Marie nickte, überlegte nicht lange und tat – dieses Mal tatsächlich –, als ob ihr etwas auf den Boden fiele. Sie humpelte dem Etwas, das im Rinnstein auf die Gruppe zurollte, hinterher. Als sie in Hörweite waren, trat sie im Ausfallschritt auf die imaginäre Münze und hockte sich neben einen Glasabschnitt der Bordsteinkante.

»… aus Mäusefell, mausnehmend träfe es folglich noch besser«, sagte Frau Oppenheimer gerade, strich sich über den Mantel und wiegte sich in den Hüften. »Geschenke meiner Kätzchen. Die Opfer, die sie mir nach Hause schleppen, sollen nicht umsonst gestorben sein. Die Reste püriere ich ihnen und koche sie dafür stundenlang aus.«

Marie würgte. Mäusefleisch? Sie verbarg das Schütteln, das sie ergriff, unter ihrem eingeübten Hustenanfall. Davon war der

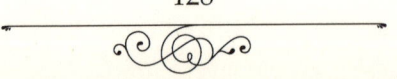

köchelnde Fleischgeruch in Oppenheimers Stube ausgegangen? Berge toter Mäuse türmten sich plötzlich vor ihrem inneren Auge auf dem Treppenabsatz der Katzendame. Stapelten sich höher und höher. Wie sonst konnte ein solch langer Pelzmantel dabei herauskommen? Oder konnte Berlin mit derart riesigen Exemplaren aufwarten, dass sie nur froh sein durfte, noch keinem davon begegnet zu sein? Uh, heute Nacht würde sie sicherlich der Klang mahlender Nagezähne in der Lautstärke von Turbinen verfolgen. Sie wedelte mit den Händen, um den Gedanken zu verscheuchen.

Als es ihr endlich gelang, hatte das Gespräch von Emmerich und Oppenheimer eine andere Wendung genommen.

»... Muster wie bei den Trollen?«, fragte Frau Oppenheimer.

»Nun, ich denke nicht. Erstens lebt unser geschätzter Kupferstich hier noch. Zweitens ist es der erste Übergriff, der sich bei helllichtem Tage zugetragen hat. Drittens wurde ein Gegenstand beschädigt und zurückgelassen, den er bei sich trug. Und viertens ist er kein Troll.«

Frau Oppenheimer schnaubte. »Gut, dass Sie diesen letzten Punkt noch einmal klargestellt haben.«

»Nicht wahr? Den übersieht man gerne.« Emmerich nickte.

»Na ja, jedenfalls ist klar, wer Fridolin das angetan hat.«

»So so, ist es das?« Der Erfinder runzelte die Stirn.

»Ihre Assistentin, dieser Raufzahn natürlich!« Sie begann Emmerich nachzuahmen. »*Erstens* war sie schon die ganze Zeit genervt von Fridolin. *Zweitens* wusste sie doch sicherlich davon, dass er Ihnen das Bild vorbeibringen wollte. *Drittens* schien sie Blumen zu hassen. Und *viertens* ...« Sie bückte sich und zupfte etwas von Kupferstichs Kleidung. »... entspricht dieses angekokelte, verrußte braune Haar ganz ihrem Naturell.«

Emmerich nahm es an sich und rieb es zwischen den Fingern. Nach Villards Handschrift roch das nicht mehr. Aber es gab da ja noch ... »Madame Mallarmé! Sie wusste auch von Fridolins Besuch!« Er hielt inne. »Aber sie war bei mir. Die gesamte Zeit lang.« Er stöhnte auf. Synchron zu Fridolin Kupferstich, der soeben im Begriff war, sich aufzusetzen, und eine Hand an die Beule presste. Emmerich reichte ihm die seine. Hand, nicht Beule natürlich.

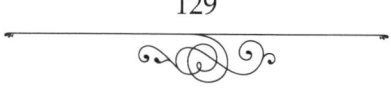

Marie hatte es die Sprache verschlagen. Sie stand auf und wandte sich ab. Langsam wusste sie selbst nicht mehr, wie sie das noch erklären wollte. Villard schied für die Tat aus. Sonnenblumenbilder zu zerreißen war nicht sein Stil, aber die schwarze Witwe konnte es ebenso wenig getan haben, schließlich hatte Marie sie selbst noch gesehen.

Vielleicht musste diese Tat unabhängig von den Trollmorden betrachtet werden. Doch wer hatte überhaupt ein Interesse daran, ein Blumenbild zu zerstören? Sie musste zugeben, dass ihr da außer ihr selbst niemand einfiel. Bei Bismarcks Barte, sie würde sich glatt selbst verdächtigen! Aber das war pure Zeitverschwendung. Wenn sie hysterisch wurde, kam sie auch nicht weiter, höchstens weiter an einen Klappsenaufenthalt heran. Allerdings hatten die ja momentan keine Ressourcen für weitere Patienten, was für ein Glück.

Sarkasmus ist auch nicht besser, jetzt reiß dich mal zusammen! Sie atmete tief durch. Also, wer profitierte davon, sie zu belasten? Madame Mallarmé. Die es unmöglich gewesen sein konnte. »Verdammter Teufelskreis!«

Als sich von hinten eine Hand auf ihre Schulter legte, zuckte sie zusammen und fuhr herum.

»Frau O…«, Marie räusperte sich und fügte sich rasch in die Rolle des Bettlers. »…ooh, gnädige Frau!«

»Ach, hören Sie auf mit der Schmierenkomödie. Mir machen Sie nichts vor, Marie!«, flüsterte die Oppenheimer und musterte die feegefüllten Lumpen vor sich. »Sind Sie jetzt unter die Bettelfeen gegangen?«

Marie unterdrückte den Impuls einer qualmenden Erwiderung. »Sie dürfen mich nicht auffliegen lassen … bitte…«, knirschte sie.

»Ich habe keineswegs vor, Sie ,auffliegen' zu lassen. Hier, nehmen Sie das.« Die Katzendame griff nach Maries Hand und legte ihr einen kalten Splitter aus Metall hinein. »Ich hoffe, er hilft. Ich habe ihn bei den Bildfetzen gefunden und eingesteckt, bevor ich Ihren Partner hinzuholte. Das Bruchstück war mit Sicherheit Teil des Rahmens, den der Angreifer mitgenommen hat.«

»Warum geben Sie ihn mir? Sie haben mich doch gerade noch beschuldigt.«

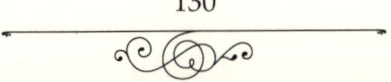

»Man weiß nie, wer hier draußen alles mithört.« Frau Oppenheimer warf einen Blick über die Schulter. »Gehen Sie und beweisen Sie Ihre Unschuld.« Sie sah sich noch einmal um, bevor sie nähertrat und wisperte: »Ich weiß nicht, wie sie es gemacht hat, aber diese Madame hängt da ganz gewiss mit drin.«

»Frau Oppenheimer, Sie …«

»Ja ja, ich weiß. Ich führe nicht umsonst den erfolgreichsten Informationshandel dieser Stadt, meine Liebe. Und außerdem nehme ich die Warnungen meines Katers sehr ernst. An der *Dame* ist was faul.« Sie tippte sich an die Nase.

Marie glaubte, sich verhört zu haben, fehlte nur noch, dass die Oppenheimer ihr aufmunternd zunickte. Sie tat es nicht.

»Damit wir uns richtig verstehen, wir sind jetzt keine Freundinnen, Schwestern oder Verbündete. Ich wähle hier nur das kleinere Übel.«

Die Qualmfee atmete auf und nickte. Ihr Bild vom Kosmos konnte fortbestehen. Das war Frau Oppenheimer, wie sie sie kannte und verdammte.

»Außerdem ist mir nicht wohl dabei, wenn der da«, sie deutete mit dem Kinn auf Emmerich, »zu lange alleine unterwegs ist. Besser Sie kehren bald zurück.«

»Vielleicht sollte ich ihm sagen …«

»Sie sagen jetzt gar nichts, sondern gehen. Rasch!«

Marie wollte widersprechen, wollte Emmerich in Kenntnis setzen. Als ihr Blick aber dem ausgestreckten Zeigefinger Frau Oppenheimers folgte, schlug ihr das Herz auf einmal bis zum Hals. Unter der Glasplatte trieb eine der Streifenkrabben vorbei. Der Polizeidümpler schien zum Ankerplatz zurückzustreben.

»Verschwinden Sie, bevor die auftauchen!«

»Im wahrsten Sinne.« Marie drückte ihr die Hand. »Danke.«

Und dann geschah es doch. Frau Oppenheimer nickte ihr zu. Flüchtig zwar, aber die Abneigung in ihrem Blick schien für eine Sekunde etwas Weicherem gewichen zu sein. Griesrahmigkeit vielleicht. Nahezu streichbar.

Die Bettelfee drehte sich um, und der Moment zerbrach wie Porzellan. Sie humpelte davon und verschwand zwischen zwei Häuserfronten, sobald sich die Möglichkeit dazu bot.

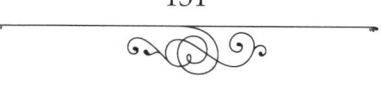

Erst das Krächzen vorüberziehender Krähen ließ Marie wieder innehalten. Sie sah in den Himmel auf, wo sich die Wolken um einen schmalen Spalt in ihrer Mitte bauschten wie ein ergrauter Vollbart um einen Mund. Die Lippen beinahe aufeinander gepresst, fiel nur ein schmaler Streifen winterlichen Sonnenlichts durch die Öffnung.

»Was war das denn eben? Die Oppenheimer hat ein Herz für dich?«

Marie zuckte die Schultern und betastete den Splitter. »Soweit würde ich nicht gehen.«

»Ich schon.«

Die Qualmfee lächelte abwesend, während sie das Metallstück zwischen ihren Fingern wendete und es von allen Seiten betrachtete.

Zinbi folgte den Bewegungen mit den Augen. »Seltsam. Eine solche Legierung habe ich noch nie zuvor gesehen.«

Der Mund hoch über den beiden erstrahlte, als er den Wolkenbart weiter auseinander schob. Das einfallende Licht bahnte sich seinen Weg zum Metallsplitter in Maries Hand und brach daran zu Regenbögen. Der Effekt schien ihr vertraut »Ich schon. Nur wo?«

Sie wurde von einem Lichtreflex geblendet und schlug sich die Hand vor die Stirn. *Qualmfee, manchmal bist du echt 'ne hohle Nuss!* Sie lächelte. Obwohl die Worte in ihrem Kopf von Emmerich in der ihm eigenen Betonung vorgetragen wurden, konnte sie sich beim besten Tüftler der Stadt nicht vorstellen, wie er die Worte *hohle Nuss* und *du* tatsächlich über die Lippen brachte.

»Ich könnte das! Problemlos.«

»Verdammt, Zinbi! Halt dich endlich aus meinen Gedanken raus.«

»Marie, mein Schätzchen, wie soll ich das anstellen, wenn du sie dauernd laut aussprichst?«

»Das habe ich?«

»Tendenz steigend, seit Emmerich nicht ständig in deiner Nähe ist, um sich in Wortgefechten mit dir zu duellieren.«

»Oh.«

»Also los, raus damit! Wo hast du das Phänomen schon mal beobachtet?« Die Regenbögen spiegelten sich in den Augen des Zinnmannes wider.

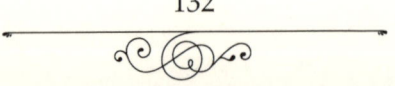

»Ich erzähl's dir unterwegs. Erst mal müssen wir die Möchtegern-Witwe erwischen, bevor sie das Lokal verlässt.« Sie schob den Splitter vorläufig in ihren Ärmel.

»Das gefällt mir immer noch nicht.«

»Tja, ist dir denn mittlerweile eine andere Idee erschienen? Oder sollen wir uns darauf verlassen, dass ein weiterer Zufall zuschlägt?«

»Ein Zufall, der zu- oder gar niederschlägt wie etwa bei dem armen Fridolin?« Er verschränkte die Arme vor der Brust. »Geschmacklos.«

»Das Wortspiel war nicht beabsichtigt, auch wenn es zutrifft. Also, was ist nun? Hast du einen besseren Vorschlag? Ich höre.«

»Nein.« Er ließ die Arme sinken. »Dieses Mal nicht. Du solltest nur vorsichtig sein.«

»Das bin ich, Zinbi, das bin ich. Ich passe schon auf dich auf.«

»Toll, und wer passt auf dich auf?«

»Na, dafür habe ich doch dich, meinen tapferen Dichter, und immerhin … warst du mal Soldat. Du hast dein Leben für mich geopfert, weißt du nicht mehr?«

Unter Zinbis grummeliger Miene zeichnete sich ein Lächeln ab. Er druckste herum. »Nja, doch, weiß ich noch. Ich bin schon echt mutig, was?«

»Allerdings.« Marie lächelte.

»Duhu?«

»Hm?«

»Also, es wäre mir schon recht, wenn es bei dem einen Mal Opfern bleiben könnte.«

»Wieso? Emmerich hat dich doch ganz gut wieder hingekriegt.« Zinoberius fiel die zinnerne Kinnlade herunter.

Die Qualmfee zwinkerte und strich ihm mit einem Finger seine Feder aus dem Gesicht. »War nur ein ‚geschmackloser‘ Witz.« Sie schrieb Gänsefüßchen in die Luft. »Natürlich werde ich mein Bestes geben das zu verhindern. Schließlich wollen wir sie ja auch nur beschatten und nicht mit Fäusten traktieren.«

Vorerst, glaubte Marie gedacht zu haben, bevor Zinbis Miene sie eines Besseren belehrte.

»Das habe ich gehört.«

»Och nö, ich hab doch nicht schon wieder?«

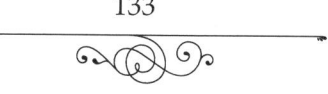

Doch er nickte.

»Das sollte ich mir dringend wieder abgewöhnen. Wenn da mal Emmerich in der Nähe ist, dann …«

»… wirst du das nicht mehr tun. Glaub mir. Obwohl es vielleicht sogar ganz amüsant sein könnte, wenn du ihm den einen oder anderen Gedanken von dir preisgäbest.«

»*Welchen* meinst du?«

Er grinste und schwieg sich aus.

Sie war versucht, ihn zu knuffen, aber zum Empfang mancher Gesten taugte ein Emmerich dann doch deutlich besser. So begnügte sie sich damit, den Zinnmann in den Bauch zu stupsen.

»Duhu?«

»Bleib ruhig, du wirst dich schon nicht wieder opfern müssen.«

»Ich meinte jetzt was anderes.«

Marie sah ihn an. »Und zwar?«

»Was zum Tintenfleck bedeutet das da?« Zinoberius kletterte auf ihre Schulter und zeigte auf Röhren, die parallel zu den Kanten der Dächer verliefen und nur durch kupferne Ranken verbunden schienen. Sie schlangen sich um die Rohre, bebten als lebten sie, und waren an den Dächern vertäut.

»Das, mein lieber Zinbi, bedeutet, dass ich in der Hektik falsch abgebogen bin und wir uns somit im Villenviertel befinden.«

»Und was sind das jetzt für Röhren?«

»Die Heli-Schweberöhren, Teile des Klangkugelkommunikator -Netzwerks.«

»Ach was, länger ging es wohl nicht?«

Marie lächelte. »Und es wird noch länger. Bald werden sie nämlich entlang sämtlicher Dächer der Stadt verlaufen.«

Dem Zinnsoldaten fielen dünne Schienen auf, die längs um die Röhren herum verliefen.

»Innen werden sie von weiteren durchzogen. Darauf verlaufen die Klangkugeln«, erklärte ihm Marie und machte sich in Richtung *Ramponiertes Entchen* auf. »Emmerich ist der Meinung, weil Wellwatt Pillendreher zum Vorbild genommen habe, seien das nichts anderes als mechanisch nachempfundene Kotkugeln, die einem da ins Haus rollen.«

Zinoberius lachte. »Aber soll ich dir mal sagen, woran man noch viel leichter gemerkt hätte, dass wir uns im Villenviertel befinden?«

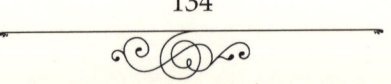

Marie hob eine Augenbraue.

»An den vielen Villen.«

Sie verdrehte die Augen, während das Universum sich zurücklehnte und die Füße hochlegte. Es schmunzelte.

Bevor Marie und Zinbi das Viertel verließen, konnten sie sich noch selbst vom Ausmaß des installierten Röhrensystems überzeugen. Die Heli-Röhren verliefen entlang jeder Villa, die sie passierten. Männer in Arbeitshosen balancierten auf den Dachfirsten, riefen sich Befehle zu, schleppten Versatzstücke und schraubten die Ranken fest. Pickatoren am Boden raspelten die abfallenden Metallspäne. Die Arbeiten schienen schnell voranzugehen, sie würden sich wohl tatsächlich schon bald an das neue Bild der Stadt gewöhnen müssen. In den Arbeitervierteln vermutlich nicht ganz so bald. Was sonst eine grobe Benachteiligung bedeutete, erschien Marie hier fast als Fluchtmöglichkeit, um den alten Anblick Berlins noch ein wenig auskosten zu können. Zumindest stellenweise.

Ein Droschkenzug ratterte an ihnen vorbei, als sie die Villen hinter sich ließen und in eine der Alleen des Vaudeville-Viertels einbogen. Fünf Gespanne hintereinander. Die Hufe klackten auf dem Pflaster, und um ein Haar wäre Marie über die Betrachtung mit sich selbst zusammengestoßen. Sie blieb stehen. Ihr Gesicht starrte sie an. Und zwar vom Kasten eines Reklamometers. »Entflohene Qualmfee: Gefährlich! Hinweise sind an Inspektor Graus zu richten.«

»Dieser Graus ist aber auch ein ebensolcher«, schimpfte Zinoberius. »Wird Zeit, dass wir uns die Spinne schnappen. Weiter!«

Marie zog sich den Hut tiefer ins Gesicht und tat wie ihr geheißen. Trotzdem musste sie sich noch einmal nach dem Reklamometer, das ihr Antlitz schmückte, umdrehen. Die Anzeige hatte jedoch schon gewechselt und zeigte nun ein Bild der Wobbly Dick.

Entflohene Qualmfee: Gefährlich! Wie gefährlich sie wirklich war, würde Madame Mallarmé noch unter dem eigenen Schleier zu spüren kriegen.

9
Pflasterkrank

Emmerich stützte Kupferstich, der sich nur mit Mühe auf den Beinen halten konnte. Immer wieder knickte er ein und drohte zur Seite weg zu kippen oder eher zu wobbeln, wenn man die Bewegung seiner Puddingknie berücksichtigte. Frau Oppenheimer kam hinzu und schlang sich Fridolins freien Arm um die Schultern, woraufhin sich dessen Haltung stabilisierte.

»Margarete«, nuschelte der Angeschlagene immer wieder. »Meine Sonnenblume.«

»Ist gut, ist gut, ich habe sie.« Sie tätschelte ihre Manteltasche. »Die kriegen wir wieder hin. Ein bisschen Kleber und Spucke und sie ist wie neu.«

»Wir bringen ihn zur 2-2-1 C. Soweit wie er mit seiner Blume schon gekommen war, ist das von hieraus näher. Außerdem habe ich dort etwas, das ihn aufpäppeln wird.«

»Ist recht.«

»Kupferstich, alter Junge, erinnern Sie sich an den Angriff?«, fragte Emmerich.

»Mähmähmäh«, gab der zur Auskunft.

»Vielleicht warten wir damit, bis wir bei Ihnen sind.« Frau Oppenheimer wies mit dem Kopf über die Schulter.

Emmerich blickte zurück und erkannte einen von Inspektor Graus' Untergebenen, der sich ihnen zügig näherte.

Als er sie eingeholt hatte, was bei ihrer derzeitigen Geschwindigkeit keiner Schnecke schwergefallen wäre, räusperte er sich und rückte sein Polizeiabzeichen gerade. »Haben wir hier ein Problem? Ist Ihrem Mittelmann etwas zugestoßen? Die entflohene Qualmfee womöglich?«

Zu Emmerichs Überraschung war es Frau Oppenheimer, die antwortete. Noch mehr konnte ihn nur noch *das* überraschen, *was* sie sagte.

»Nein, nein, nur der Wein. Und reichlich viel davon.« Sie hob ihre Hand über Kupferstichs Beule und tat, als streichle sie ihm die Stirn. »Haben *Sie* denn ein Problem damit?« Sie verengte die Augen und blitzte den Beamten an.

Sein Blick suchte Hilfe bei Emmerich, der jedoch viel zu sehr damit beschäftigt war, imaginäre Flusen von Kupferstichs Mantel zu klauben, und seinerseits tat, als könnte es nichts Interessanteres geben. Dass er nicht *Oh!*-te und *Ah!*-te war auch alles.

»Ähm, nein, natürlich nicht«, räusperte sich der Beamte und nahm seine Polizeimütze ab. Er trat von einem Fuß auf den anderen.

Frau Oppenheimer sog die Wellen seines Unbehagens in sich auf und erhöhte um ein kaltes Lächeln. »Das dachte ich auch nicht. Und wenn Sie bitte die Freundlichkeit besäßen, meinen Mann zukünftig *nie* wieder mit einer Flüchtigen in Verbindung zu bringen, wäre ich Ihnen äußerst dankbar. Ich denke, wir verstehen uns.«

»Äh, ja, gnäd'ge Frau.« Er zog den Kopf zwischen die Schultern und knetete die Mütze. »Auf Wiedersehen.«

»Das will ich nicht hoffen.«

Der Beamte trat den Rückzug zum Streifenkrebs an, wo er von seinen Kollegen schon erwartet wurde. »Jungs, um die macht einen Bogen! Dieses Weib …« Er senkte die Stimme und beugte sich vor »… ist ein Hai im Mauspelz.«

Emmerich zog den Hut. »Frau Oppenheimer, Frau Oppenheimer.«

»Vielen Dank für die Blumen. Jetzt halten Sie die Klappe und lassen Sie uns Fridolin auf Ihr Sofa schaffen. Ich will endlich wissen, was hier Sache ist.«

* * *

Marie und Zinbi erreichten das *Ramponierte Entchen*, als sich Schneeflocken aus den Wolkenmassen über ihren Köpfen lösten. Ohne Emmerichs famosen Fabulator und gleichsam tickende Taschenuhr konnten sie nicht sicher wissen, wie spät es war. Andererseits spielte das auch keine Rolle, sie mussten ohnehin hier draußen warten, bis die schwarze Witwe das Lokal verlassen würde. Natürlich gab es ausgerechnet hier, mit Sicht auf die Stätte, keine Nische oder abzweigende Straße, in die sie sich hätten drücken können. Nicht mal ein Reklamometer stand herum. Also musste ihre Verkleidung bereits jetzt herhalten.

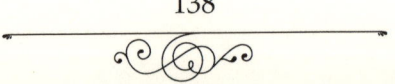

Die Bettelfee hockte sich schräg gegenüber des *Entchens* auf den Bordstein und fixierte die Eingangstür, die bereits Rost ansetzte. Von den Wänden des Lokals bröckelte der Putz, auch wenn die Pickatoren längst die gefallenen Beweise am Boden vernichtet hatten. Rauer Stein blitzte durch die Lücken hindurch. Dafür, dass die Madame so großen Wert auf ihre Damenhaftigkeit legte, hatte sie sich eine reichlich heruntergekommene Kaschemme für ihren Aufenthalt ausgesucht.

»Ja, mit der ist definitiv was faul«, drang es gedämpft unter ihrem Schal hervor.

»Zinoberius, wie stelle ich es ab, meine Gedanken laut auszusprechen, ohne es zu bemerken? Das ist ja sowas von … emmerichig.«

Eine Schalschlaufe bebte vom dumpfen Gelächter des Zinndichters. »Bestimmt nur eine Ersatzreaktion. Du vermisst ihn eben. Es legt sich ganz bestimmt, sobald ihr wieder vereint seid, und du merkst, wie sehr er dich auf die Palme bringt.«

»Ich vermisse ihn nicht und ich vergesse nie, wie sehr er mich zur Weißglut treibt.« Marie schob die Unterlippe vor, doch wahrscheinlich hatte Zinbi Recht.

»Klar, habe ich das.«

Sie biss sich auf die Lippe und stupste an der Stelle in den Schal, die sich kürzlich noch bewegt hatte.

»Ey!«

Volltreffer! »Und jetzt Ruhe. Sie kann jeden Moment herauskommen.«

»Als wären Bettler, die mit sich selbst reden, etwas Ungewöhnliches.«

»Trotzdem Ruhe und Schluss mit den Vorurteilen!«

Zinoberius faltete sich einen Teil der Maschen so zurecht, dass er sich ähnlich einer Hängematte hineinlegen konnte. Wenn Marie jetzt losliefe, würde die Falte sicherlich schaukeln wie auf einem Schiff. Das könnte er gleich in seinem nächsten Gedicht verarbeiten. *Der tapfere Zinoberius auf den Planken der Schali Strick,* schrieben sich die Buchstaben hinter seinen geschlossenen Augen selbst. Er lag in seiner warmen Kajüte, um ihn wogte die flauschige See.

Die Qualmfee rieb sich währenddessen Arme und Beine im Wechsel und ließ die Tür keine Sekunde aus dem Blick.

Schneeflocken legten sich auf ihren improvisierten Mantel und sprenkelten ein weißes Tüpfelmuster darauf, bevor sie als Tropfen mit dem rauen Stoff verschmolzen. Andere fing sie in der hohlen Hand, bis ihre Finger zu steif dafür wurden. Die Spitzen färbten sich allmählich bläulich.

Als Marie schon überlegte, sich in Rauch aufzulösen, um die Taubheit aus den Gliedern zu vertreiben, schwang die Tür des *Ramponierten Entchens* auf, und das Quietschen der Angeln schreckte auch Zinbi aus dem dumpfen Dunst seiner Dichtkunst. Er setzte sich auf, schob die Finger zwischen die Maschen, drückte sie auseinander und lugte durch den entstehenden Spalt hinaus.

Eine verschleierte Gestalt erschien im Türrahmen und wandte den Kopf nach links und rechts. Sie ließ den Blick die Gasse entlang wandern, der wie erwartet den Obdachlosen überging, als wäre er bloß ein weiterer Teil des leblosen Pflasters. Dann kehrte er jedoch zurück, blieb an den Lumpen hängen, und Madame Mallarmé glitt direkt auf den Bettler zu.

Oh oh. Marie hoffte inständig, wenigstens diesen Gedanken für sich behalten zu haben, während ein wallender Rock vor ihr zum Stehen kam. Sie zwang sich, nicht den Blick zu heben. Ein Muskel in ihrem Gesicht zuckte, und sie presste die Lippen derart fest aufeinander, dass sie so taub wurden wie ihre Hände. Da fielen drei glänzende Gegenstände klirrend vor ihr zu Boden und Schritte unterhalb des Rocks verrieten sein wehendes Fortgehen. Die Qualmfee bemerkte ihren angehaltenen Atem und stieß ihn aus, bevor sie nach den Münzen tastete, sich aufrappelte und gleich wieder auf den kalten Stein zurücksank. Sie massierte sich die Wade, bis die Nadelstiche nachließen und das Bein wieder erwachte.

»Das war knapp«, murmelte es im Schal.

»Allerdings. Jetzt halt dich aber gut fest. Die Verfolgungsjagd beginnt!«

»Tatatataaaaaaaa!«, tönte das Jagdhorn alias Zinbi.

Als Marie wieder auf den Beinen war, erhaschten sie gerade noch die Rückenansicht Madame Mallarmés, die um eine feucht glänzende Ecke entschwand. Sie humpelte in gebührendem Abstand hinterher und rümpfte die Nase, als sie die Ecke selbst

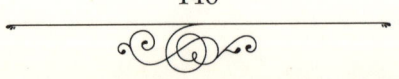

erreichte. So wie das roch, wollte sie gar nicht wissen, welche Flüssigkeit hier aus dem Stein trat. Lieber weiter humpeln. Die Bewegung brachte ihr immerhin ein wenig Wärme zurück, auch wenn sie nicht ausreichte, um die eiskalten Zehen wiederzubeleben.

Marie ließ der Vorausschlendernden geradewegs so viel Abstand, dass jene beim Abbiegen sekundenweise aus dem Blickfeld verschwand. Dieses Risiko mussten sie eingehen, wenn sie nicht entdeckt werden wollten. Zum Glück schien die Observierte es nicht eilig zu haben.

Die gemütliche Gassenverfolgung endete abrupt an einem Droschkenplatz, wo sich die Madame ein Gefährt herbei winkte, dem Kutscher etwas zuflüsterte, wobei sie es vermied den stämmigen Shire Horses zu nahe zu treten, und schließlich einstieg.

»Bei Bismarcks Barte!« Marie schlug sich mit der Handkante auf das verschlafene Bein. »Wer nimmt mich denn in diesem Aufzug mit? Und Geld habe ich auch ni-« Ihre Gedanken glitten zu den aufgesammelten Münzen.

»Das gefällt mir nicht«, meldete sich Zinbi.

»Sagtest du bereits.«

»Erst der Wink mit dem Zaunpfahl, und jetzt gibt sie dir noch das Geld für die Fahrt? Was hat sie nur vor? Wo lockt sie uns hin?«

»*Das*, mein lieber Zinoberius, werden wir nun herausfinden.«

Marie lenkte ihre Schritte bereits auf eine dunkelblaue Berline zu. Die vorgespannten Rappen beobachteten ihr Näherkommen, schnaubten und warfen ihre Köpfe zurück. Na gut, eigentlich taten sie das nicht, aber Marie stellte es sich abenteuerlicher vor, als diese alten, abgebrüht-gelangweilten Stadtgäule waren. Sie strich sich die Hutkrempe glatt und ihr Haar zurück. Da sauste dicht neben ihrem Ohr ein Amboss nieder und schlug auf Holz. Zumindest hörte es sich so an, als ein nahestehendes Reklamometer seine Anzeige änderte: *Droschkenstreik ab dem heutigen Frühabend angekündigt! Bärliner Bürger besinnen sich ihrer Beine! Exklusiv-Gebäckgespräche in der Abendpost.*

»Da haben wir ja noch mal Glück, dass wir jetzt schon eine brauchen«, murmelte Marie und Zinbi nickte.

Sie setzte ihr dampfendstes Lächeln auf, als die Reklame holzhämmernd wechselte und wieder das Antlitz der Qualmfee zeigte. Ihr reales Pendant zog sich den ebenso real kratzenden

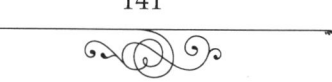

Schlapphut tiefer ins Gesicht, reichte dem Kutscher die Bezahlung im Voraus an und befahl ihm in mütterlich barschem Ton, dem vorausgefahrenen Gespann zu folgen. Raue Finger in halben Handschuhen schlossen sich um die Münzen. Der Gute schien also eine gehörige Portion Angst vor seiner Mutter zu hegen oder war wenigstens überrumpelt genug, um es sich nicht noch einmal zu überlegen.

»Unauffällig!«, ergänzte Marie, einen Fuß schon auf der abgewetzten Trittstufe. Dann zog sie sich eilig hinein und schlug die Tür hinter sich zu, während sie auf der ungepolsterten Sitzbank Platz nahm.

Ein saurer Geruch hing in den Gardinen. Kein Wunder, dass der Kutscher nicht wählerisch bei seinen Gästen gewesen war. Marie fuhr mit dem Finger über das geborstene Holz der Innenverkleidung, als vom Kutschbock ein Schnalzen ertönte, und die Räder sich knarzend in Bewegung setzten. Hufgeklapper und Geschirrklirren hallten voraus.

»Das gefällt mir nicht«, grummelte Zinbi und streckte den Kopf aus dem Schalschiff.

»Wird das jetzt dein Standardspruch?«

Der Zinndichter verschränkte die Arme vor der Brust, und Marie seufzte. »Mir doch auch nicht, aber es hilft nichts.«

Zinoberius kannte den Blick, der mit diesen Worten einherging, zu genau, um zu widersprechen. Dieses Glitzern verriet die sture Entschlossenheit der Qualmfee.

Qualmfelefant, dachte Zinbi. Da konnte er ebenso gut versuchen, eine Steinwand zum Sackhüpfen zu überreden. Es würde also wie immer auf eines hinauslaufen: Held Zinoberius war gefragt. Wenn er sie nicht abhalten konnte, würde er eben versuchen von Nutzen zu sein, obwohl er einer Ringelrunde Schmollen auch nicht abgeneigt war. Aber da dieser Situation vermutlich eine Portion Ernsthaftigkeit zu Gebote stand, würde er sich die Runde eben für später aufsparen.

Stattdessen ließ er sich auf alle Viere nieder, pustete sich die Feder aus dem Gesicht und krabbelte über den Türrahmen ans Fenster, wo er sich die Zinnnase platt drückte, um einen Blick auf die vor ihnen fahrende Kutsche zu erhaschen. »Die legen

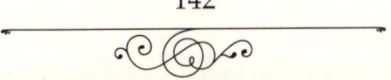

ein ganz schönes Tempo vor. Ich weiß nicht, ob unsere schnaubenden Klepper da lange mithalten können. Jedenfalls nicht, wenn sie in ähnlichem Zustand sind wie die Kiste, die sie hinter sich herziehen.«

»Sind sie aber nicht. Hast du nicht gesehen, wie wild sie ihre Mähnen bei unserer Ankunft geschüttelt haben?«

»Nein, weil das nie passiert ist.«

»Sie müssen es einfach schaffen!« Marie hämmerte gegen die Innenwand zum Fahrer, ein Peitschenknall ertönte und die Räder rumpelten schneller über das unebene Pflaster.

»Von wegen wild! Die haben den Kopf so langsam gedreht wie ein arthritisches Großmütterchen, bevor es die Straße überquert.«

Die Qualmfee biss sich auf die Unterlippe und schwieg.

So flogen sie eine Weile dahin, in der Marie beinahe die Orientierung verlor. Der grobe Kurs jedenfalls schien sie nach Osten zu befördern. Marie sah eine Baumgruppe beinahe in Schlieren am Fenster vorbei schwimmen. Gut, dafür waren sie vielleicht nicht zügig genug unterwegs, aber wenn man die Augen nur weit genug zusammenkniff, verschwamm die Umgebung einigermaßen angemessen.

»Hoffentlich sind wir bald da!« Zinbi schluckte, krallte sich in den Türrahmen und hätte sich garantiert einen Splitter gezogen, wenn der sich nicht die Zähne an seinem Zinnmantel ausgebissen hätte. Enttäuscht brach er ab.

Als Zinoberius sich zu Marie umwandte, erkannte sie einen grünlichen Schimmer um seinen Zinnzinken. Der Wagen nutzte natürlich genau diesen Moment dazu, mitsamt seiner Fracht um eine Kurve zu preschen und sich dabei gefährlich zur Seite zu neigen. Zinoberius würgte und drückte sich eine Hand gegen den Mund. Für ein paar Sekunden schienen zwei der Räder vom Boden abzuheben, die Achse knackte verdächtig und der Schwerpunkt der Droschke verlagerte sich weiter seitwärts. Marie wurde gegen die Tür geschleudert.

Das Universum lehnte sich vor und begann an den Fingernägeln zu knabbern. Flocken wie Späne segelten vom Himmel, als das Gefährt samt Insassen für einen Wimpernschlag zu kippen drohte, nur um direkt darauf abrupt zum Stehen zu kommen.

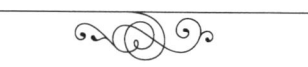

Alle vier Räder wieder am Boden, stand die Kutsche so still, als könnte sie kein Wässerchen trüben, geschweige denn von der Stelle schwämmen.

Zinoberius taumelte auf die gegenüberliegende Sitzbank. Ein Schicksal, das Marie geteilt hätte, wen ihr nicht ein Reflex zu Hilfe gekommen wäre. So dematerialisierte sie sich, schwebte als Rauchwolke zurück auf die Bank und nahm ihre menschlich anmutende Gestalt an. Sie stieß die Tür auf, lugte heraus und sah vor ihnen die Droschke der Madame aufragen. »So viel in puncto Unauffälligkeit!«

Zinoberius schleppte sich auf die Tür zu, so dass sein Bajonett schabend eine Furche durch den Holzboden zog, und fiel beinahe kopfüber hinaus. Eigentlich fiel er tatsächlich, doch nach einem halben Wimpernschlag fing Marie ihn auf, stopfte ihn Entschuldigungen flüsternd in die Schaltiefen und umrundete den Wagen.

Er sank in die weichen Windungen und wollte den Schal nicht länger als Schiff betrachten. Wer schon in einer Kutsche seekrank wurde – oder musste es da *pflaster*krank heißen? –, brauchte gewiss keine schwankenden Bohlen zu seinem Glück. Er presste sich die kleinen Zinnfinger gegen die Schläfen und versuchte seinen Würgereflex in Gedanken fortzudichten, während Marie ihre Hand an die schweißnasse Flanke des Shire Horses legte. Sie hoffte inständig, dass es sich ihretwegen keine Erkältung zuziehen würde.

»Armer Klepper.« Sie tätschelte es noch einmal und versuchte um das Tier herumzuspähen, ohne die Deckung aufzugeben. Außer dunklem Holz sah sie nichts.

Ein eisiger Windstoß zerrte an ihrer kratzigen Kleidung, während sie sich bemühte, sämtliche Muskeln anzuspannen, die sie für eine Verteidigung brauchen könnte, und darauf vertraute, so viele wie möglich zu berücksichtigen. Einiger Muskeln entsann man sich schließlich erst, sobald sie schmerzten.

Darauf gefasst der Witwe direkt in die Augen zu schauen, atmete sie tief ein und tat den letzten, nun etwas steif anmutenden Schritt aus der Deckung des Gespanns hervor.

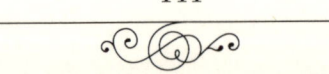

Sie schleiften Fridolin über die knarrenden Dielen zum Bett, wo er sich ächzend in die Kissen sinken ließ. Frau Oppenheimer streifte ihren Mäusepelzmantel ab und nahm einen der Stühle, um sich neben Fridolin ans Bett zu setzen. Sie sah sich in der Stube um und drehte den Kopf von einer Erfindung zur nächsten, von immer neuen Geräuschen angezogen. Eine Art Tassenaufzug rasselte und klapperte und ratterte. Eine andere Maschine stieß pfeifend Dampf aus … KNALL – SCHEPPER – KLIRR! Ihr Blick richtete sich auf Emmerich, der mit der Hand Schrauben von einer geschwärzten Werkbank fegte, nur um anschließend die Tür eines Schränkchens aufzureißen, dass es in den Angeln bebte, und darin herumzuhantieren.

»Wo ist denn nur? Also irgendwo muss doch hier noch eine saubere …?«

Wonach auch immer er suchte, es regnete ihm dabei Besteck und Untertassen entgegen. Dass ein Teil davon zu seinen Füßen zerbarst, schien ihn nicht weiter zu stören.

Frau Oppenheimer schürzte die Lippen und wandte sich wieder Fridolin zu. »Na, geht es dir schon besser?«

»Mjähmähmuh.«

»Verstehe, verstehe«, flüsterte sie mit weicher Stimme, bevor sie im Militärtonfall fortfuhr. »Emmerich! Was ist denn nun? Her mit dem, was immer Sie vorgaben zu haben!«

Er stellte sich auf die Zehenspitzen – *Rute auswerfen!* – und angelte blind nach einem Gegenstand – *Einholen, und voilá.* Seine genagelten Absätze knallten auf die Dielen und er präsentierte strahlend eine Tasse. Mit abgebrochenem Henkel und einer Kerbe zwar, aber immerhin sauber schien sie zu sein. Zumindest wenn man einmal von den rußigen Fingerabdrücken absah, die Emmerich darauf hinterließ.

Frau Oppenheimers Augen verengten sich. »Eine kaputte Tasse. Die wird ihm sicherlich helfen. Also, ich muss schon sagen, Herr Emmerich …«

Doch der Angesprochene hörte ihr gar nicht zu. Er stellte die Tasse unter seine Kaffeemaschine, kurbelte und betätigte den Hebel. Während die Ventile *Häschen in der Grube* pfeifend

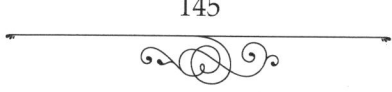

Dampf ausbliesen, plätscherte die dunkle Flüssigkeit in die mitgenommene Tasse. Damit würden sie Kupferstich im Nu wieder munter kriegen.

Emmerich wippte in den Knien und wartete, bis das Wasser durchgelaufen war und die Maschine sich mit einem Knirschen, dass ihm die Ohren juckten, abschaltete. Er fischte die Tasse hervor und huschte beschwingten Schrittes zum Bett. »Seien Sie doch so freundlich seinen Kopf festzuhalten.«

Meinte Frau Oppenheimer, dass er ihrem Fridolin nun die heiße Flüssigkeit in den Rachen zu kippen gedachte, hatte sie sich doch getäuscht. Emmerich wollte ihm tatsächlich die brühend glühende Tasse gegen die Stirn drücken. Sie hielt ihre Hand dazwischen. »Auu-u - die ist ja ganz … kalt.«

Emmerich nickte. »Aber selbstverfreilich ist sie das. Wie sollte ich sonst diese domartig in den Himmel schießende Beule kühlen können?« Er hob eine Augenbraue. Offenbar war Marie die einzige Frau bei Verstand weit und breit, wie weit und breit sie gegenwärtig auch immer entfernt sein mochte.

10

Herr und Frau Vergangenheit

»Wenn ich es recht bedenke …«, Emmerich rieb sich über das Kinn, »… könnten wir die Wucherung aber auch punktieren und die Beulenflüssigkeit extrahieren, um …«

Frau Oppenheimer riss ihm die Tasse aus der Hand, bevor er auch nur an die Umsetzung seines Versuchs denken konnte, und flößte Fridolin den Eiskaffee ein. Ohne zu fragen, ruckte sie dazu den Kopf des Hilflosen nach hinten, zwang die Kiefer auseinander und ließ die braune Brühe zwischen die trockenen Lippen fließen.

Nach nur einem Schluck saß ihr Lamm von Patient kerzengerade im Bett und blökte. Na gut, er sprach nur, aber bei dem, *was* er sagte – »Zur Extraktion würde ich das Experiment an Blütensäften vorschlagen …« –, hätte er ebenso gut blöken können, befand Frau Oppenheimer und fragte sich, ob Maries Art womöglich ansteckend war oder gar durch zu lange Anwesenheit in der Nähe Emmerichs und Konsorten hervorgerufen wurde. Eines war klar, in Gesellschaft ihrer Katzen hatte sie nie derlei Gedanken gehegt. *Mäh!*

Emmerich nickte unterdessen eifrig, und Frau Oppenheimer legte den Kopf zurück – dieses Mal den eigenen. Frevel, es zuzugeben, aber so langsam begann sie die Qualmfee zu verstehen. *Erfinder und Hobbyforscher!* Sie brummte und ärgerte sich im selben Moment darüber, nicht stattdessen geblökt zu haben. Ihr stoischer, langjährig erprobter Miesepeter-Blick half ihr die Oppenheimersche Fassung nach außen hin aufrechtzuerhalten, bis die alte Oppenheimer auch wieder die Gewalt über ihre Gedanken gewann. Sie schnarrte, was annähernd einem Räuspern gleichkam.

»Liebe Kinder«, in Gedanken musste sie sich da leider miteinschließen, »seid doch so brav und verschiebt eure Spielereien auf später«, säuselte sie liebenswürdig und legte die Fingerkuppen aneinander, um in gewohnt rauer Stimme fortzufahren: »Wer hat Sie niedergeschlagen, Fridolin?«

Emmerich wechselte binnen einer Sekunde vom Erfinder- in den Detektivmodus. Mit einem Ruckeln schalteten seine

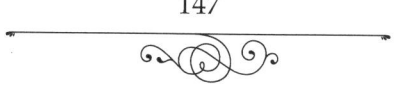

Gedanken auf Marie um. Prompt wich der Glanz kindlicher Augen der ernsten Miene eines Mannes, der schon einmal eine Militärjacke getragen hatte … im Arm, gefaltet und gebürstet, aus der Reinigung zurück zu dessen Besitzer. Er nickte sich zu. *Sittsam und fokussiert, Emmerich! Sittsam und fokussiert. Es gilt noch immer ein Problem zu lösen und das geht nach wie vor am besten mit einer Idee.* Und da kam sie auch schon. Plötzlich wusste Emmerich was zu tun war. *Ah, ja, genau.* Er würde Marie ein Brot machen. Für den Fall ihrer Rückkehr. Das hätte er schon längst tun sollen, schalt er sich innerlich. Schließlich musste man immer vorbereitet sein, auf alle Eventualitäten, vor allem, wenn es überraschende Besuche einer Qualmfee betraf.

Während er nach einem Messer suchte, das nicht auf den Boden gefallen war, ging Fridolins Stöhnen in halb verständliche Worte über. Die andere Hälfte ging unter, als Emmerich bei seiner Bestecksuche rücksichtslos durch die Geschirrreste am Boden stapfte. Porzellan und Glasscherben knirschten unter seinen Sohlen.

»… Schwingungen in der Luft«, hob Fridolin die Stimme. »Drehte mich gerade danach um, da erwischte mich etwas hart an der Stirn und tja, das war's. Licht aus, Blüte geschlossen. Aber es war eine Frau. So viel ist mal sicher.« Er kniff die Augen zusammen, als müsste er geradewegs in den viel zu hellen Kern einer Lichtqualle starren, blinzelte und streckte die Hand aus. »Silber, Silber. Langes, lockiges Haar, silbern durchsetzt. Von irgendwo kam sie mir bekannt vor.« Er zog an dem unscharfen imaginären Bild vor sich. »Wenn ich mir ihr Gesicht doch nur besser ins Gedächtnis rufen könnte, dann …« Er streckte die Hand danach aus, versuchte es näher heranzuziehen. Plöpp. Seine Hand fiel durch das sich auflösende Bild auf die Bettdecke. »Zwecklos.«

Wieder knirschte es, und Emmerich jauchzte. Die Köpfe der beiden übrigen Anwesenden fuhren zu ihm herum und sahen mit an, wie er eine, ihrem rostfreien, uneingedellten Zustand nach zu urteilen, neue Feile schwang. Die kam ihm für sein Vorhaben gerade recht. Wo war das Brot? *Ach ja.* Er stürzte seinen Besuchern entgegen und langte unter das Bett. »Nur weiter, mein lieber Kupferstich. Ich höre zu. Sie sollten wissen, dass Männer unseres Verstandes multifunktional einsetzbar sind.«

Kupferstich warf sich in die Brust, während Frau Oppenheimer verzweifelt jemanden suchte – Katze, Qualmfee, mittlerweile würde sie jeden nehmen –, mit dem sie einen Blick tauschen konnte. Was hatte sie eigentlich dazu bewogen die Gesellschaft ihrer Maunzer zu verlassen? Für das hier! Sie sah sich nach einem Spiegel um, um sich wenigstens selbst mit einem bösen Blick zu strafen, fand aber keinen. Vielleicht sollte sie sich ihren Mäusepelz schnappen und verschwinden. Aber sich ihr nichts schmier nichts Informationen durch die Lappen gehen lassen? Nein, das kam bei einem erfolgreich geführten Klatsch-und-Tratsch-Unternehmen nun wirklich nicht in Frage. Außerdem konnte sie die Qualmfee, ob sie es nun wollte oder nicht, einfach nicht im Stich lassen. Zumindest nicht, wenn das bedeutete, dass das Schicksal einer der wenigen aufbegehrenden Frauen des Reiches in den Händen dieser beiden hier läge. Sie würde wohl oder übel – was machte sie sich ein *oder* vor? – definitiv *übel* - bleiben müssen.

»Also, was war so Besonderes an diesem Rahmen, dass Ihr Beulentäter ihn mitgenommen hat?«, fragte Emmerich.

Fridolin rieb sich das Ergebnis jener Aktion. »Lassen Sie mich mal überlegen … hm … eigentlich nichts. Ich habe ihn aus Resten gegossen. Überbleibsel von dem stimmungswandelnden Material, das mir einst diese verrückte Nachstellstillstolperstalkerin überlassen hatte, um an Sie heranzukommen, mein Lieber. Erinnern Sie sich noch an die, Erasmus?«

Emmerich bestrich einen Kanten Brot dick mit Butter. »Gewiss doch, gewiss. Als Ehrenmann lässt man schließlich nicht jeden Tag ein Fräulein in die Anstalt wandern.«

Fridolin nickte. »Gut, dass es um deren Ressourcen damals besser bestellt war als heute, sonst hätten wir sie womöglich immer noch an den Fersen.« Kupferstich rappelte sich auf und stellte die puddingweichen Beine auf dem Boden ab. »Margarete, meine Blume bitte! Ich möchte sehen, wie schlimm es um sie bestellt ist.«

Ihr Hinterteil schwingend, stakste die Angesprochene zum Mantel herüber und präsentierte Fridolin die Fetzen.

Der schluckte. »…leimt.«

»Sie brauchen welchen?«

»Nein, ich bin es. Geleimt. Meine arme Sonne. Alles für die Katz.«
Frau Oppenheimer räusperte sich und stemmte die Hände
an die Stelle, wo bei weniger kugelförmigen Frauen die Hüfte
anzusetzen wäre.

»Oh, verzeiht den Ausdruck, aber die ganzen Stunden des
zufriedenen Tüpfelns waren umsonst. Da hilft nicht Leim noch
Kleister. Ich werde von vorn beginnen müssen.« Fridolin barg
das Gesicht in den Händen.

»Kommen Sie, ich nehme Sie mit. Heute Nacht bleiben Sie bei
mir. Maunzbert teilt gewiss sein Zimmer mit Ihnen und morgen
sieht alles gleich viel rosiger aus, Fridolin.« Frau Oppenheimer
half ihm auf und wandte sich in der Stube nach Emmerich um.

Der fixierte den Laib Brot in seiner Hand, als wollte ihm
dieser etwas mitteilen. Der Detektiv presste sein Ohr dagegen
und versenkte es tief in der Butter. Ungerührt lauschte er.

»Was ist das nur mit Ihnen?«, fragte Frau Oppenheimer und
hob eine Hand, als Emmerich die Lippen bewegte. »Besser, Sie
behalten es für sich. Und sehen Sie zu, dass Sie diese Rauchmarie
zurückbekommen! Möglichst bevor Sie sich den Kopf abhacken
oder, oder … ach, ist so schon schlimm genug!«

Arm in Arm wankte das Oppenheimer-Kupferstich-Gespann
zur Haustür. Beim Rausgehen schnappte der weibliche Teil sich
den Mantel von der Garderobe, und Fridolin winkte Emmerich zu.

»Auf Wiedersehen!«, schnarrte Frau Oppenheimer.

Vor seinem inneren Innenohr hörte Emmerich die Tür
bereits ins Schloss fallen, da erschien ihr Kopf noch einmal im
verbliebenen Spalt. »Übrigens, Sie werden überwacht, drei von
diesen Beamtenhähnchen verstecken sich *absolut geschiiiickt*
gegenüber.« Damit verschwand der Kopf, und die Tür schlug
hinter ihm zu. Dieses Mal tatsächlich.

Emmerich stand unschlüssig da und starrte auf den
Tassternoster. Dann wurde er sich des Brotes in seiner Hand
gewahr und … biss hinein. Beinahe verschluckte er sich, als ihn
die Erkenntnis mitsamt der vollen Hand vor den Kopf traf.

»DAS ist das falsche Brot!«, rief er aus, dass die Krümel nur
so flogen.

Er schluckte. Die Oppenheimer hatte Recht, wenn das so
weiterging, verlor er noch jegliche Manieren. Er wischte sich

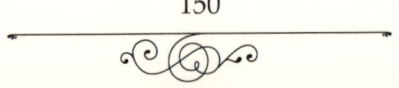

Krümel und Butter mit einem rußigen Lappen von Mund und Ohr, stürzte um die Werkbank herum, fand nicht, was er suchte, ließ eine Hand die Taschen seines Gürtels abwandern und zog zuletzt eine Lupe hervor. Damit bewaffnet stürzte er erneut durch den Raum und wedelte mit den Armen wie zwei aufgescheuchte Hühnerhälften, die das Fehlen ihrer besseren Seite melden. Wo war nun wieder diese Zeitung? War denn hier nichts jemals dort, wo er es brauchte? Er nahm sich vor, etwas dagegen zu erfinden. Aber gemach! Das musste auf ein Später warten, welches in diesem Haus für gewöhnlich stets verspätet eintraf.

»Ha!« Da lag sie doch. Auf dem Boden. Und wie der wieder aussah! Von Scherben, Besteck und Schrauben übersät. »Tsetsetse, Zinoberius, kommen Sie mir nach Hause.« Er schmunzelte und musste sich eingestehen, dass es schon schön war einem Mitbewohner die Schuld zuschieben zu können.

Er hockte sich hin und begann über den Artikeln des Morgens zu brüten. Den kühlen Schaft fest im Griff, suchte er mit der Lupe zwischen den Zeilen.

* * *

Ein Peitschenknall ertönte, und das Gefährt der Madame fuhr an. Marie juckte es bereits danach zu ihrer Droschke zurückzukehren, was Zinoberius nur mit einem Stöhnen quittierte. Da sah sie durch die geöffneten Vorhänge, dass das losruckelnde Gefährt ohnehin leer war. Keine Madame mehr an Bord.

Marie blickte sich um. Waren sie hier nicht ganz in der Nähe des ehemaligen …? Aber ja, genau, auf dem Schild stand es in abblätternden Lettern. *Gesangsheim: Herrenchor Berliner Brote.* Und durch die offenstehende Eingangstür darunter verschwanden soeben die schwarzen Rockzipfel Madame Mallarmés. Quietschend schwang die Tür hinter ihr zu.

Die umliegenden Gebäude standen leer. Davon zeugten die staubigen Fensterzeilen und das fehlende Licht dahinter. Vor ihrer eigenen Auflösung von den Herren der Brotkapelle noch schnell leer gesungen, munkelte Marie und unterdrückte ein Kichern. Na ja, nun konnten die Bewohner wenigstens zurückkehren.

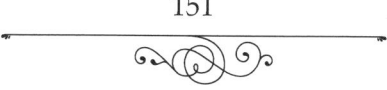

Dass Madame Mallarmé sich hierhin zurückzog, konnte allerdings nur eines bedeuten, dachte oder sagte Marie.

»Sie brauchte ein Versteck, und hier steht alles leer. Keine Zeugen, wann sie kommt und geht. Ideal«, meldete sich die angeschlagene Stimme Zinbis aus den Maschen.

»Du sagst es.«

»Nein, DU hast es gesagt! Schon wieder.« Sein Mund verzog sich zu einem leichten Lächeln.

»Nur nicht mit dem Grinsen übertreiben, sonst fällt dir noch was aus dem Mund.«

»Ha. Ha.« Zinbi pikste sie mit seinem Bajonett.

»Hey!«, zischte sie, war sonst aber zu beschäftigt damit, sich an den kalten, rauen Steinen des Gesangsheimes entlang zu tasten. Sie schob sich Schritt für Schritt ums Mauerwerk herum, bis sie es einmal vollständig umrundet hatten. Mit Ausnahme der Eingangstür waren alle Pforten und Fenster von außen fest mit Brettern vernagelt.

»Gut für uns, es gilt also nur einen Ausgang zu bewachen«, flüsterte Marie und duckte sich hinter einen angrenzenden Mauervorsprung.

»Dann schnappen wir sie uns!«

Marie schüttelte den Kopf. »Und dann? Wir haben doch noch keinen Beweis. Außerdem wissen wir gar nicht, ob sie wirklich allein ist ...«

Zinoberius stöhnte. »Das heißt, wir schlagen uns hier die eiskalte Nacht um die Ohren? Observation bis zum Tod?«

Marie schmunzelte. »Nein, mein kleiner Herr von und zu Theatralik. Wenn ich dich erinnern darf ...«

»Daran, dass du dich jetzt sogar schon anhörst wie Emmerich?« Ihr Blick dämmerte kurz, dann fing sie sich. »Wieder nein.«

»Sondern?«

»Lass mich doch einfach ausreden.«

»Okay.«

Marie neigte den Kopf zur Seite.

»Schon gut, ich lass es sein.« Er hob die Hände, feixte aber weiter, so dass Maries Kopf in der Schräge blieb, und ihr Blick still weiter auf ihm ruhte. Ihre Pupillen begannen zu verschwimmen.

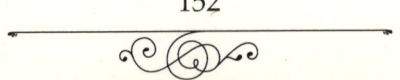

»Okay, das ist jetzt krass. Hör auf damit! Dieses … Augengeschwummer macht einem ja ‚ne Gänsehaut. Wusste gar nicht, dass du dich auch nur partiell auflösen kannst. Aber gut, ich bin schon still, schon ruhig jetzt. Aus, psst und shsh.«

Maries Schweigen bestand noch einen Augenblick fort, bis Zinbi schließlich einstimmte. Als sie mindestens eine Sekunde lang gemeinsam geschwiegen hatten, hob sie erneut an. »Bist du jetzt soweit? Kann ich jetzt was sagen?«

Zinbi nickte, hielt den Mund aber weiterhin geschlossen.

»Und du quakst für einen kurzen Moment nicht dazwischen?« Wieder Nicken.

»Kann ich mich drauf verlassen?«

»Jaaa. Oh verdammt!« Er schlug sich die Hände vor den Mund. »Das zählt jetzt nicht.«

»Einverstanden. Also, alle Morde sind im Morgengrauen geschehen. Ich bin demnach dafür, kurz vor dem nächsten hierher zurückkehren. Wir ertappen sie auf frischer Tat …«

»… und dann schnappen wir sie«, schloss der Zinnmann.

Wenn aus dem Blick der Qualmfee auch ein überdeutliches Du-kannst-es-wohl-einfach-nicht-lassen-was? auf ihn einsprach, nickte sie dennoch. »Immerhin wissen wir jetzt, wo sie wohnt. Komm!«

»Und wohin gehen wir nun? Sagen wir's Erasmus?«

»Nein. Noch nicht. Graus ist kein vollkommener Idiot. Er wird das Haus observieren lassen. Und wir sind dummerweise nicht ans KKK-Netz angeschlossen.«

»Telegramm?«

»Wird er abfangen.«

»Aber wir können doch nicht einfach so ohne alles und jeden wiederkommen, Marie! Uns allein wird keiner glauben, du bist schließlich die Hauptverdächtige. Damit spielten wir der Maskierten direkt in die Karten.«

»Absicherung ist alles«, stimmte die Qualmfee zu. »Wir gehen zu Moltke, meinem steten Ass in der Hinterhand.«

»Mann in der Hinterreihe träfe es wohl eh-«

Marie legte dem Zinndichter einen Finger vor den Mund, was diesen vollständig zudeckte. Zinbi beendmurmelte jedoch den angebrochenen Satz und verzog anschließend seine Lippen

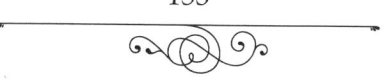

zu einem derart breiten Grinsen, dass die Mundwinkel noch hinter ihrem vorgehaltenen Finger hervorlugten, bevor er sie in selbigen biss.

Sie zog die Hand zurück, pustete auf die angenagte Fingerkuppe und schüttelte den Kopf.

»Zur Wiedergutmachung unterhalte ich uns auf dem Weg mit einer Balallade auf den Schatten der Schattenfee, den Herrn deiner Vergangenheit!«, tirilierte der Zinndichter und wurde dafür von Marie in die Untiefen ihres Schals gedöppt. Prompt hörte sie nur noch etwas, das verdächtig nach einem »Hey, du zerwuschelst meine Feder!« klang, aber bei dem Mund voll Maschen konnte man sich da unmöglich sicher sein. Marie kicherte. Zugegeben, dieser Schal war wirklich praktisch, sie würde ihn fortan öfter tragen. Auf den Rest ihrer Aufmachung hingegen konnte sie getrost verzichten. Sie kratzte sich am Arm und entfernte sich humpelnden Ganges von Madame Mallarmés Unterschlupf.

In den dunklen Winkeln des ehemaligen Gesangsheimes bewegte sich etwas. Schatten schienen sich in eine Form zu ergießen. Die Luft schwirrte und die Vibration wurde so stark, dass sie sich über die leichten Stoffe Madame Mallarmés fortpflanzte. In Wellen jagte sie über die Schleier und drang schließlich als weibliche Stimme in ihr Gehör. Ihr Körper erstarrte, die Augen schimmerten flüchtig metallisch, brachen in Regenbogenfarben auf und wurden wieder matt. Der Schwall verebbte mit dem Verstummen der Stimme. Die Kleidung lag glatt; keine Falte regte sich mehr. Madame Mallarmé erschlaffte, als habe man einer Marionette die Fäden gekappt. Kurz darauf schüttelte sie sich und begann mit den eingeflüsterten Präparationen.

* * *

Emmerich hatte sich auf einer puzzleartig aneinander improvisierten Rußlappen-Picknickdecke niedergelassen. Dort saß er inmitten halber und fünftel Teller, auf denen er passend zugeschnittene Kuchenstückchen, Brotreste und Käsekanten

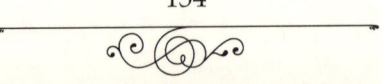

arrangiert hatte. Immer wieder griff er wahllos um sich, bis er etwas von annähernder Nahrungskonsistenz ertastete, und schob es sich in den Mund. Dabei wurde er in seinen eingehend raschelnden Studien ebenfalls immer wieder von einem kleinen Ausruf des Autsches unterbrochen, so wenn er bei seinem Tasten zu heftigen Kontakt mit einer der schärferen Porzellanscherbenkanten schloss. Doch nichts davon ließ ihn auch nur für den kürzesten Blick eines Auges den eigenen Blick beider Augen von dem Zeitungspapier auf seinem Schoß abwenden. Zumindest nicht bis zu diesem Moment.

»Autsch!« Er pustete auf seinen druckerschwarzgeschwärzten Finger, schüttelte den Kopf, und es war ihm fast, als täte irgendwo irgendjemand auf dieser Welt in eben diesem Moment haargenau dasselbe. Dann entsann er sich, dass er an solchen Kokolores gar nicht glaubte, und kratzte sich stattdessen am Kinn. Ohne Marie würde er wohl die ganze Nacht für das Papierkramen brauchen.

Und obwohl Emmerich es nicht sah, oder gerade deshalb, tat das Universum nickend seine Zustimmung kund, griff nach seiner Schnuffeldecke und wickelte sich fest hinein.

Aber es gab da ja noch etwas, das dem findigen Erfinder helfen konnte, und dieses Etwas – es konnte gar nicht anders sein – kam aus einer seiner Erfindungen und hörte in diesem Fall auf den wohl duftenden Namen rüstig-röstaromender Kuckuckskaffee.

Emmerich streckte den Rücken durch, wobei sich ein Knacken von Wirbel zu Wirbel vorarbeitete, bis es aus seinem Nacken hüpfte. Er stemmte sich auf ein Knie, fand, dass das ohne Spazierstock nicht gerade die gebührende Art des Aufstehens für einen galanten Gentleman darstellte, und überlistete seine Knochen kurzum mit einem Sprung aus dem Stand - aus dem Sitz heraus, um genau zu sein.

Seine Bewegungen bedienten den Kaffeeautomaten voll automatisch ohne das kleinste denkende Zutun. Routiniert kontrahierten seine Muskeln und ließen die dürren Finger über die kühlen Metallhebel gleiten. Auch die entstehenden Schnauf- und Sirrgeräusche konnten Emmerich nicht vom Weitergrübeln abbringen. Genauso wenig wie das Häschen-in-der-Grube-Gepfeife der Kaffeedampfdüsen.

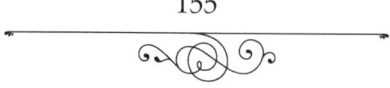

Brot, alles drehte sich um Brot - Graubrot, Schwarzbrot, Rotbrot ... gerade hatte er es fast gehabt. Nerven mischten in das Gedankenbrotgebilde. Ja, wahrscheinlich weil ihm all das Gebäckgefasel seiner inneren Spürnase langsam auf dieselben ging. Der Umriss einer Heilanstalt, ein Krümel der Vergangenheit, war kurz davor einen Skizzenordner von sich selbst in seinem hinteren Bewusstseinsstübchen anzulegen, da plätscherte die braune Brühe in das angeschlagene Auffanggefäß und erinnerte ihn an ein anderes dringendes Bedürfnis. Emmerich trat von einem Bein aufs andere und begab sich entschlossen zügig zum für derartige Unterfangen einzig angemessenen Örtchen.

Als er kurz darauf mit glücklicher Blase zurückkehrte, in Gedanken weiterhin den Krumen auf der Spur, hing der klare Duft von absolut geruchsneutralem Eis in der Stubenluft. Jener wusste vielmehr durch das Verdrängen der anderen Gerüche mit Leerstellen aufzufallen, denn durch seine eigene Heit. Er schwappte aus Tassenrichtung herüber und drang zwar an Emmerichs Nase, nicht aber zu seinem Bewusstsein vor. So tastete der im Vorbeigehen nach der nunmehr gefüllten Tasse, ergriff deren raues Überbleibsel von gebrochenem Henkel und führte den Trümmer eines Trinkgefäßes zum Mund.

»Brotbrot.« Der detektivische Denker nahm einen kräftigen Schluck – »Brrrrr!« – und bezwang den Spuckreflex allein durch seine jahrelange Erfahrung als eiserner Ehrenmann. *Stimmt*, sprach es sogleich zu ihm durch die Knospen seiner Zunge: *kalt*. Was fand Marie nur an dieser Eisbrühe? Seine Hände waren schon drauf und dran, die Hebel neu zu kalibrieren, da kam ihm der finstere Blick in den Sinn, den sie ihm unter Garantie zuwerfen würde, wenn ihr heißgeliebter Eiskaffee beim nächsten Mal brühwarm auf den Tisch käme. Schon senkten sich seine Arme wie von selbst. Er würde also »Brr« kein einziges »Brr« Rädchen ver- »Brrr« -stellen. Na immerhin erzeugte er durch das Zusammenzucken bei jedem Schluck so viel Wärme, dass er die Nacht mit gemindertem Feuerholzverbrauch überstehen würde.

Apropos stehen, wo war ER eigentlich stehengeblieben? Oder vielmehr, wo drüber? Emmerichs Blick fiel auf den Boden und seinen Augen nichts Besseres ein, als sich zu weiten, dabei war es seinem Geist und seiner Nase doch von Anfang an völlig klar gewesen.

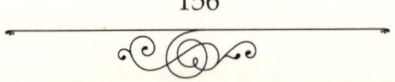

* * *

Der Bettler trat aus den langen Schatten der aufzie-
henden Dunkelheit und sah in einiger Entfernung eine hohe
Drahtumzäunung vor sich aufragen. Das umdrahtete Anwesen
wurde schon von den ersten Laternen erleuchtet und von den
Röhren des KKK-Netzwerkes reflektiert, die sich hier bereits vom
Dach aus in die verschiedenen Himmelsrichtungen erstreckten.
Der Bettler bückte sich, um etwas in dem knöchelhohen Nebel
abzusetzen, das aussah wie ein winziger Wichtel – wenn auch
auf Grund der Wetterlage ein reichlich verschwommener.

»Hier, halt das mal!«

Schon wurde der kleine Mensch von Lumpen bedeckt, die den
wabernden Dunst aufwirbelten wie eine Horde verschreckter
Gespenster. Der Bettler zog sich dessen ungeachtet einen
Stoffrest über den Kopf und entblößte dort, wo sein Buckel hätte
sitzen sollen, einen prallen, alten Rucksack. Marie tätschelte
ihren oft geflickten Gefährten und beförderte Kleid, Unterrock,
sowie Korsage daraus hervor. An deren Stelle stopfte sie das
kratzige Kostüm, abgesehen vom Schal, hinein und hängte sich
die Träger über den Arm, nachdem sie sich wieder bekleidet
hatte. »So müsste es gehen. Was meinst du, Zinbi?«

Der Angesprochene wackelte mit den Augenbrauen
und schnalzte mit der Zunge. »Schick. Soll der Herr der
Vergangenheit etwa ins Präsens befördert werden?«

»Zinbi! Ich bin völlig dreckig.« Mit Schwung wickelte sie sich
den Schal wieder um und erstickte eine aufsteigende Rauchfahne.

»DAS kann ich mir lebhaft vorstellen.«

»Verschmutzt, dann eben verschmutzt. Von schick kann hier
nicht die Rede sein, ich wollte lediglich vermeiden fortgeschickt
zu werden, weil er mich nicht erkennt.« Damit stapfte Marie
davon und ließ Zinbi stehen.

»Und außerdem wäre Erasmus sicherlich wenig erfreut
darüber«, murmelte der, dem nach kurzem Zögern auch
wieder einfiel, dass er selbst zwei Beine besaß, die er benutzen
konnte. Er tauchte durch das Nebelmeer, aus dem von ihm
nur die wippende Feder herausragte, und folgte Marie nahezu
blind. Zu seinem Glück erleichterte ihr klackernder Schritt die

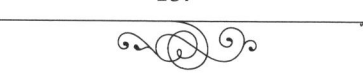

Orientierung. Dass jener plötzlich verstummt war, bemerkte der Zinndichter erst, als er schon mit Maries Stiefeln kollidierte.

»Passt du zwischen den Drähten hindurch?«, fragte sie, die Arme verschränkt.

Zinbi rückte seinen Helm gerade, stolzierte um sie herum und salutierte. »Jawohl, Herrin!« Schon ließ er sich auf die Knie herab, woraufhin er vollkommen im Nebel versank, und krabbelte, die Hände auf dem kalten Boden, auf das Grundstück des Generalfeldmarschalls.

Marie ahmte den Dunst zu ihren Knöcheln nach und verschwamm. Auf diese Weise durchdrang sie den Zaun und schwebte zum Hintereingang. Zinoberius rannte schlotternd hinterher.

»Könnte ich wieder in den Schal?« Er zupfte an ihrem Kleiderzipfel.

»Wir sind gleich drinnen.«

»Sei nicht so und lass mich schon in den Schal. Ich meinte es doch nicht böse.« Er sah sie mit weit aufgerissenen Kulleraugen an.

Sie schaute zur Seite, verschränkte die Arme und sog die Unterlippe ein. Dann senkte sich fast entgegen ihren Willen eine Hand, um Zinbi aufzuklauben, während die andere an die Tür hämmerte. Der Zinnmann kletterte an Maries Halsbeuge, als sich hinter der Haustür auch schon strammen Schrittes das Gepolter schwerer Stiefel näherte.

11
Showdown mit Stockbrot

Moltke hatte Marie nur angesehen, keine Fragen zu ihrem Konterfei auf den Reklamometern oder ihrem ranzigen Bukett gestellt, und war zur Seite getreten, um sie hereinzubitten. Nun hockten Zinbi und Marie einander an einem Holztisch in der Küche gegenüber, während der General Tee kochte und mit Porzellantassen auf Porzellanuntertassen klapperte. Auf diese Art hatte er sicherlich bereits an die zwölf Tassen aus dem Schrank genommen und wieder zurückgestellt. Wahrscheinlich waren es nicht einmal zwölf verschiedene gewesen, sondern immer wieder dieselben drei, bloß um seine Hände zu beschäftigen.

Auch das Knistern eines lodernden Kaminfeuers konnte das Schweigen, das unausgesprochen in der Luft hing, nicht vertreiben. Es war bereits soweit angeschwollen wie die Brust eines adeligen Truthahns und wurde von Sekunde zu Sekunde dicker, bis Marie sich seiner erbarmte und dem Vieh den Stöpsel zog. Mit einem erleichterten *Huiii!* verflüssigte sich das Schweigen und versickerte in den Fugen des Fliesenbodens zu ihren Stiefelspitzen, während Marie selbst den nötigen Atem zu einer Erklärung der späten Störung sammelte.

»Du schuldest mir keine Rechtfertigung, Marie«, fuhr Moltke da zu ihr herum und ließ sie schlucken. »Ich helfe dir gerne. Wann immer es nötig ist. Du kannst mich besuchen, und wenn es um vier Uhr am Morgen sein sollte. So war es seit jeher.«

Marie nickte. Ihre Luftzufuhr war durch das ungeplante Schlucken ins Stocken geraten, und sie musste von vorn anfangen.

»Wir brauchen nur einen sicheren Ort, wo wir bis kurz vor Morgengrauen unterschlüpfen können«, kam ihr Zinoberius zu Hilfe.

Der General nickte. »Ich versende eine Botschaft, dass ich der Sitzung heute Abend nicht beiwohnen werde.«

»Du musst meinetwegen nicht absagen«, brachte Marie schließlich hervor.

Moltkes Blick ruhte einen Moment auf ihr, schwebte dann auf eine Schale am Fenster und befahl dem übrigen Körper ihm zu folgen und eine Kugel herauszunehmen.

Sofort war Zinbi zur Stelle. »Das sind diese Klangkugeln, ja? Wie genau funktioniert das eigentlich?«

Der General lächelte, und Marie durchflutete eine warme Woge Dankbarkeit für den kleinen Zinnmann. Für einen Moment driftete sie in ihre eigene Gedankenwelt ab; der Holzstuhl, auf dem sie saß, die Küchenschränke, der Duft nach Politur und Brennholz verschwammen.

Erst das Pfeifen des Kochkessels ließ sie aufhorchen. Das tiefe Brummen im Hintergrund ihres Kopfes gewann an Kontur, so dass sie es nunmehr als Moltkes Bariton zu identifizieren vermochte, der seelenruhig sämtliche Fragen Zinbis beantwortete, und diese schienen nahezu unerschöpflich zu sein. »Gewiss, eine gute Frage. Durch Lochklappen in den Röhren können die über die Schienen flitzenden Kugeln einander ausweichen; von innen nach außen und wieder zurückwechseln.«

Seine stoische Geduld hatte Marie immer zu schätzen gewusst, und das bei einem Mann der Tat. Beim Pfeifen hatte eben dieser Mann seinerseits aufgesehen und wollte schon Herübergehen, doch Marie stand auf und bedeutete ihm mit der Erklärung fortzufahren, während sie sich um den Tee kümmerte.

Sie erntete ein angedeutetes Nicken, als er bereits fortfuhr: »Man nimmt eine offene Kugel, richtet sich zunächst an den Empfänger und spricht dann seine Nachricht ein. Ungefähr so: An Otto von Bismarck. Lieber Freund, ich bleibe dieser Nacht dem Gesprächstisch fern. Kein Grund zur Sorge. Ausführlicher Bericht folgt morgen. Ihr treu ergebener Moltke.« Er führte die Kugel von seinem Mund fort. »So und abschließend drückst du sie zusammen, bis sie einrastet.« Kaum hatte er es ausgesprochen, ertönte auch schon ein Klicken, und die geschlossene Kugel zitterte surrend in seiner Hand.

Moltke legte einen kleinen Schalter an der Wand um, woraufhin eine Klappe neben dem Fensterrahmen aufklapperte. Aus einem kleinen Röhrchen an der Außenwand darunter stob eine Dampffontäne nach oben. Moltke hielt die sirrende Kugel hinein und sie schoss, von dem nächsten Stoß getragen, zur Dachkante empor. Ein leises Rollen, dann war sie auf den Schienen davongeschossen, und Moltke betätigte den Schalter erneut. Der Dampf verebbte und die Klappe schloss sich.

»Wow!«, bestätigte Zinbi, während er der nun unsichtbaren Kugel mit großen Augen und platter Nase am Fenster nachstarrte. »Tja ja, ein Wunder des Doppelhybriden von Biolonik und Dampfkraft. Die Kugel wird sich erst in der Hand des Empfängers wieder öffnen, um ihren Inhalt preiszugeben.« Moltke räusperte sich und wandte sich vom Fenster ab.

In dem Moment reichte ihm Marie eine der Tassen. »Zwei Stück Zucker immer noch?«

Der Generalfeldmarschall schlug die Wimpern nieder, als sich ihre Hände streiften. »Äh, ja, ja genau. Es hat sich nichts geändert.« Noch im selben Moment wussten beide, dass es nicht stimmte.

Zinoberius' Fingerkuppe quietschte über die Fensterscheibe. Er hauchte dagegen, sah zu, wie sie beschlug, und trug mit hervorschauender Zungenspitze verschlungene Buchstaben auf, während er mit einem Fuß auf das Sims trommelte.

»Fehlt nur noch, dass er pfeift und theatralisch wegschaut, was?«, versuchte Marie die aufkeimende Wand zwischen ihnen zu durchbrechen und war froh, daraufhin Moltkes Lachen zu vernehmen.

»Kann man wohl sagen. Wie geht es denn Herrn Emmerich? Oh, deinem Gesichtsausdruck zufolge, habe ich da gleich das nächste Fettnäpfchen erwischt, hm?«

»Oh, nein, nein. Ich hoffe bloß, es geht ihm gut. Ich mache mir nur Sorgen.«

»Das scheint mir der Normalzustand zu sein, wenn ich mir das erlauben darf zu sagen.«

Für einen Moment umwölkte sich Maries Blick, sie strich sich eine Strähne aus der Stirn und ging zu ihrem Stuhl zurück. Eine Hand krampfte sich um die Sitzfläche, doch der harte Widerstand verlieh ihr Halt. »Berufsrisiko würde ich sagen.«

»Das mag sein.« Moltke zog sich einen Stuhl heran und setzte sich umgekehrt darauf, so dass er die Arme auf der Rückenlehne abstützen konnte. »Willst du mir davon erzählen?« Damit legte er schon zum zweiten Mal an diesem Abend einen Schalter um, dieses Mal allerdings bei Marie.

Die Qualmfee sprudelte zwischen zwei Schlucken Tee los, während Zinbi die Beine vom Sims baumeln ließ. Raschelnd beförderte er Papier und Stift aus einer Innentasche zutage,

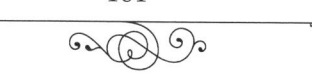

lauschte mit halbem Ohr der Unterhaltung, während er mit der anderen Hälfte seinem inneren Dichter zuhörte, der ein paar Worte auf eben jenes Papier zu bringen gedachte. Das übrige Ohr hing tatenlos an seinem Kopf und schonte sich für Zwecke, die man nie vorhersehen konnte.

Ein metallisches Klicken aus Richtung Dachrinne schreckte ihn aus dem Dichtermodus.

»Das wird die Antwortkugel sein«, erklärte Moltke.

Schon öffnete sich quietschend eine höher gelegene Klappe und eine Kugel fiel schnurrend in die eigens dafür platzierte Schale. Moltke schob den Stuhl zurück und ging hinüber. Seine Finger berührten das Metall kaum, da öffnete sich bereits die Kugel und die Stimme des Fürsten erschallte:

»Lieber Helmuth! Entschuldigung zur Kenntnis genommen. Erwarte dich zur Frühstücksbesprechung. Otto von und zu Bismarck.«

»Und wann ist diese Frühstücksbesprechung?«, hakte Zinbi nach.

»Früh.«

Zinoberius verdrehte die Augen nach Art der Qualmfee. »Und warum kam der Adressierte nicht in der Nachricht vor?«

»Oh, das ist nur für die Kugel, quasi ihre Wegbeschreibung, Koordinatenersatz, wenn du so willst.«

Marie nickte. Ein sehr ausgeklügeltes Kugelsystem, aber auch irgendwie unheimlich, wenn man bedachte, dass die Kugel erst ruhte, sobald sie ihre Zielperson erreicht hatte.

»Marie, entschuldige die Unterbrechung, sei so gut und fahr doch bitte fort«, wandte Moltke ein und nahm wieder Platz.

Marie verscheuchte die Gedanken mit einem imaginären Besen, tauschte ihn flugs gegen ein Paddel und bahnte sich damit ihren Weg zurück in den Erzählfluss.

Unterdessen wurde es vor dem Fenster zusehends finster, nur dass eben niemand dabei zusah. (Mit Ausnahme eines kleinen Botenjungen – aber den wollen wir um diese späte Stunde nicht behelligen – und des Universums womöglich.)

Obwohl Moltke auf jedes Wort Maries achtgab und hin und wieder selbst eine Bemerkung einstreute, behielt er sein Zeitgefühl stets im inneren Auge. Somit erhob er sich denn auf

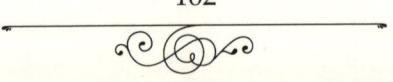

den Punkt genau eine Stunde vor Morgengrauen. »Es ist soweit. Wenn ihr rechtzeitig eintreffen wollt, müsst ihr nun los. Und ich soll auch ganz bestimmt nicht mitkommen?«

»Nein, ich danke dir, aber dann verpasst du nur ein weiteres Treffen. Und es wäre wohl in niemandes Interesse, wenn du obendrein noch den Fürsten verstimmst. Ganz zu schweigen davon, dass Emmerich mir das ewig vorhalten würde.« Als sie Moltkes schiefe Miene bemerkte, schob sie schnell noch ein: »Danke, dass du uns ‚versteckt' hast.« hinterher.

Draußen vor dem Haus verabschiedeten sich Marie und Moltke, während Zinbi hinterher trödelte. Er habe seine Gedichte noch nicht knitterfrei geordnet und ordnungsgemäß gefaltet, lautete seine Erklärung, bevor er die beiden hinfort wedelte. Die Qualmfee sandte dampfende Atemwölkchen in die kalte Nachtluft, schlang ihren Schal enger um sich und tat die ersten Schritte Richtung Tor. Frost knirschte unter ihren Stiefeln.

»Marie, einen Augenblick bitte noch!«

Sein ernster Tonfall hielt sie zurück, und als sie sich umdrehte, glomm ein Funke im Blick des Generalfeldmarschalls. Er straffte die Schultern, als stünde er unmittelbar vor dem nächsten Einsatzbefehl, und richtete sich zu seiner vollen Größe auf. »Wann …« Er atmete tief ein, dass die glänzende Knopfleiste seiner Uniformjacke spannte. »Wann sehen wir uns wieder?«

Marie schrak unmerklich zusammen, schloss die Augen und zuckte mit den Schultern. Sie schüttelte den Kopf.

»Kannst du nicht, ich meine, kannst du nicht einfach wieder herkommen? Ich habe doch mehr als genug Platz.« Moltke holte aus und beschrieb mit der Hand einen Bogen, der alles hinter ihm zu umfassen schien.

Marie sah ihm nun direkt in die Augen. »Nein, das kann ich nicht. Bitte versteh doch.«

»Aber …«

»Nein!« Sie hielt seinem Blick stand und sah darin den Funken flackern und erlöschen. »Es tut mir wirklich leid, du weißt nicht, wie sehr. Aber ich gehöre nicht hierher. Schon lange nicht mehr. Du weißt das, hast meine Natur besser gekannt als ich selbst. Und außerdem braucht er mich.«

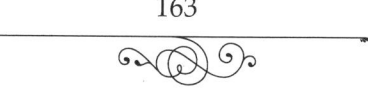

Damit wandte sie sich um und entfernte sich derart schnellen Schrittes, dass die klammen Finger der Nebelfetzen Schwierigkeiten hatten sich an ihre Rockschöße zu klammern.

Die aufrechte Haltung des Generalfeldmarschalls sackte hinter ihr in sich zusammen. »Bist du sicher, dass es nicht umgekehrt ist?«, flüsterte er ihr nach. »Du warst eben noch nie ein Geist dieser Zeit.«

Ein kleines Stimmchen räusperte sich neben ihm. »Entschuldigung, aber ganz genau das ist sie doch. Sie lebt so, wie es sich viele Frauen erträumen.«

Ex-Soldat und General teilten ein Nicken, bevor der Zinndichter sich an den Helm tippte und Marie hinterherrannte – eine Hand an der wehenden Feder, die, sich ihres früheren Lebens entsinnend, sonst auf und davon geflogen wäre. So reckte sie ihr federnes Haupt wie eine Fahne empor, um das Nebelmeer zu überblicken, in dem sie das knisternde Auftreten ihres Bändigers vernahm, auch wenn sie ihn unter sich nicht sehen konnte. Sie seufzte und ließ sich ein wenig hinab, um die Wange des zinnoberroten Helden zu kosen.

* * *

Nach dem Schock geradewegs auf der Erkenntnis zu stehen, mit der er ja schon die ganze Zeit über gerechnet hatte, leitete Emmerich sogleich die passenden Schritte ein, indem er auf der Stelle, sprich der Werkbank, und dynamisch vom Fleck weg, geradewegs ohne Umschweife und schnurstracks einschlief.

Das Universum, langsam daran gewöhnt, dass Emmerich seine Effektivität auf Umwegen entwickelte, packte die Gelegenheit beim Schopfe und hielt dösend Wache.

Die Ruhe wurde durch das Rattern des Tassternosters, einem gelegentlichen Plöng und dem vereinzelten Pardauz umstehender gänzlich halber und halbwegs ganzer Erfindungen noch unterstrichen. Auf Emmerichs Wiegenliedorchester war immerzu Verlass – besonders dann, wenn es um andere Dinge gegensätzlich bestellt war, nennen wir sie beispielshalber Verstand.

Die Lippen des schlafenden und keinesfalls schnarchenden Ehrenmannes spitzten sich, und er säuselte leise etwas vor sich hin.

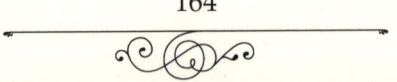

Wenn man näher herangegangen wäre, hätte man wohl gesehen, wie seine Nase allmählich zu zucken begann. Zunächst nur ganz leicht und dann, mit einem gerade eben unterdrückten Nieser, erwachte Emmerich aus seinem Schlummer und schlug sich prompt den Kopf an einer überstehenden Apparatur. Klong!

Das Universum schreckte auf und rieb sich den Schlaf aus den Augen. Emmerich sprang so schnell auf, dass dem Universum ganz schwindelig davon wurde, und er selbst gar nicht merkte, wie er sich die frische Beule an seiner Schläfe rieb. Als Nächstes hatte er schon die Zeitung vom Vortag in Händen und pikte mit dem Zeigefinger beinahe ein Loch hinein, derweil er mit Nachdruck auf eine Textstelle pochte.

Das war es! Er hatte es mal wieder geschafft und einen weiteren Fall geknackt. Na also, das hatte doch gar nicht so lange gedauert und war auch überhaupt nicht beschwerlich gewesen, wenn man einmal von dem ewigen Gassengerenne, nachhaltigen Tappen im Dunkeln und Maries Beinahe-Verhaftung absah. Er würde sich später dafür auf die Schulter klopfen, jetzt galt es den Schuldigen dingfest zu machen und die Qualmfee zurückzuholen. Gut, dass er gerade an sie dachte, sonst wäre er sicher völlig unehrenhaft zerzaust, wie er war, auf die Straße hinaus gerannt.

Stattdessen schnallte er sich seinen Werkzeuggürtel um, schnappte sich Kuhborstenzahnbürste und Kamm vom Spülstein und … Ein für seine Begriffe ungesundes Schaben von der Art, die einem Schmerzen durch die Zähne samt Wurzeln jagte, ließ ihn innehalten. Da verstummte auch das scharrende Biest. Hmm, dann musste er es sich wohl eingebildet haben. Also schrubbte er weiter die Zähne, fuhr weiter durchs Haar … Da erklang es wieder! Jetzt war er sich sicher, dass es aus seinem eigenen Mundraum kam. Er nahm die Zahnbürste heraus und erblickte zu seiner Verblüffung an ihrer Stelle den Kamm. Sofort überprüfte er die aufkeimende Hypothese und fand tatsächlich die Kuhborstenzahnbürste in der Hand auf seinem Kopf wieder. Sollte er wohl für einen Augenblick erstarren? Doch er entschied sich dagegen. Eindeutig keine Zeit dafür, dann musste das eben auch warten. Er bleckte lieber die Zähne, zuckte die Achseln und warf beide Gegenstände achtlos durch die Gegend. Wenigstens den Mund durchspülen konnte er sich ja noch.

Hatte er nicht etwas Weiteres mitnehmen wollen? Was konnte das gewesen sein? Während seine Gedanken der entflohenen Erinnerung nachjagten, griff seine Hand bereits hilfsbereit nach einem Trinkgefäß und bot es ihm an. »Ach ja, danke, genau.« Er hob es an, gurgelte, rannte zum Waschbecken und spuckte die kalte, braune Brühe hinein. »Brrr.« Diesen Moment würde er aus seiner weißen Ehrenmanngedächtnisweste verbannen.

Ein Blick auf die Taschenuhr und ihr insistierendes Ticken verrieten ihm, dass es Zeit wurde sich Mantel, Stock und Hut zu schnappen. Er war schon beinahe zur Tür hinaus, als er einen Widerstand gegen seine Hand drücken fühlte und außer weicher Schwärze nichts mehr sehen konnte. Also riss er sich kurzentschlossen den verirrten Mantel vom Gesicht und steckte seine Arme lieber durch dessen Ärmel als durch den Zylinder. Sein Kopf war augenscheinlich schon vorausgeeilt. Emmerich konnte nur hoffen, dass er am Zielort auf ihn warten würde, um sich den Hut aufsetzen zu lassen.

* * *

Obwohl Maries Beine in fester Gestalt den Boden berührten, flog sie regelrecht durch Nacht und Nebel auf das ehemalige Gesangsheim zu. Zinbi hatte sie in den Maschen verstaut, dass nur noch seine zinnoberrote Nase daraus hervorlugte.

Sie versuchte ihre Gedanken auf das bevorstehende Ziel zu konzentrieren, doch sie drifteten immer wieder ab. Hatte Moltke Recht gehabt? Brauchte sie Emmerich mehr als umgekehrt? Nach all den Jahren als Fee, samt hinzugewonnener Qualm-Feeigkeiten, war sie, war ein Teil von ihr tief im Inneren noch immer allzu menschlich geblieben. Wie war das möglich?

Die Erkenntnis durchzuckte sie wie einst der Lichtblitz des Experimentes, das die einfache Fee zu Qualm gewandelt hatte, bis sie allmählich wieder ausgehärtet war. Wie ein Stück Eisen, das nach erhitzter Formbarkeit wieder feste Gestalt annahm, in ihrem Fall die recht menschliche Kontur ihres qualmfeeischen Selbst.

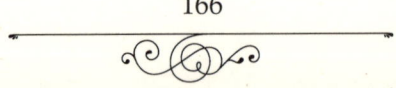

Bemühte sie sich sonst auch das menschliche Stück Eisen in einer matten Schatulle zu verbergen, begehrte es doch immer wieder auf. Auf Dauer ließ es sich wohl nicht unterdrücken. Dabei hatte es Zeiten gegeben, gab es nach wie vor, in denen der starke Drang die Oberhand zu gewinnen drohte, einfach nur mit den nächtlichen Schatten zu verschmelzen, stundenlang auf dem Vergessen zu schwimmen, sich hinfort spülen zu lassen. Gegen jegliche Erinnerung an das, was sie einst gewesen war. Doch stets, bevor sie wahrhaftig vergaß und endgültig abtauchen würde in den Geist der Natur, tauchte er vor ihr auf, nahm sie am Arm, genauso wie sie in dem Moment eben war, und riss sie mit sich in sein irrsinniges Leuchten. Meistens war das exakt jener Zeitpunkt, in dem er ein Etwas anstieß und ein anderes explodierte. Emmerich.

Ein Lächeln huschte über ihr Gesicht wie ein scheues Kaninchen und verblasste wieder. Sie war doch nichts Halbes und nichts Ganzes, oder war sie gar zwei? Ihm war es egal. Sie konnte sein, was auch immer sie war. Er hatte sie nie aufgegeben, in egal welcher Fassung. Das Schäumen ihrer menschlichen möglicherweise Eifersucht – wenn man dem Ganzen denn einen Namen zugestehen musste – ebbte ab und gab ihr endlich die gewohnt resolute Handlungsfähigkeit zurück.

»Wieder ich selbst.«

Ihr Schal wurde von Schluchzern geschüttelt. »Wuuunderschön.«

Sie schlug sich eine Hand vor den Mund.

Zinoberius reckte seinen Kopf empor, und eine zinnerne Träne funkelte auf seiner Wange. »Da du derlei Gedanken immer für dich behältst und wohl auch niemals wieder laut aussprechen wirst, sobald du und Emmerich erst wieder vereint und damit *wirklich* ihr selbst seid, lass mich dir sagen, dass an dir eine echte Dichterin verloren geht. Aber deine wahre Seele kannst du nicht leugnen, Schätzchen.« Er langte nach der überhängenden Feder, die sich neigte und die Träne in sich aufnahm. Zinbi betupfte sich die Augenwinkel vorsichtshalber noch ein wenig länger.

»Da vorne ist es, wir sind da«, bemerkte Marie und konnte nicht anders als im Geiste ein *Bismarcks Barte sei's gedankt!* auszustoßen. Diese Gefühlsduselei musste jetzt aber auch für die nächsten 100 Jahre vorhalten.

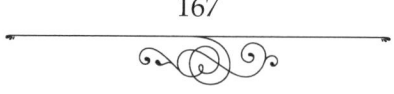

Sie setzte Zinbi ab und bedeutete ihm an der Ecke zu verharren. Selber rückte sie dicht gegen den rauen Stein gedrückt vor. Fuge um Fuge und noch ein Steinchen weiter.

Ein scharfes Zischen durchschnitt die Stille um diese Prävogelsingstunde und drang durch Zinbis Gehör bis in seine Zahnwurzeln. Die leiteten den Impuls des Klapperns sofort an ihre Kaustämme weiter, bis ein schrilles Gackern sie in Ermangelung der Fähigkeit in Ohnmacht zu fallen, abrupt zum Stillstand brachte. Zinoberius lüpfte den Helm, pustete die Feder zur Seite und versuchte sich daran die Ohren zu spitzen, auch wenn er gar nicht wusste, wie man das anstellen sollte, doch er beschloss, es dieses eine Mal mit Emmerich zu halten und die Gedankengänge auf ein ungewisses Später zu vertagen. So gelang es ihm die Worte zu vernehmen, die sich unterdessen an Marie richteten.

»Ich habe dich bereits erwartet, Qualmwesen! Wieder ohne Hut und Hosen unterwegs, wie ich sehe.«

»So viel zu heimlich«, murmelte Marie.

Das Universum hielt sich die Hand vor Augen und den Atem an. Es versuchte nicht durch die Finger hindurch zu blinzeln, was ihm auch für etwa eine halbe Sekunde gelang. Bei dem, was es dann erblickte, presste es die Finger prompt wieder zusammen.

Die verhüllte Kontur Madame Mallarmés zeichnete sich schwach gegen den herausschwappenden Lichtkegel des Türspalts hinter ihr ab. In einer Hand hielt sie eine Art Schlauch, der unter ihrer anderen Hand in einem massiven Korpus mündete.

Marie blieb gerade noch Zeit zu registrieren, dass sie die Apparatur von irgendwoher kannte, als das vormalige Zischen zu einem Heulen anwuchs und zeitgleich ein Sog an ihr zu zerren begann. Unwillkürlich stolperte sie vorwärts, versuchte sich umzuwenden und in die Wand zu krallen, doch sie fand keinen Halt, mit einem Ratschen brachen ihre Fingernägel. Sie drehte sich dem Sog zu und stemmte sich mit aller Macht dagegen, bäumte sich nach hinten, doch kam trotzdem der Schlauchmündung stetig näher. Ihre Augen weiteten sich, als ihr Gehirn die Maschine einem früheren Ereignis zuordnete.

»Du erkennst sie also wieder«, raunte die Madame. »Ist es nicht passend, dass die Wutgeistfalle nun dich kleinen

Quälgeist zu fressen bekommt? Der gute Kupferstich hätte sich in seinen Zeitungsabhandlungen nach dem kleinen Villa-Vorfall vielleicht etwas zurückhalten sollen. Aber keine Sorge, ich habe sie modifiziert.« Madame Mallarmé drehte an einem Rädchen, woraufhin sich der Sog verstärkte und Marie glaubte, ihre Haut von den Knochen geschält zu bekommen. Ein schmatzendes Prickeln verbreitete sich und ihre Wangen wurden bereits taub.

* * *

Zinoberius stand versteinert wie die Wand in seinem Rücken. Die zinnoberroten Knöchel umschlossen Feder und Schwertknauf so fest, dass sie hellrosa hervortraten. Sein Herz wollte vorstürmen und sich auf diese maskierte Mallarmé stürzen, doch sein Verstand bezweifelte, dass Hiebe und Stiche auf ihr Schuhwerk von besonderer Effizienz gewesen wären. Außerdem konnte sich schon Marie kaum gegen den Luftstrom stemmen, da würde er, kleiner Wicht, der er nun mal war, schneller eingesaugt als … als … als … Ach, das war doch völlig egal! So sehr es ihn auch schmerzte, er konnte hier nichts ausrichten. Er musste auf Maries Widerstandswillen vertrauen und Hilfe holen.

Versuchsweise machte er einen Hüpfer zurück, schob sich außer Sichtweite um die Ecke und rannte – »Autsch!« – unmittelbar gegen ein hartes Hindernis aus Metall. Zinn sei Dank, trug er für derlei Gelegenheiten einen Helm. Nur leicht benommen trat er zurück und wurde noch im selben Moment von einem spitzen Metallteil in den Bauch gepikst.

»Aua, heeey!« Zinbi vernahm ein vertrautes Rattern und blickte in die Knopfaugen von »PICKER!«

Der Pickator senkte seine hydraulischen Vorderräder und wedelte mit dem Auspuff. Er blinkte und fiepte.

»Ich freue mich auch, aber ich muss jetzt ganz schnell Emmerich holen.«

Als hätte Picker jedes Wort verstanden, stellte er das Wedeln ein und ließ nun auch seinen Hinterleib zischend hinab, bis er vor Zinbi auf dem Pflaster lag – wenn man das bei einem biolonischen Wesen auf Rädern so bezeichnen wollte. Er blickte Zinbi an und ruckte mit dem Schnabel.

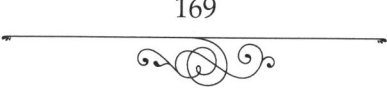

»Ich soll … da … rauf?« Zinbi schüttelte den Kopf. »Keine Chance.«
Picker klapperte mit dem Schnabel.
»Ja gut, du hast Recht. Ich habe schnell gesagt, aber …«
Ein unwirsches Schnattern folgte.

Zinoberius schluckte, sah an seinen kurzen Beinen hinab, schlug sich gegen die schlotternden Knie und stellte einen Fuß auf den Hebel, der ihm am nächsten war. Dann zog er sich an Pickers Schuppen auf dessen Rücken. Kaum saß er obenauf und hielt sich eng an den Halsfedern, da pumpte die biolonische Gürtelkrähe sich auch schon hoch und ratterte in einer derartigen Geschwindigkeit über das Pflaster in Richtung 2-2-1 C, dass Zinbi nicht einmal die Gelegenheit bekam herunterzufallen.

Die Sonne sandte ihre ersten Strahlen durch das morgendliche Wolkendickicht, als das Reitergespann nach halber Strecke einen Schatten passierte. Zinbi sah ihn auf Grund der ruckelnden Schnelligkeit zwar nur schlierenartig und verwackelt, aber Picker schien die Gestalt sofort erkannt zu haben. Oder aber er witterte über den Anblick des hübschen Stöckchens in ihrer Hand lediglich die Gelegenheit zu einem Hol-das-Dingsbums-und-schredder-es-Spiel. War es, wie's war, jedenfalls bewog es ihn dazu den Rückwärtsgang einzulegen und der rennenden Person direkt vor die Beine zu fahren. Bong.
»Bei Preußens Pickelhaube!« war alles, was dem Mann dazu einfiel.
»Ge-fahr, Ge-fahr«, hauchte Zinbi dermaßen außer Atem, als wäre er den ganzen Weg selber gerannt, was Picker unverzüglich mit schnatterndem Schnabel kommentierte.
»Marie?«, fragte Emmerich.
Zinoberius und Picker nickten übereinstimmend.
»Am Gesangsheim?«
»Aber genau. Woher wissen Sie … und wenn Sie wissen, warum rennen Sie dann zu Fuß und was machen Sie hier überhau-?«, versuchte Zinoberius zu fragen.
»In der Reihenfolge: Genie trifft Zeitung, streikende Rösser, und was meinen Hoheit, wo ich gerade unterwegs hin bin?«
»Ich würde ja fragen, wie genau du darauf gekommen bist, aaaber es stand wirklich schlecht um sie.«

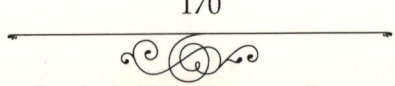

Anstelle einer weiteren unnötigen Äußerung wie »Dann sollten wir keine Zeit mehr verlieren«, hielt Emmerich den Mund, stieg über Picker hinweg und rannte mit schwingendem Stock davon, als wäre ein wild gewordener Pickator hinter ihm her. Was kurz darauf auch absolut zutreffen sollte.

Zinbi blieb gerade noch Zeit genug, erneut zu schlucken, da setzte der ratternde Pickator zur Rücketappe des Höllenritts an. Der Zinndichter konnte kaum glauben, dass seinem eigenen Mund ein »HINTERHEEER, hüja!« voraus flog. Doch nicht für lange, da holten sie den Schall wieder ein, der geknickt den Kopf hängen und ein »Menno!« verlauten ließ. Picker jagte in dem Moment allerdings schon mit blinkenden Lichtern dem Detektiv – oder war es auch nur dem flüchtenden Stöckchen – weiter nach.

* * *

Es zerrte an Maries Kleidern und saugte an ihrer Haut. Wenn sie sich nicht wandelte, würde sie in Fetzen gerissen werden. Wenn sie es hingegen täte, würde die umgebaute Falle sie unter Garantie einsaugen. Eine Saumnaht ribbelte sich bereits auf und sie konnte sich kaum mehr aufrecht halten. Vielleicht sollte sie loslassen, sich treiben lassen, aber sie wollte nicht. Die Qualmfee spannte sämtliche Muskeln an, um sich zurückzuziehen, und schaffte es doch nur für einen Wimpernschlag auf demselben Fleck zu verharren. Immerhin. Sie würde nicht freiwillig in ihr Grab fliegen.

Wenigstens hatte auch die Madame zu kämpfen. Sie konnte den Schlauch kaum mehr mit einer Hand festhalten, schien die andere aber noch für etwas anderes zu brauchen. Sie keilte ihre Hacken in die Pflasterfugen.

»Erst mal kommst du in den netten Kasten hier ...«, presste die Madame zwischen den Zähnen unter dem Tuch hervor und beförderte von irgendwoher plötzlich ein ... ja, in der Tat, einen Laib Brot zu Tage.

Doch Marie war viel zu beschäftigt damit, nicht eingesaugt zu werden, um sich wahrhaft darüber zu wundern.

»... und dann banne ich dich in dieses Brot. Oh, es wird mir ein Genuss sein, dich zu essen und dadurch für immer vernichtet zu wissen.«

Marie hätte die Lippen verzogen, wenn der Sog sie nicht nach vorne gezerrt hätte. »Wissen Sie«, ächzte Marie stattdessen und meinte wie ein Thunfisch zu klingen, der sich mit schwindender Kraft gegen die Mühlen eines Mahlstroms stemmte, »was Ihr Fehler ist?«

»Dass ich so viel rede, anstatt zu handeln? Das können wir ändern.« Damit drehte Madame Mallarmé das Rädchen auf Rot und musste die zweite Hand nun unausweichlich zum Schlauch führen.

»Nein! Sie wissen gar nicht, mit wem Sie sich hier angelegt haben.«

»Da hat sie Recht«, ertönte eine vertraute Stimme hinter ihnen, als Marie ihrer Dampfgestalt nachgab und vom Strudel fortgerissen wurde. Nur am Rande nahm sie wahr, wie sich Schritte näherten, während sie der Sog direkt zum offen klaffenden Schlund des Schlauches zog. Doch kurz bevor sie darin verschwand, wandte sie ihre letzte Kraft auf, um sich zurück zu verwandeln. Kurz schien es ihr die Haut von den Knochen zu reißen, aber im nächsten Moment hatte sie der Madame den bockenden Schlauch entwunden und hielt ihn von sich weg, während sich ein Stock mit einem Knacken und Quatschen in deren Leib bohrte und der Sog nachließ. Der Schlauch gab sein Buckeln in Maries Umklammerung auf, lag ruhig wie eine ohnmächtige Schlange da und ermöglichte es ihr sich umzuschauen.

Zunächst erfasste ihr Blick Zinoberius, der auf dem Rücken eines ihr bekannt vorkommenden Pickators stand, die Fingerspitzen immer noch am Rädchen der Wutgeist-Schrägstrich-Qualmfee-Falle, das nun wieder auf Grün zeigte.

Das Universum – den Kopf schon blau angelaufen – atmete endlich wieder aus. Der Luftzug biss Emmerich in die Nase und fuhr durch Maries Haare.

Die Qualmfee zögerte, ehe sie zu Emmerich sah. Wollte sie wirklich eine aufgespießte Madame vor Augen haben?

Sie gab sich einen Ruck. Neben ihr stand Emmerich, den Stock nach wie vor fest im Griff und auf seiner Spitze steckte … der Laib Brot. Mit seiner anderen hielt er einen Glaskubus auf das Gesicht der Madame gerichtet, die erstarrt zu sein schien.

Marie schüttelte den Kopf. »Was haben Sie nun wieder angestellt?«

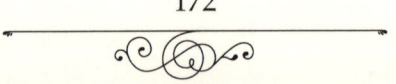

»Ich … ich … habe sie mit dem Stock verfehlt, ehrlich, meine Taschen abgetastet und tadaaa, da war er, der Glaswürfel. Sehen Sie, ich wusste doch, dass ich mal jemanden damit würde blenden müssen. Gut, dass ich ihn eingesteckt habe. Dass er allerdings diese Wirkung auf eine Dame haben könnte, hätte ich nicht gedacht. Hier halten Sie mal, Qualmfee!« Er warf ihr den Stock Brot zu und streckte die Finger der freien Hand nach Madame Mallarmés Schleier aus.

»Höhöchste Zeit, die Maske zu lühüften«, intonierte Zinoberius in den höchsten Tönen, dass es unmöglich schien sich nicht zu wünschen, die eigenen Hände mit sofortiger Wirkung in die Ohren stopfen zu können. Wenn es sein musste, bis zur Schulter hinauf.

Aber der wackere Emmerich hielt die Finger weiter nach dem Stoff ausgestreckt. Noch bevor sie ihn jedoch berührten, fiel Madame Mallarmé in sich zusammen, als wäre einem obersten Steinhaufenstein sein Haufen spontan und noch dazu urplötzlich abhandengekommen. Irritiert verharrt er kurz in der Luft an Ort und Stelle und plumpst dann zu Boden. Genauso erging es der Madame. Auf das dumpfe Plumpsen folgten zu Boden gleitende Kleider und Schleier, die sich unten angekommen übereinander türmten.

Marie und Emmerich starrten aneinander an, dann auf den Stoffberg. Und der hatte nichts Besseres zu tun als sich zu bewegen. Die Lagen verrutschten, ein Spalt tat sich auf und heraus purzelte …

»Ein kleiner Wicht?«

174

12
Ein Gnom zum Wechseln

Maries Frage hing – genau wie ein oberster Steinhaufenstein ohne Haufen – nicht lange in der Luft.

»Wechselgnom«, knurrte Emmerich. »Passen Sie bloß auf, Qualmfee. Sie sind nicht die Einzige, die empfindlich auf falsche Namen reagiert. Ich nannte mal einen von der Sorte Wechselbalg. Der zornentflammte Blick, den er mir daraufhin zuwarf, hätte selbst Sie in Brand gesteckt.«

Als hätte ihre Qualmseele nur auf das Stichwort gewartet, löste sich auch schon eine Rauchschwade aus Maries Haar und wirbelte mit dem abflauenden Windhauch davon. Emmerich sah ihr nach, bevor er Marie seinen ganzen Sehen-Sie?-Meine-Rede-Blick entgegen schleuderte.

Maries »Pfft« kam nur bis zum »Pf«, weil es auf halber Strecke in einem Lächeln verendete. Stattdessen schlang sie die Arme um Emmerich, drückte nun ihm ein »Pfff« aus den Lungen und glättete anschließend sein Revers.

Emmerich räusperte sich und besann sich auf den Wechselgnom, der sie zu fokussieren versuchte, wobei ihm seine Pupillen immer wieder in andere Richtungen abhandenkamen. Der Privatier strich sich über das Kinn. »Das erklärt einiges. Zum Beispiel, woher mir die schwefelerdige Geruchsmixtur der Madame bekannt vorkam. Dieser Mietzmann hat das gleich gewusst.« Er schüttelte den Zeigefinger. »Kluges Kerlchen. Meint man gar nicht.«

»Mietzmann?«, hakte Marie nach.

»Ja, dieser korpulente Kater, auf den ich mich beinahe … na, Sie wissen schon.«

Marie grinste, verschränkte die Arme vor der Brust und machte große Augen. »Ja? Und was weiß ich da im Speziellen?«

»Na jaa … dass ich mich eben fast drauf gesetzt hätte.« Emmerichs Ohren färbten sich rosa.

»Stimmt, da war doch was … ich erinnere mich vage.«

Marie beschloss Gnade walten zu lassen, da der Detektiv so zerknautscht aussah, als hätte sich eigentlich jemand auf *ihn*

gesetzt und nicht andersherum. »Ach, Sie meinen *Maunzbert*.« Sie zwinkerte.

»Von mir aus, Mietzmann, Maunzbert. Katerlapapp. Seine Kleinvolk-Schnauze hat sich jedenfalls nicht getäuscht, und mein Riechorgan übrigens auch nicht.« Er tippte sich an die Nase.

Der Wechselgnom wankte auf weichen Knien und drehte irre mit den Pupillen, bevor er mit einem dumpfen Plumps auf den Allerwertesten fiel. Mitten in den Stoffberg zurück.

»Da, und er hat was an den Augen. Auch das habe ich von Anfang an gesagt«, bemerkte Emmerich.

»Uff.« Das Ächzen des Wechselgnoms brachte Marie von einer Entgegnung ab.

Der Stoffberg richtete sich auf.

»Meine Augen sind voll okay, dat kommt allet vonner Hypnose«, krächzte der Gnom halb erstickt und schaufelte sich die Tücher vom Gesicht. »Lassen Se nur bloß dat Glaswürfelteil nich sinken nich.«

»Aber wieso … aber ja, aber ja, natüüürlich«, äußerte Emmerich. »Nee, versteh ich doch nicht. Obwohl merkwürdige Vibrationen in der Luft hingen und Sie mir dauernd in die Augen starren wollten, aber ich werde das Gefühl nicht los, dass mir ein Puzzleteil fehlt, und dass das schon wieder in der Zeitung zu finden wäre.«

»Vonner Zeitung weß ick nüscht, aber ick komm auße Klappse! Heeey, nich, was ihr jetz denken tut. Da sollt ick bloß Wäsche ausliefern, und dann wumm, hat mich so ,ne Alte hypnotiseziert. Hat einfach ihre Stimmgabel geschwungen und wupp, war ich wech und musste zusehn, wie mein Körper dat ganze Gedöns macht, wat die auf ihre Gabel quatscht. Mich in ,nen Mensch wandeln, mit de ollen Stinketüchern maskiern, de Wimpern klimpern un so.«

»Und Sie haben die Trolle getötet?« Die Skepsis in Maries Blick trat unverhüllt, ach was, *splitterfasernackt* hervor, als sie auf den Winzling hinabschaute.

»Ach wo. Ich doch nich, zu manchem kannse einen nich ma unter Hypno zwingen nich. Und meine Angst vor de Pferde hat se auch nich kurirritiert.«

»Deswegen Ihr übereilter Sprung zur Seite, als die Kutsche vorbei ratterte!« Marie grinste bei der Erinnerung.

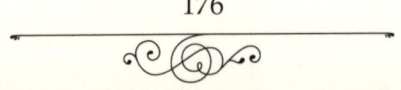

»Möchte dich ma sehn, Froilein, wenn de so klein wärst, wie icke und mit den familiären Hintergrund. Onkel Adalbert hat's auf die Weese dahingerappt.«

»Dahin gerafft.«

»Nee, det war keen Affe gewesen nich, sondern nen Rappe war dat, der uff ihn druff und matsch, weßte.«

Die Qualmfee schauderte und stupste schließlich dem stillen Emmerich in die Seite. Der zuckte zusammen und hörte auf sich über das Kinn zu streichen. »Hmm, ja, der Fall ist ganz klar.«

»Hier ist überhaupt nichts klar!«, widersprach Marie.

»Doch doch, einen Augenblick ...«

»Und dann was? Noch ein: Nee doch nicht?«

»Nee. Nur eine Frage. Wenn Sie gestatten, werter Wechselgnom. Aus welchem Material bestand denn diese Stimmgabel?«

Marie rollte mit den Augen. »Das ist doch nicht Ihr Ernst! Wieder geht es nur um die Technik.« Sie wandte sich ab und ging zu Zinoberius und Picker hinüber, die es sich, an die Wand gelehnt, bequem zum Zuhören gemacht hatten.

»Hm, lassen Se mich ma überlegen. So ungefähr wie dat Metall da um Ihr sein Glaswürfel drumrum.«

»Das habe ich mir gedacht.«

»Natüüürlich«, formten Maries Lippen nahezu lautlos, »hat er sich das wieder gedacht, nur sagen tut er's keinem. Oder halt, Moment.« Marie begann ihren Rucksack zu durchforsten, während Zinbi und Picker ausgiebigem Gelächter frönten, was bei einem eher blechernem Scheppern gleichkam.

»Im Hinterkopf habe ich es schon vermutet, es musste bloß erst gut durchgaren und an die Oberfläche gelangen. Jedenfalls ...«, führte Emmerich aus, »... wissen wir nun einiges. Nummer 1: Die ominöse Stimmgabel sendet offenbar die Befehle der Hypnotiseurin weiter, in Form der Schwingungen, und dieser Kubus hier«, Emmerich tippte mit den Nägeln gegen das Glas, »vermag sie zu absorbieren. Die Streben leiten sie ins Innere und, voilá, hatten die Luftvibrationen keinen Einfluss auf mich. Zweitens: Nachdem mich die Berliner Brotkrumen in dieses perfekte Versteck für einen Halbalb oder auch Wechselgnom, wie wir nun erfahren haben, dirigierten, ist auch klar, um wen es sich bei der Täterin handelt.«

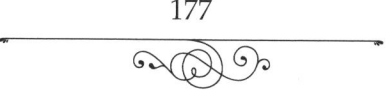

»Ach ja?«, fragten Zinbi, Marie und der Wechselgnom wie aus einem Munde.

»Ja. Zumindest theoretisch und der Gnom …«

»Gandolf«, warf Gandolf ein.

»Meinetwegen, und *Gandolf* …« Emmerich hob eine Augenbraue und fuhr fort. »Gandolf?«

Der nickte wie ein Schwingpendel auf Dauerschwung.

Emmerich zuckte die Schultern. »Gandolf also hat es bestätigt. In der Zeitung stand, dass eine Ex-Insassin der Nervenheilanstalt Schweizerhof andere Patienten mit Hypnose behandelt habe, bevor sie wegen Budgetkürzungen entlassen worden sei. Da haben wir die Drahtzieherin.«

Marie klappte der Mund auf. »Sie haben Recht, Erasmus.«

»Bitte, nicht ganz so erstaunt, aber ja, das habe ich tattätlich, UND es geht noch weiter. Oder das würde es, wenn ich doch nur das Fridolin-Attentat in die Gleichung geordnet bekäme. Mir fehlt nach wie vor ein Viertel Puzzleteil.«

Marie schlug sich die Hand vor die Stirn. »Jaaa. Augenblick noch.« Sie holte einen Gegenstand aus dem Rucksack hervor. »Versuchen Sie es für den Anfang mit diesem.« Damit überreichte sie Emmerich den Rahmensplitter.

»Tatsächlich, dasselbe Material, nun weiß ich wieder, woher mir das Metall bekannt vorkam. Fridolin hat früher mit diesem Regenbogenzeug experimentiert, nachdem er es von einer ganz bestimmten Person geschenkt bekommen hatte. Um uns diesen Zusammenhang vorzuenthalten, wurde er niedergeschlagen, und um weiterhin die Fährte auf Sie – und optional Villard – lenken zu können, Marie, obwohl es in Wahrheit …«

Ein Klirren unterbrach die Runde Erklären-und-Staunen-mit-Erasmus-Emmerich, gefolgt von Schritten, die sich eilends in eine Richtung hinter dem Ex-Gesangsheim entfernten.

»Ich fürchte, das muss mal wieder warten. Qualmfee, hinterher!« Einem ihrer gefürchteten Blicke zuvorkommend, ließ er schnell noch ein »Bitte« folgen, bevor er sich den verbliebenen Zirkelstaunern zuwandte: »Zinbi, Picker, achtet gut auf unseren Gnom Herrn Gandolf hier.« Der Laufwind riss dem Privatier bereits die letzten Silben aus dem Mund, als er Marie nach und der fremden Lauscherin hinterher eilte. Erstere sauste

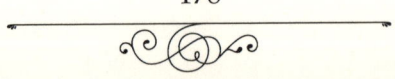

bereits als wirbelnder Dampffetzen voraus und entschwand um die Heimecke, als ein hölzerner Gegenstand noch immer über den Boden Richtung Rinnstein kullerte.

Der Zinndichter seufzte, zückte Feder und Pergament und begann auf Gandolfs Beschreibungen hin eine Skizze anzufertigen. Picker sah ihm über die Schulter dabei zu und fuhr nur hin und wieder eine Runde Altmetall auflesen und schreddern. Zinoberius entging dabei nicht der sehnsüchtige Blick in den Rinnstein auf Emmerichs Stock, den die Qualmfee während ihrer Wandlung hatte fallen lassen. So dass ihm ein insistierendes »NEIN!« dann und wann angemessen erschien. Pickers Lämpchen summten und er nahm wieder hinter seinem neuen Herrchen Platz.

* * *

Geringfügig außer Atem hielt Emmerich neben Marie an. Ein Umstand, den er gekonnt hinter einem Prusten am Rande seiner Lungenkapazität zu verstecken wusste.

Die Qualmfee materialisierte sich und starrte finster einer ratternden, schnaufenden Chitinbahn nach, die sich rasch entfernte. Die Strahlen der frühmorgendlichen Sonne schimmerten auf dem schwarzen Exoskelett, bevor es zu einem dunklen Punkt am Horizont wurde, der eine rußige Dampfspur hinter sich herzog. Nur der Geruch von an Gaslampen verbrannten Motten und frischem Pilzomelette erinnerte noch an die vormalige Anwesenheit der biolonischen Tausendfüßlok.

»Bei Preußens Pickelhaube, das darf nicht wahr sein.« Marie stampfte mit dem Fuß auf, dass der Absatz auf dem Pflaster gefährlich knackte.

»Segmentiert wie ein Wurm ...«

»Zu dumm aber auch!«, schimpfte sie.

»... schnauft wie ein Ross.«

»Da hatte ich die Hinterfrau beinahe, und dann entwischt sie im Morgen-Tausendzügler Richtung Hamburg?« Sie ballte die Fäuste.

»Jedes Segment ein Wagon«, träumte Emmerich.

Marie räusperte sich und stemmte die Hände in die Hüften.

»Erasmus, könnten Sie Ihre Bewunderung in diesem Moment vielleicht etwas zügeln?«

»Für später?«

Marie ließ die Arme sinken und deutete ein Nicken an. »Wenn's denn überhaupt sein muss.«

»Einverstanden.« Emmerich wechselte wieder vom Erfinder- in den Ermittlermodus. »Machen Sie sich keine Vorwürfe, Marie!«

»Ach, nein, lieber Ihnen? Ich habe sogar noch das Startschnaufen gehört und gesehen, wie sie an Bord gesprungen ist. Ich hätte hinterher fliegen sollen.«

»Und vom Fahrtwind angesaugt werden, um zwischen den tausend radartig angeordneten Füßchen zu verenden? Nein, von sowas hatten Sie heute bereits mehr als genug. Wir konnten nicht wissen, dass uns dieses teuflische Weibsbild belauschte, davon stand schließlich nichts in der Zeitung – ich habe sie wirklich eingehend studiert.«

Marie biss sich auf die Zunge, konnte ein halbes Grinsen aber nicht verhindern. Emmerich, ganz in seinem monotonen Ermittlerelement, ging gekonnt darüber hinweg. »Ich an ihrer Stelle hätte mich schon viel eher aus dem Staub gemacht. Und außerdem können wir sie immer noch kriegen. Wir wissen nun, das heißt bald, und mit Kupferstichs hoffentlich wiederhergestellter Erinnerung, wie sie gegenwärtig aussieht, und mit der des Gnoms erfahren wir vielleicht sogar, was sie im Großen Ganzen vorhat.«

»Nur zu ihr gelangen können wir nicht. Der nächste Tausendzügler dampft erst am Abend los, dann ist sie bereits über alle Berge, und ausgerechnet jetzt streiken die Droschkenkutscher.«

»Ach, ich dachte deren Rösser!«

»Spielt das eine Rolle?«

»Um es in Ihren Worten zu sagen, werte Qualmfee: Ich finde schon.«

Eine Rauschschwade seilte sich aus Maries Haarpracht ab, so dass Emmerich flugs fortfuhr. »Jedenfalls brauchen wir die alle nicht.« Das breite Grinsen, das sich daraufhin in seinem Gesicht ausbreitete, machte Marie beinahe größere Angst als ihr Erlebnis mit dem umgebauten Qualmfeesauger zuvor.

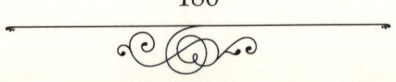

»Wir schicken Gandolf zu Graus, damit sind Sie fein raus, und begeben uns im Anschluss schnurstracks nach Haus.«

»Oh, wenn Zinbi Sie so reden hören könnte. Sie machen ja glatt seinem paranoiden Flauschehäschen Konkurrenz. Also, worauf warten wir noch?« Marie klatschte in die Hände. »Wenn Sie ein Ass im Ärmel haben, wird es Zeit, es hervorzukramen!«

»Eher eine Erna im Dachstuhl, aber gemach, gemach! Wir kennen das Ziel und der Tausendzügler fährt von hier nonstop nach Hamburg, mit großen Umwegen.«

»Wieso das?«

»Die werden auf die alten Kurvenstrecken durch jedes Dorf ausweichen müssen. Ich hätte nie gedacht, das mal zu sagen, aber dank des KKK-Netzwerkausbaus wurden alle Arbeiter schon vor Wochen von den Direktgleisverbindungsverlegungen abgezogen.«

»Erasmus Emmerich, Sie schaffen es immer wieder, mich zu verblüffen, und das ganz ohne Explosionen.«

Marie hakte sich beim Privatier unter, und sie schlenderten strammen Schrittes zurück zum Ex-Gesangsheim der Berliner Brote.

13

Erna – Die Todesschaukel der Verfolgungsfuhrwerke

Nachdem Emmerich seinen Gehstock mitsamt Brot im stählernen Schnabel von Zinbis Hauspickator entdeckt und dem pfeifenden Zinoberius argwöhnische Blicke zugeworfen hatte, traf schon Inspektor Graus am Tatort ein.

»Na, sehen Sie auch mal vorbei? Für eine Observation sind Sie aber ganz schön spät dran. Ist Ihnen der ältere Herr weggelaufen, hm?«, begrüßte ihn Marie.

»Werden Sie nicht frech!«, antwortete Graus, und Emmerich konnte ihm da nur beipflichten. *Älterer Herr, also wirklich.* Er zerrte an seinem Stock und versuchte ihn dem schnatternden Pickator zu entwenden.

»Was heißt hier bitte frech *werden*?«, prustete Zinoberius. »Und übrigens, Picker: AUS!«

Mit einem Klong stolperte Emmerich zurück, als der Pickator von seiner Beute abließ. Der Privatier streifte das Brot vom Stock und schob es samt des redseligen Gandolfs dem Inspektor zu.

»Er wird Maries Unschuld einwandfrei beweisen.«

»Der Brotlaib?«

»Nein, beim Barte Bismarcks! Der *Gnom*! Wenn Sie uns nun entschuldigen würden, wir haben Ihre Arbeit zu verrichten.« Ohne ein weiteres Wort tippte Emmerich sich an den Hut und zog Marie am Arm mit sich fort.

Während Graus und seine Begleiter von ihnen zum grinsenden Gandolf schauten und sich dann an die Beschlagnahmung der Wutgeist-Schrägstrich-Qualmfeefalle machten, trieb Zinoberius Picker dazu an, Emmerich zu folgen.

»Emmerichs Blutdüftler, diesen CX blabla Quatsch, könnten Sie bei Gelegenheit in unser Briefrohr stecken, jetzt wo Sie ihn nicht mehr brauchen«, wandte sich Zinoberius über die Schulter an den Inspektor. Danach ratterte Picker quietschend mit seinem Herrchen am Hals über das Kopfsteinpflaster und hinterließ außer Auspuffwölkchen einen kopfschüttelnden Graus, über den sich schon kurz darauf ein Schwall Wörter um Masken, Trolle und von Hufen zerquetschter, zermatschter, zerteilter und sonst wie zu Tode beförderter Wechselgnomvorfahren ergoss, bei dem er mit seinem Blockgekritzel kaum hinterherkam.

Dass sich überdies bereits wieder dicke Wolken vor die eben erst aufgegangene Sonne schoben, senkte Graus' Laune auf einen geradezu unterirdischen Tiefpunkt, der selbst mit tauchendem Krebsdümpler unanlaufbar blieb. In winterlicher Voraussicht ließ er nach den in ihren Betten weilenden Laternenanzündern schicken. Mal sehen, ob ihre Laune das Unmögliche schaffte.

* * *

Emmerich stieß die Tür auf und trat zur Seite, um Marie einzulassen. Angewurzelt wie ihr Ebenbild im Reklamometer blieb sie im Türrahmen stehen. Statt der Schlafwohnwunderwerkelstube bot sich ihr ein Trümmerfeld. Noch bevor sie den ersten Schritt hinein wagen konnte, flitzte Picker an ihren Füßen vorbei und stürzte sich begeistert klickend mit Piepsblinklichtern in das Scherbengrab ehemaliger Teller, Tassen, Besteckteile und einer Kuhzahnbürste, wie die Qualmfee registrierte, kurz bevor das gute Stück im Schnabel des Pickators verschwand und – wie der folgende Höllenlärm verriet – geschreddert und gepresst wurde.

Als Marie endlich und dampfhaftig selbst im Raum stand, hatte das fleißige Kerlchen schon das halbe Chaos beseitigt und fuhr auspuffwedelnd auf sie zu.

Die Qualmfee lächelte und tätschelte ihm die Seite, was ihn nur dazu anstachelte, sich mit unverminderter Hingebung gleich wieder den verbliebenen Resten zu widmen.

Zinoberius brachte sich kurzerhand im Tassternoster in Sicherheit und stieg in seinem Rohr aus, um zu packen. Pergament raschelte, und der Duft von schwarzer Tinte flutete in die Stube, um sich mit dem Schmieröl und Feuerholz die Hand zu reichen und in Ringelreihen durch die Stube zu tanzen. Marie lächelte und sog das Geruchsgebräu begierig in sich ein. *Endlich zu Hause!*

»Nur mal so aus Neugierde, Erasmus. War das eigentlich all Ihr Besteck?«

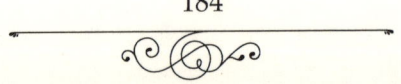

Er wandte den Kopf. »Welches denn?«

»Ach, schon gut. Wir kümmern uns bei der Rückkehr darum … oder besorgen neues in Hamburg. Wenigstens der Tassternoster scheint intakt, vielleicht borgt uns Zinbi mal ein Tässchen aus.«

»Hmm hmm.« Der Erfinder kramte auf seiner Werkbank herum, klaubte Apparaturen, Zubehörteile und Ramsch auf und stopfte es in seinen Werkzeuggürtel.

»Oder ich besorge uns eine Kuh zu Weihnachten, die unter unserem Tannenbaum wohnt.«

»Ganz wie Sie meinen«, murmelte Emmerich und verweilte beim Kramen, dann eilte er von Ecke zu Ecke, zog schabend einen schweren, Flicken übersäten Koffer aus einer hervor und begann weitere Einzelteile hineinzuwerfen.

»Sie hören mir überhaupt nicht zu!« Selbst diese Feststellung vermochte es nicht Maries Lächeln fort zu wischen, geschweige denn zu trüben. Ja, es beschlug nicht einmal. Es wollte ihr einfach nicht gelingen ein finsteres Starren in Position zu bringen, um es auf Emmerich abzufeuern.

»Oh, Verzeihung, Marie. Ha, sehen Sie, DAS habe ich sehr wohl gehört und zugehört.« Damit schlug er den Koffer zu, zurrte die Lederriemen fest und schloss die klappernden Metallverschlüsse.

»Ja ja, schon gut. Also? Wo steckt denn nun Ihr Ass namens Erna?« In Anbetracht des aufblitzenden Funkens in Emmerichs Augen musste Marie befürchten, diese Frage früher oder später zu bereuen, dennoch folgte sie ihm quer durch die Stube zum Flur und der Wendeltreppe, die in den verschlossenen Bereich seines Oberstübchens führte. *Vermutlich früher*, dachte sie, als sie über einen gesprungenen Kamm hinweg stieg. In dem Moment hörte sie über sich von dort, wo Emmerich durch eine Holzluke verschwunden war, ein tiefes Grollen. *Ich korrigiere*, definitiv *früher*. Ihr Herz schlug schneller, und das Grinsen verbreiterte sich um mehrere strahlende Millimeter.

Bevor sie die Stufen emporstieg, schnappte sie sich noch ihre Notfallwechselbekleidung aus der geheimen Schublade, die nur deshalb geheim war, weil Emmerich die Kommode, in der sie residierte, nie benutzte. Dann holte sie ihre Verkleidung

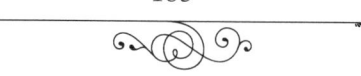

aus dem alten Rucksack und stopfte stattdessen die frisch gerußte Garnitur hinein. Bis auf ihren Strickschal segelte ihre Kostümierung auf den Boden. Sehr zur Freude des Pickators, der kurzen Prozess damit machte und weiter durch die restliche Stube wuselte.

Marie bückte sich, um etwas Wegzehrmüll für Picker einzupacken, und setzte dann einen Fuß auf die knatschende Treppe. Da schallte auch schon ihr Name durch die Öffnung hinab. Aus dem Tonfall sprach Ungehaltenheit, na ja, so ungehalten ein Erasmus Emmerich Ehrenmann klingen konnte – also nicht sehr. Sie beeilte sich trotzdem.

Die Wendeltreppe endete gut anderthalb Meter unter der offenen Luke als wäre ihrem Erbauer auf dem letzten Spurt die Lust oder aber das Material ausgegangen. *Emmerich! Das war mal wieder typisch. Wahrscheinlich war ihm der Bau eines ach so wichtigen Dingsdabummsdas dazwischen gekommen, das sich vor allem durch sein BUMMS da und explodier hier hervortat.* Die Qualmfee schüttelte den Kopf. Für eine schwebefähige Dame wie sie stellte der Spalt zwar kein Hindernis dar, aber das wäre nun wirklich zu wenig Herausforderung im Leben. So schob Marie zuerst den Schopf gefolgt vom Kopf hindurch und tastete dann nach dem spröden Holzrahmen, um sich mit reiner Muskelkraft hindurchzuziehen. Noch während sie das tat, musste sie ihre Kinnlade dazu überreden nicht einfach hinunter zu klappen.

Vor ihr und um sie herum erstreckte sich ein weiter Speicher mit Dachschrägen und hölzernen Stützbalken. Obwohl es gar nicht mal so staubig roch, wie man hätte vermuten können, war es nicht der Duft, der ihren Unterkiefer derart in Erstaunen versetzte, dass er gerne einen abrupten Abgang gemacht hätte. Vielmehr schien dieser Umstand dem matten Metallmonstrum im Zentrum des Raumes geschuldet zu sein.

Über Streben, Ventilen, einer Sitzbank und allerlei Innereien von Spulen, Klemmen und Kolben bis hin zu kupfernen, kleinen Brezeln an rotierenden Bucheckern – anders konnte sie die Dinger einfach nicht beschreiben – thronte ein gewölbtes Verdeck, das selbst dem höchsten Zylinder genügend Freiraum bot und sich über die Rückseite nach unten schwang. Dadurch umschloss es einen Stauraum, in dem es sich bereits Emmerichs Flickenkoffer nebst Gerätschaften, Spazierstock und offenkundigem Gerümpel gemütlich gemacht hatte. Und als wäre das noch nicht genug, wurde das Gefährt von zweieinhalb verdächtig glänzenden Schornsteinen oder eher Schornhalmen gekrönt.

Bevor Marie endlich dazu kam, sich gänzlich hinauf zu ziehen, hustete und schnatterte es unter ihr synchron, so dass sie sich gezwungen sah, noch einmal auf den Absatz zurückzugleiten. Sie packte den Pickator am schuppigen Bauchpanzer und schob ihn samt seiner zinndichtenden Fracht durch die Luke auf den Dachboden.

Anschließend folgte sie tatsächlich nach und wurde Zeugin von Emmerichs nächstem Streich, der ihre vorigen Befürchtungen als schlichte Untertreibungen auf der Besorgnisskala enttarnte und selbst ihre Experiment erprobten Ängste das Fürchten lehren sollte. Zugegeben, später würde die Qualmfee denken, dass diese Ausdrücke etwas übertrieben waren, aber wen interessiert schon nüchterner Realismus?

Das Universum jedenfalls nicht. Lieber schaute es dabei zu, wie der Privatier und Ehrenmann im Dienste des Fürsten von und so weiter und so fort zu der Marie gegenüberliegenden Wand stolzierte und sich klimpernd an zinoberiusgroßen Scharnieren zu schaffen machte.

Emmerich entriegelte eine lange Reihe schwerer, in das bloße Mauerwerk eingelassener Schlösser, die schließlich mit einem Quietschen nachgaben, und wandte sich seinen drei Besuchern zu, während er den Dachboden durchwanderte. An einem runden Kasten mit gebogenem Stab blieb er stehen.

»Na, was sagen die Herrschaften zu meiner Dampfdroschke - oder kurz: Erna?«

»Würde Damke als Kurzform nicht mehr Sinn ergeben?«, beantwortfragte Zinbi.

Emmerich verschränkte die Arme vor der Brust. »Und wo soll uns dieser ganze Sinn bitte hinführen?«

»Öhm, keine Ahnung.« Zinoberius zuckte die Schultern, was ihn beinahe von Pickers Rücken beförderte.

»Dachte ich's mir doch, also bleiben wir bei Erna, die weiß immer, wo es lang geht.« Damit entschränkte Emmerich die

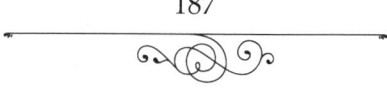

Arme, was es ihm deutlich vereinfachte, nach dem gebogenen Stab zu greifen, der sich spontan als Kurbel entpuppte.

Marie rollte mit den Augen und barg ihr neuerliches Lächeln in der Faust, die sie sich vorsichtshalber vor den Mund drückte, bevor ihr beides wieder abhandenkam. Denn während Emmerich munter drauflos kurbelte und ein Liedchen dabei pfiff, surrte es. Ein schnell wachsender Strich bildete sich auf dem Mauerwerk. Marie hörte, wie behäbige Räder knirschend ineinander griffen. Der Dachboden erzitterte und Staub rieselte von den Holzbalken hinab. In den Wänden und dem Boden rumorte es. Putz bröselte, und ein Riss erschien an Stelle des Strichs, der die Wand im Zickzackkurs die Dachschräge hinauf bis zum First spaltete. Er teilte sogar den schrägen Schornstein in zwei Hälften.

»Erasmus! Lassen Sie das, da geht zur Abwechslung wieder was schief. Sie zerstören ja das ganze Haus! Sehen Sie doch!« Sie streckte den Arm aus und deutete auf den Spalt, der zusehends breiter wurde und bereits einen ersten wintermorgendlichen Luftzug in den Speicher einlud, der den Duft von nahendem Schnee auf dem Rücken trug.

Emmerich grinste breit und kurbelte nur umso schneller, was das Rumoren in der Wand zum Rumpeln antrieb.

Jetzt ist er völlig übergeschnappt!, dachte Marie, konnte aber nicht anders, als völlig gebannt das Dach anzustarren, das mittlerweile wie zwei Flügel an überdimensionalen Scharnieren seitlich nach außen aufklappte. Knirschend schoben sich die Steine des Mauerwerks auseinander.

Der Luftzug von eben hatte seine Freunde mitgebracht, die Marie als frische Böen um die Nase streiften. Wo Wand und Schindeln hätten sein sollen, gähnte nun meterhohes Nichts und darunter kamen schon Bürgersteig und Straße in Sicht. Die abknickenden Gässchen und gegenüberliegenden Häuser erschienen im blassen Schimmer der erneut entzündeten Gaslaternen.

Als Marie gerade beginnen wollte die Aussicht zu genießen und nebenbei zu begreifen, dass das Haus vielleicht auch nicht einstürzen würde, ruckelte es unter ihren Füßen und sie musste nach dem Gefährt greifen, um nicht den Halt zu verlieren.

»E-ras-mus! Der Fußboden bewegt sich!« *Das Haus wird*

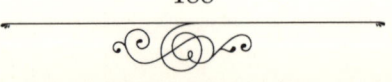

*doch einstürzen. Meine Befürchtungen bewahrheiten sich, also
kein Grund zur Panik: Alles wie gewohnt.* Die Qualmfee lächelte
doch tatsächlich und kaschierte es schnell, indem sie herzhaft
seufzte. Dann starrte sie den Erfinder ganz besonders finster an,
im Inbegriff, ihrer Bezeichnung die Ehre zu geben und sich in
Rauch aufzulösen.

»Ach, was denn gleich so düster?! Schwarzseherin!«

Jetzt wagte dieser Tüftelbastler es tatsächlich seine Lippen
zu einem schelmenhaften Schmunzler zu kräuseln und ihr
damit noch den letzten Nerv zu rauben. Nein, das würde sie
nicht zulassen, den letzten konnte er nicht auch noch haben,
den würde sie für sich selbst behalten; für noch härtere Zeiten
aufsparen. Ach, wem machte sie etwas vor? Eine Hand am
Rahmen des Wagens, erstickte sie mit der anderen eine aufkeimende Dampfschwade in ihrem Haar und bleckte die Zähne zu
einem Grinsen.

Emmerich schauderte und vergaß beinahe weiter zu kurbeln.
»Marie, lassen Sie das, das ist ja schlimmer als Ihr Finsterblick.«

Zu dem allgemeinen Poltern gesellte sich ein Knarzen und
beanspruchte prompt Maries gesamte Aufmerksamkeit für
sich. Der Blick auf ihre Füße verriet, was der Laut bereits
angekündigt hatte. Die Holzbohlen drängten immer weiter vor
und ragten bereits aus der Dachöffnung hinaus. Hinter ihr hatte
sich der bewegliche Teil des Fußbodens bereits vom Rest gelöst.
Dort, wo er wenige Sekunden zuvor noch in aller Seelenruhe
gelegen hatte wie ein schlummerndes Monster, entstand
nun ein Loch. Bei genauerem Hinsehen glich es eher einem
schwarzen Schlund, der maulähnlich immer weiter aufgerissen
wurde. Doch anstelle von Reißzähnen und einer blauen Zunge
offenbarte es Querstreben und die freie Sicht auf ein giganti-
sches Räderwerk. Die Radkerben griffen ineinander wie das
schiefe Gebiss des Ungetüms beim verschlafenen Schmatzen
nach einem gelungenen ersten Gähnversuch. Das Gefährt Erna
wurde folglich immer weiter auf die Kante zugeschoben.

Picker, bislang erstaunlich ruhig, verfiel in hektisches Blinken
und raste in der Nähe auf und ab. Als sich nunmehr ein
anliegendes Dielenbrett aufbäumte, sah er seine Gelegenheit
gekommen, den Gepäckhügel zu erklimmen. Er rollte an.

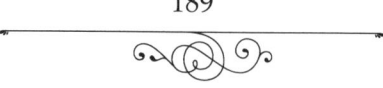

»Nein, was hast du vor? Nein, tu das nicht!«, krächzte Zinbi am höchsten Punkt seiner stimmlichen Kapazität.

Picker hörte nicht, beschleunigte weiter und nutzte die Schräglage der Bohle, um an Höhe zu gewinnen. Zinoberius kniff die Augen zu und schrie. Bevor sein Untersatz jedoch in vollem Flug mit dem Schnabel voran gegen die harte Seite Ernas knallte, fing Marie ihn ab und setzte ihn in eine Lücke zwischen Emmerichs geflicktem Bastelköfferchen und etwas, das faltbaren Häuten glich. Prompt schnellte eine kühle Zunge aus seinem Schnabel hervor und leckte ihr über die Finger. Dann rollte sich die Gürtelkrähe zusammen und gab ein Knattern von sich, das Marie entfernt an Maunzberts Schnurren erinnerte … kurz *bevor* sich Emmerich auf ihn drauf … aber jedenfalls, klang es etwas blecherner als bei dem Kater. Wahrscheinlich beruhigend, wie sie in Hinblick auf dessen Gesundheitszustand feststellte.

»Nun machen Sie schon, dass Sie reinkommen!«, rief Emmerich ihr zu, als die Blechschnauze des Gefährts schon den Rand des Dachbodens berührte.

Marie umklammerte eine kühle Strebe der Verkleidung und sprang hinein. Vermutlich sponn sie nun vollends. Emmerichs Wahnsinn musste ansteckend sein, oder war sie gerade tatsächlich in ein vom Explosionsgroßmeister persönlich erbautes Beförderungsmittel gehechtet, das im Begriff war, aus dem offenen Dachboden über die Kante auf die Straße zu kippen? Sie schüttelte wiederholt den Kopf und schraubte die dünnen Finger noch fester um eine Strebe, dass ihre Knöchel hellgrau unter der rußbedeckten Haut hervortraten.

Emmerich stieg in dem Moment dazu, als das Dielenförderband das Gefährt soeben über den Speicherrand schubste. Erna stand in Gedenken des obersten Steinhaufensteins in der Luft, dann entsann sie sich der Schwerkraft und stürzte mit ihren Insassen in die Tiefe. Aus ihren Schornhalmen zischte es Huiiiii! und Marie kniff die Augen zusammen, während ihr der Magen in eingebildeter Schwerelosigkeit in den Hals stieg. Sie fühlte schon die Streben um sich bersten und die eigenen Knochen brechen, doch sie würde sich nicht wandeln, sie würde an Emmerichs Seite ausharren und auf sein Glück vertrauen, eine funktionierende Erna erfunden zu haben. Und sie wurde nicht enttäuscht.

Der harte Knall auf den Fall blieb aus. Stattdessen landeten sie auf Sprungfedern und wurden nur ein wenig durchgeschaukelt. Die Vorderräder kamen zuerst auf, dann plumpste das Hinterteil mit einem Ruck auf das Kopfsteinpflaster.

Marie riss die Augen auf und blickte zurück. Hinter ihnen faltete sich das Dach wieder zusammen, Schindel legte sich fein säuberlich an Schindel und die Fugen zwischen dem Mauerwerk schlossen sich brav. Allein der Schornstein erschien tatsächlich noch ein wenig schiefer als zuvor.

»Puh!«, sagte Marie und weckte den Zinndichter aus seiner Schockstarre, während Emmerichs Erna bereits dampfend und schlenkernd über das Kopfsteinpflaster zuckelte.

»Ich hätte nicht gedacht, dass der Fall aus Ihrem Dachboden das Ruhigste an unserer Reise werden würde. Sagen Sie, Emmerich, dem Dampf, den sie ausstößt, nach zu urteilen, fährt Erna mit dessen Kraft, warum, zum Erfinder noch eins, ruckelt sie dann aber wie eine Pferdekutsche?« Marie fixierte den Angesprochenen und warf ihren Rucksack neben den dösenden Pickator.

»Ja, da staunen Sie. Es war gar nicht so leicht das pferdeverursachte Geschaukel nachträglich zu integrieren. Sie wollte einfach nur perfekt glatt ohne Schaukeln dahin tuckern, aber mein Erfindergeist hat nicht aufgegeben, bis das Fahrerlebnis authentisch hergestellt war, nicht dass den Insassen etwas fehlen würde. Und jetzt ruckelt sie schön, ohne dass ihre dampfbetriebene Leistungsfähigkeit davon beeinträchtigt wird.«

Emmerich strahlte Marie an, während das Universum seufzte und sich einen Tisch suchen taperte, der groß genug wäre, um sein Haupt dagegen zu schlagen.

»Das RUCKELN hätte bestimmt niemandem gefehlt!«, brachte Marie es auf den Punkt, während Zinoberius abwechselnd vor sich hin jammerte, schluckte und die Backen blähte, bis das Prozedere wieder von Neuem begann. Jammern, Schlucken, Backenaufplustern. Obwohl Erna jedes Pferd an Schnelligkeit weit übertraf, würde es wohl eine lange Fahrt werden. Marie entschied sich das Beste draus zu machen und sie zu genießen.

So holperten sie auf und ab hüpfend durch die Gassen, bis sie ein Reklamometer passierten und Emmerich allen eine Verschnaufpause gestattete.

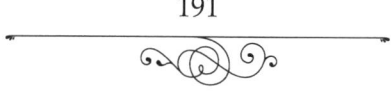

Ein Botenjunge, der dem Universum gleich bekannt vorkam, studierte die aktuellste Anzeige: *Qualmfee unschuldig, Fahndung nach wahrer Täterin geht weiter. Wechselgnom als Reichsapfelzeuge berufen.*

Emmerich trat neben den Jungen und tuschelte etwas, das Marie nicht verstehen konnte. Sie sah lediglich wie er die Lippen bewegte und dem pausbackigen Buben anschließend eine goldgedeckte Mark zusteckte. Der nickte eifrig, schüttelte Emmerich die Hand und rannte los.

»Was war denn das?«, fragte Marie, als der Detektiv wieder in der Dampfdroschke Platz genommen hatte.

»Ach, ich habe bloß ein Eiltelegramm verschickt.«

»Ein lebendiges auf zwei Beinen, hm?«

»Genauso ist es, Qualmfee. Mich verlangt es lediglich zu hören, wie es um Fridolins Erinnerungsvermögen bestellt ist. Er kann uns seine Informationen nach Hamburg hinterher senden. Dann können *wir* seine Angaben mit der Skizze von Zinoberius und Gandolf abgleichen, tata.«

Emmerich schnalzte und drehte am Lenkrad. Erna beschleunigte und sie setzten die Fahrt noch schneller als zuvor fort.

Marie begann zu frösteln und war froh wenigstens ihren Mantel nicht abgelegt zu haben. Trotzdem fuhr es ihr eisig um die Nase. Emmerich gönnte ihr einen Seitenblick, verschob nahezu beiläufig einen Schalter, und schon glitten Fensterscheiben aus den Rändern der Metallverkleidung, bis das Gefährt vom Fahrtwind vollständig abgedichtet war.

In kurzen Abständen öffneten sich Klappen an den Streben Ernas und klarer, warmer Dampf trieb in den Innenraum des Gefährts. Allerdings begleitete die durchsichtigen Wärmefladen auch das strohige Aroma saftiger Pferdeäpfel.

»Nebenwirkung?«, fragte Marie.

»Das Odeur?«

Sie nickte.

Emmerich brummelte. »Könnte es nicht ebenfalls das Eingeständnis an die Authentizität sein?«

»Sprich Nebenwirkung.«

»Na schön. Man kann eben nicht alles haben. Sie wollen unbedingt den wackligen Charakter einer Pferdekutsche, dann müssen Sie auch mit den Äpfeln leben.«

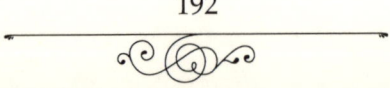

»Ich dachte, wir hätten bereits geklärt, dass das Geruckel *niemand* möchte.«

Emmerich hielt das Lenkrad fest und blickte stur geradeaus. »Banausen!«

»Die Wärme ist aber schon angenehm«, gestand Marie nach einer Weile, knöpfte den Mantel auf und lehnte sich zurück. »Da fällt mir ein, es tut mir leid, dass ich weggelaufen bin, offenbar haben Sie ja nie an meiner Unschuld gezweifelt.«

»Ihnen blieb keine Wahl, meine Teure. Und natürlich habe ich das nicht.« Emmerich schluckte.

Die Wärme der Dampfgebläse breitete sich schlagartig in Maries Eingeweiden aus. Gleich würde er ihr ein Kompliment machen, es stand schon greifbar in den Raum geschrieben. Er würde ihr sein absolutes Vertrauen bekunden. Marie rutschte auf der Sitzbank herum.

»Wieso in aller Werkstatt hätte ich das tun sollen?«, fuhr er fort, und die Wärme in Marie ähnelte zunehmend ihrer flackernden Mutter Hitze.

»Der Schuhabdruck, den wir am Trolltatort vorfanden, entsprach zwar Ihrer Größe, aber ihm fehlte ein entscheidendes Detail.«

Marie stutzte und blinzelte. »Wie bitte?«

»Na, der Absatz, werte Qualmfee. *Sie* würden doch niemals flache Schuhe tragen.«

Die Hitzewelle in ihrem Inneren flaute wieder ab, ach, erfror geradezu. Sie hätte es wahrlich besser wissen müssen, ahnen, dass so etwas kommen würde. Es reichte nicht einmal mehr zu einem Seufzer. Doch die nächste am Fenster vorbeiziehende Espe erzitterte und verlor ihr letztes Blatt, als Maries Blick sie mit halber Wucht streifte. Nicht auszudenken, was dem armen Baum geblüht hätte, wenn er sie voll getroffen … aber ersparen wir dem armen Bäumchen Fridolin zu Liebe diese Vorstellung.

Unterdessen ließ der Trupp die Vororte Berlins hinter sich und Picker schnarchte blechern auf der Rückbank, während Zinbi ungebrochen leise vor sich hin jammerte und ächzte, wenn er nicht gerade gegen die Übelkeit seiner Pflasterkrankheit anschluckte.

Die Regelmäßigkeit dieser Laute, zusammen mit dem rhythmischen Rattern Ernas und Zischen der Dampfklappen, wiegten Marie allmählich in einen Dämmerzustand, doch die

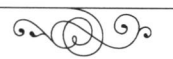

Reiseaufregung und Eindrücke, die es durch die Fenster zu sammeln galt, verhinderten ihr völliges Einschlafen. Sie konnte nicht, wollte einfach nichts verpassen und doch spürte sie die vorangegangenen Strapazen in jeder Faser ihres Körpers. Versuchsweise dematerialisierte sie ihre Beine, doch selbst im körperlosen Zustand blieb die Ausgezehrtheit spürbar. *Ist das die Möglichkeit? Phantomschmerzen, lieber Körper, ernsthaft?*

14
Völlerei und Federfall

Behäbiger Schneefall setzte ein und wuchs sich bald zu Schnellfall aus. Über den Feldern links und rechts erhoben sich die klammen Gliedmaßen erster Dunstgespenster und schwebten über den rasch anwachsenden weißen Hügeln. Bleiche Flocken sprenkelten die graue Wolkenwand wie eine kuschelversessene Schar Sterne das Firmament. Die feuchte Trübheit des Umlands drückte zusehends gegen Ernas Scheiben.

Je näher sie Hamburg kamen, desto diesiger wurde der Tag und desto stärker das Schneetreiben. In mancher Ortschaft sahen sie daher schon zu verhältnismäßig früher Stunde die gebeugten Gestalten der vermummten Laternenanzünder umher huschen, während ihre Berliner Kollegen dank Graus bereits wieder im Trockenen saßen.

Emmerich kniff die Augen zusammen, um in dem wilden Treiben nicht den Weg zu verlieren. »Es hilft alles nichts, dann muss ich wohl oder übel … ja, und wenn ich hier vielleicht noch … so sollte es klappen«, murmelte er und verleitete Marie dazu, sich vorsorglich festzukrallen und die Fluchtreflexe zu aktivieren.

Er zog an einem Hebel und ein Rasseln ertönte. Die Klappen, die den warmen Luftstrom ins Innere reguliert hatten, schlossen sich. Stattdessen lösten sich zwei rübenähnliche Trichter aus der Außenverkleidung. Sie erinnerten Marie an die Tischtrockner, und prompt stand ihr wieder der Geruch von verbranntem Holz in der Nase.

Emmerich straffte die Schwippspule, öffnete einen Verschlag und verhakte die darin befindlichen Drummdübler an Ketten, bis er mit der Positionierung der Trichter draußen zufrieden schien. Quietschend richteten sie ihre Hälse aus. Dann drehte er an einer der kupfernen Brezeln. Es knackte vernehmlich und die Außenrüben spien heiße Winde aus, die die Dunstgespinster verjagten und somit die Sicht durch die Scheiben klärten. Sie wirbelten die Flocken durcheinander und lenkten sie um Erna herum, während sie die mutigsten unter ihnen, die sich zu nah an sie heran wagten, erbarmungslos zu Tropfen schmolzen.

Im Inneren Ernas wurde es durch die Warmluftumleitung schlagartig wieder kühl. Emmerich aber war ja nicht Erasmus, oder war es umgekehrt? Er hatte einfach noch nicht die Zeit gefunden, diese Angelegenheit endgültig zu klären … jedenfalls wäre er das eine ohne das andere nicht gewesen, wenn er nicht auch dafür eine Lösung parat gehabt hätte.

Unterhalb der Frontscheibe verschob er einen beweglichen Teil der Verkleidung und offenbarte eine Kaminstelle. Eine weitere Kette wurde betätigt, Funken schlugen und das Kaminholz geriet prasselnd in Brand. Durch den halben Schornhalm wurde der Rauch nach außen geblasen.

Marie streckte die Handflächen in Richtung der warmen Glut aus, zog eine Anerkennungsschnute und nickte Emmerich zu. Auch wenn sie innerlich noch immer auf den Nachknall wartete, der sich allerdings strikt weigerte einzusetzen. Wahrscheinlich war es selbst ihm in dieser Umgebung zu frostig.

Ein Holzscheit knackte und riss den Pickator aus dem Schlaf, der seinen Kopf hob und ein Auge öffnete. Marie beugte sich nach hinten, kramte eine Scherbe des Wegzehrmülls aus ihrem Rucksack und warf sie ihm zu. Sein Schnabel schnellte vor, schnappte sie, und das Auge der Gürtelkrähe schloss sich wieder, während er sie genüsslich zerbröselte.

Die Qualmfee blickte zur Fensterscheibe hinaus in das Schneegestöber. Die vorbei treibenden, oder vielmehr vorbei *geföhnten* Schneeflocken tanzten über ihr Gesicht wie wild gewordene Sommersprossen. So verbanden sich die eigenen Züge mit der Welt da draußen in dem begrenzten Kosmos der Spiegelung auf Ernas Scheiben. Eine Eisblume heftete sich an das Glas und widerstand dem Drang zu schmelzen, nur um einen Blick in das Innere des Gefährts zu erhaschen. Für einen kurzen Moment sahen die beiden Schauenden einander an, dann musste die Blume loslassen, um nicht zu vergehen. Sie ließ los, und das Universum versetzte die Neugierige durch einen gezielten Puster zum Nordpol.

»Sind wir bald da?«, nörgelte Zinoberius und presste sich schnell wieder eine Hand vor den grünlich geränderten Mund.

»Und wie wir das sind«, antwortete Emmerich. »Soeben erreichen wir das platte Hamburger Pflaster.«

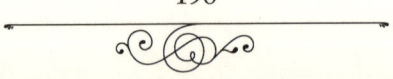

»Das sich in seiner Holprigkeit nicht vom Berliner unterscheidet.«

»Na ja, das können wir kaum beurteilen, Erna hat ja eine feste Ruckeleinstellung, die sich durch keine äußeren Umstände beeindrucken lässt«, strahlte Emmerich und seine Brust schwoll an.

»So ein Glück aber auch«, höhnte Marie.

»In der Tat, in der Tat. Sie sagen es, meine Teure.«

Ohne lauten Knall trat eine Veränderung ein. Marie brauchte einen Moment, um zu realisieren, was es war. Sie fuhren immer noch, aber das Geschaukel hatte aufgehört. Erna glitt sanft über das Pflaster, wie ein Lämmchen über ebene Wiesen schwebt ... vorausgesetzt, es konnte fliegen. Zinbis Gejammer drang nur noch gedämpft hervor, und seine Atmung normalisierte sich etwas. Prompt musste er nur noch um den Faktor 2 gemindert gegen die Übelkeitswellen anschlucken. Auf Emmerichs Stirn hingegen traten Furchen hervor und vertieften sich im Sekundentakt.

»Was ist los, Erasmus?« Marie musterte ihn und kaute auf ihrer Lippe. »Sie läuft doch jetzt viel ruhiger.«

»Und genau das beunruhigt mich.«

»Können wir etwas tun?«

»Hoffen und bangen, meine Liebe, hoffen und bangen.«

»Im Bangen bin ich Meister«, ließ sich Zinbi vernehmen. »Wenn ihr das Hoffen übernehmen könntet?«

Zu spät. Ungeachtet der Worte des Zinndichters verstummte Erna und blieb mitten auf der Straße stehen.

»Raus hier!«, rief Emmerich und stolperte fast aus seiner Tür. Er schaufelte den gesamten Kram der Rückbank auf den Gehweg, während Marie den zinnoberro-... nee, eher -grünlichen Zinndichter und seinen Hauspickator hinaus hob und sich ihren Rucksack schnappte.

»Was ist denn los? Die Verkehrslage ist ruhig, und Sie haben doch selber gesagt, dass wir fast da sind.«

»Weg vom Wagen!«, rief Emmerich, tätschelte der Dampfdroschke die Seite und flüsterte. »Adieu, Erna, wir sehen uns wieder, deine Zeit wird kommen.« Dann trat auch er zurück und starrte mit glasigem Blick auf seine Schöpfung. Sie stand in aller Stille da, vibrierte nicht einmal.

»Nun, ich kann wirklich nicht verstehen, was Sie ha-«, begann Marie, als es klickte. Erna implodierte ohne ein Wort, fiel Teil

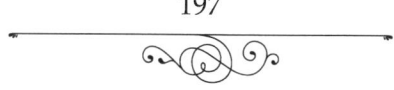

für Teil in sich zusammen. Eine violette Stichflamme loderte auf und verschluckte alles, was noch von ihr übrig war – also im Grunde nicht mehr viel. Zurück blieben nur ein silbern schimmernder Brandfleck und ein Paar Radspuren inmitten des matschigen Schnees.

Emmerich klatschte in die Hände. »Tja, wenigstens müssen wir uns jetzt keine Gedanken mehr um einen Parkplatz machen.« Er sammelte sämtliche Gepäckstücke ein, belud sich selbst mit ihnen und knatschte durch den Schnee an hell erleuchteten Fenstern vorbei auf eine grün gestrichene Pension zu.

Zinoberius tippte Marie an. »Was ist ein Parkplatz?«

Sie zuckte die Achseln. »Vermutlich eine Grünanlage mit viel Platz, um Kutschen und ähnliche Fuhrwerke abzustellen.«

»Macht Sinn.«

»Kaum zu glauben, aber ja.« Die Qualmfee schulterte ihren Rucksack und stapfte in Emmerichs Fußspuren. »Ein bisschen tut es mir schon leid um Erna.«

»Das kann man auch kaum glauben. Also mir jedenfalls nicht. Wir können nur von Glück reden, dass sie erst hier den Geist aufgegeben hat, obwohl, wenn ich es recht bedenke, wäre mir früher lieber gewesen«, unsensibelte Zinoberius und fasste sich an die Magengrube.

Picker bildete die Nachhut und wich dem Zinndichter nicht von den Fersen.

Die überrumpelte Wirtin überwand den Schrecken über all das Gerümpel, das ihr ins Haus schneite, schnell und gebot den Ankömmlingen, ihr durch die Stube zu folgen, in der nur vereinzelt Gäste saßen. »Wir mussten unsere Küche für heute leider schließen, aber direkt gegenüber finden Sie ein lauschiges Lokal, dass Sie mit Speis und Trank versorgen wird«, verkündete sie mit rosigen Wangen.

Emmerich nickte hinter seinem Gepäckstapel. Zwar konnte er nichts sehen, weshalb ihr wohl auch sein Nicken verborgen blieb, allerdings richtete er sich einfach blindlings nach ihren schweren Schritten, die irgendwo vor ihm über die Dielen knarrten.

Neben Marie, Picker und Zinbi folgte ihm ein Augenpaar aus der tiefsten Zimmerecke heraus. Der dazugehörige Mund

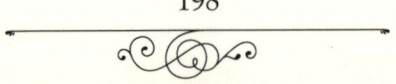

pustete sich eine silberne Haarlocke aus dem Gesicht, was dem cleveren Ermittler sicher so einiges verraten hätte, doch er bemerkte ja nichts davon. Und wer weiß schon, was er daraus gefolgert hätte?

Vielleicht, dass heute Schnitzeltag im Altersheim war, überlegte das Universum und bugsierte sich einen Löffel Eis in den Mund, von dem ringsum genug herum fror.

Das letzte freie Zimmer waren eigentlich zwei, durch einen offenen Bogen miteinander verbunden. Emmerich ließ seine Apparaturen auf das Bett rieseln und fallen, wischte sich mit dem Handrücken über die Stirn und hinterließ einen öligen Striemen. »Ja, ganz nett.« Er schickte die Wirtin mit einem üppigen Trinkgeld fort und streckte den Rücken durch. Die Wirbel feierten eine knackende Parade. »Nun denn, nun gut, da wären wir. Über den Rückweg machen wir uns Gedanken, wenn es soweit ist. Zunächst mal muss unsere Aufmerksamkeit einzig und allein einer Sache gelten.«

»Die Entflohene zu finden«, pflichtete Marie ihm bei.

Emmerich zog die Augenbrauen hoch. »Natürlich nicht. Uns obliegt in erster Linie der Besuch dieses lauschigen Lokals. Hamburg ist groß, und wir wissen nicht, was die Madame vorhat, geschweige denn, wie sie nun wirklich aussieht. Zinoberius' Kunsthandwerk in allen Ehren, war die Skizze nicht gerade aussagekräftig.«

»Hey!«

»Ich sagte doch in allen Ehren.«

»Gandolfs Beschreibung mangelte es eben an Details.«

»Wie auch immer, sind *wir* ihrer auch nur von hinten ansichtig geworden. Ich schlage daher vor, unsere nächsten Schritte zu einer ordentlichen Portion Stärkungsmahl zu lenken und Kupferstichs Telegramm abzuwarten, das uns hoffentlich am Morgen die Lücken der Skizze auffüllen wird.«

»Was wäre, wenn wir sie einfach am Bahnhof abfangen?«, warf Marie ein.

»Aha, hm, ja, interessanter Vorschlag. Das machen wir demnach nicht.«

Maries Blick verhängte sich mit tausend bleischweren Wolken. Das kümmerte den Detektiv jedoch keineswegs.

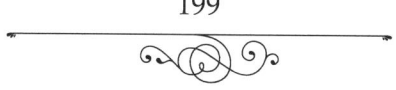

Na gut, ein bisschen womöglich, aber er konnte es geschickt verbergen. Eigentlich stimmte das nicht. Er vermied einfach, sie anzusehen, und stierte starr auf die Puttentapete.

»Marie, wen sollten wir anhalten? Jede Frau mittleren Alters, die so aussieht, als prügele und steche sie in ihrer Freizeit auf Trolle ein? Hinzu kommt, dass sie womöglich längst angekommen und gar nicht mehr dort ist. Der Schneefall hat uns zu meinem Bedauern mehr Zeit gekostet, als eingeplant.«

Sie würde es vielleicht nicht zugeben, aber diese Folgerungen erschienen der Qualmfee ausnahmsweise stichhaltig, und wenn es wirklich nichts gab, das sie im Augenblick tun konnten, würde sie ein paar Stunden der Entspannung als netten Nebeneffekt in Kauf nehmen.

»Gut, gehen wir was essen!«

»Keine Widerworte? Nicht eins?« Emmerich vergaß völlig die Löckchen der Engelsköpfe weiterzuzählen. »Augenblick, sagten Sie w-wir? Marie, Sie werden doch noch wissen, was passiert, wenn *Sie* essen.«

»Und *Sie* haben es quasi selbst gesagt, heute wird rein gar nichts mehr passieren.«

Emmerich rang die Hände und gab auf. »In Ordnung.«

»Und du, Zinbi, kommst du mit?«, fragte Marie.

»Nein, bloß nicht, mein Magen schaukelt nach wie vor. Ich beruhige ihn mit meiner Poesie und würde es daher begrüßen hier verweilen zu dürfen.«

»Aber klar, Picker weicht dir eh nicht von der Seite, dann leistet er dir derweil Gesellschaft.« Marie beugte sich hinunter und fuhr ihm durch die Feder. »Deine Gesichtsfarbe normalirötet sich auch schon wieder. Wir bringen euch was mit.« Sie zwinkerte ihm zu.

* * *

Als *lauschig* empfand Emmerich das Lokal *Zum wedelnden Hirschen* nun wirklich nicht. Das begann schon bei der mit Schnitzereien verunzierten Holzpforte, über der nun auch noch malerisch Eiszapfen hinabhingen. Wahrscheinlich für den Zweck angeklebt. Außerdem, und noch viel schlimmer, konnte man lauschen, so

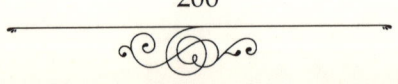

viel man wollte, man hörte absolut gar nichts. Nun mal abgesehen von dem lärmenden Stimmengewirr, aus dem kein einziges klares Wort zu filtern war. *Praktisch*, kam ihm da schon eher in den Sinn; passend um einen Kriegsrat abzuhalten, der aus einem hitzigen Gefecht mit Suppe, Kuchen und Löffel bestehen sollte, auch wenn er für den gebackenen Teil vornehmlich eine Gabel extra bestellte.

Sie suchten sich einen kleinen, freien Tisch in einer Ecke des überfüllten Schankraums und legten die Mäntel ab, während die gemischten Aromen ihre Schleimhäute traktierten. Schales Bier kreuzte sich da mit Mandeln und gerann an Knoblauchwurst zu einem Kaffeeschimmelkümmelhaselhauch, der einem gleich die Geschmacksknospen mit verstopfte.

Gerötete Nasen und lautes Lachen hüllten sie ein und schotteten die beiden luftdicht vom Rest der Welt ab. Emmerich orderte Hühnerbrühe, ein Stück heißen Apfelkuchen und eine Tasse schwärzesten Lebkuchenkaffees, während Marie entschied, vernünftig zu bleiben und auf das Essen zu verzichten. Auch wenn ihr alleine das Wort Apfelkuchen den Gaumen entlang glitt und die Speichelproduktion auf Hochtouren brachte. Sie schluckte. »Einen Eiskaffee, bitte.«

»Äh, entschuldigen Sie?«, fragte der hängebackige Kellner. »Was wünscht die Dame genau?«

»Hach, machen Sie mir einen Kaffee und stecken Sie statt des Löffels einen Ihrer Eiszapfen hinein.«

»Mit Verlaub, ist das der Dame Ernst?«, wackelten die Backen hin und her.

»Wenn ich mich einmischen dürfte, das ist er in der Tat. Seien Sie so gut und erfüllen meiner werten Begleiterin den Wunsch.« Emmerich stand auf, drückte dem Kellner etwas Goldgedecktes in die Hand und verabschiedete sich zur Toilette.

Als er an den Tisch zurückkehrte, blickte Marie nicht auf und Emmerich blieb auf dem Fleck stehen. »Teuerste Qualmfee, haben Sie mir etwas mitzuteilen?«

Er deutete auf die dampfende Tasse Kaffee, den vollen Suppenteller und zuletzt den flachen Teller daneben, auf den das Gegenteil zutraf. Leer, nicht einmal der kleinste Krümel zierte ihn. Die Gabel lag quer auf dem Tisch, was eindeutig von ihrem Gebrauch kündete. Der Ermittlergeist schläft eben niemals.

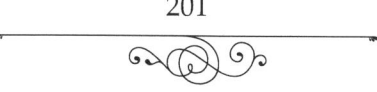

»Ich … also … die Gabel … sie ist … ich wollte nur. Sie ist in den Kuchen gefallen, das war unschön, um den Anblick für Sie zu heben, habe ich sie an mich genommen. Da hing aber ein Stück dran und das habe ich dann … aus Versehen … ich weiß selbst nicht, wie es in meinen Mund gelangen konnte …«

Emmerich fuhr sich über das Kinn. »Und dann hat sich dieser Vorgang wiederholt?«

Marie nickte.

»Mehrfach?«

Die Qualmfee hielt die Lider niedergeschlagen. »Ich fürchte, ja.«

Emmerich zupfte sich am Ohr. »M-hm, ich habe schon des Öfteren von derlei Vorkommnissen gehört. Die berüchtigte Wirkung warmen Apfelkuchens auf die Sinne einer Qualmfee. Vielleicht sollte ich eine Abhandlung zu dem Thema verfassen. Fürs Erste jedoch hätte ich gerne …«, er winkte den Kellner herbei, »… zwei Stück warmen Apfelkuchen bitte, eines für mich und das andere für die Dame, wenn's recht ist.«

Der Ober nickte und watschelte davon.

»Danke, Erasmus.«

Marie saß über ihrem vierten Stück Apfelkuchen, genoss, wie der warme Teig an ihrem Gaumen zerging und die saftigen Fruchtstücke zwischen ihren Zähnen zerplatzten. Das Zimtaroma hatte längst Bier und Knoblauchwurst aus ihrer Nase gescheucht und sich selbst häuslich darin eingerichtet. Sie rührte mit dem halb geschmolzenen Eiszapfen in ihrer Tasse und lauschte Emmerich, während der sich abmühte, nicht an seinem zähnelähmend klebrigen Lebkuchenmatschkaffee zu ersticken.

Über silberne Locken, die irgendwo in Hamburg unterwegs sein mussten, waren sie somit auch nicht hinausgekommen. Es führte kein Weg an Kupferstichs Telegramm vorbei, hoffentlich konnte er sich erinnern. Sonst würde am Morgen die Suche nach dem Haar im Heuhaufen erfolgen.

Emmerich gähnte hinter vorgehaltener Hand. »Pardon!«

Marie schluckte den letzten Bissen hinunter. »Wir sollten nach Zinoberius sehen gehen. Ich glaube, ich werde ihm ein Stück Kuchen einpacken lassen.«

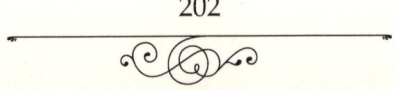

»Nehmen Sie zwei oder besser noch gleich drei, sonst haben Sie schon alles selbst verzehrt, bevor wir bei dem Zinnmann angelangt sind.«

»Pfft.« Marie presste die Lippen aufeinander und stand auf. Sie strich ihren Rock glatt und stolzierte zur Theke, nicht jedoch ohne Emmerich zuvor düster über die Schulter anzublitzen.

Der Detektiv fragte sich, ob das wohl einer dieser Momente war, der den Ausruf »Frauen!« rechtfertigte, den er so oft vernommen, doch nie recht verstanden hatte. Aber er entschied sich dagegen, »Qualmfee!« erschien ihm wesentlich angebrachter, auch wenn mit ihr in Qualmgestalt die nächsten Stunden nicht zu rechnen sein konnte.

Emmerich stand auf, als Marie zurückkehrte, und hielt ihr den Mantel auf.

»Erasmus?«

»Ja bitte?«

»Das ist Ihrer.«

»Oh. Äußerst scharfsinnig, Marie.« Er schlüpfte selbst hinein und bot der Qualmfee ihren eigenen. Den Kuchen zwischen den Händen hin und her balancierend, ließ sie sich einwickeln und stapfte an Emmerichs Arm in den Schnee hinaus.

Die weißgraue Pracht knirschte unter ihren Sohlen, als sie die Straße überquerten. Marie hob den Blick. Sterne funkelten am klaren Himmel, nun da der Schnee sein Fallen eingestellt hatte und zu einem anderen Gebiet abberufen worden war. Frankreich vielleicht.

Die eisige Kälte suchte und fand ihren Weg, unter Maries dicken Mantel zu schlüpfen. Die Qualmfee bibberte. Gut, dass sie die Nacht im Warmen verbringen würden.

Als sie die Zimmertür erreichten, wollte Emmerich den Schlüssel mit einem Klacken im Schloss drehen, doch sein Blick blieb stattdessen an Kratzspuren hängen und verheddarte sich beinahe. Schließlich stieß er die Tür auf, und Marie erwartete bereits, dass er beiseitetreten würde, um sie einzulassen, doch nichts Dergleichen geschah. Er stand bloß da, dann marschierte er wortlos ins Zimmer und sog die Luft ein.

Zwei Federn lagen auf dem Boden, ein umgekipptes Tintenfass und eine schuppige, zitternde Kugel. Emmerich

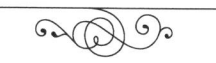

sank auf die Knie, entsicherte den Metallverschluss des äußeren Tubickelrings, und die Kugel entrollte sich schnatternd, umkreiste ihn und fuhr Marie zwischen den Beinen hindurch, wo sie sich im Rock versteckte.

»Wer dreht denn einen Pickator auf den Rücken und verhakt ihn in seiner Transporteinstellung?«

»Jemand, der nicht angepickt werden möchte, während er dessen Herrchen entführt«, antwortete Emmerich und zog die Augenbrauen zusammen. Er hob die tintenlose Feder auf und zeigte sie Marie, die prompt den Kuchen fallen ließ.

Picker entging das gefundene Fressen, stattdessen starrte er aus den Rockschößen hervor zwischen den beiden hin und her und piepte leise. Als sie nicht reagierten, zuckelte er durch den Raum, als suchte er Zinoberius, um kurz darauf wieder den Schnabel an Maries Rock zu reiben.

»Schon gut, Picker, wir finden ihn, uns wird schon etwas einfallen.« Sie biss sich auf die Unterlippe. »Muss es einfach.«

Doch der Pickator hörte nicht auf, bis sie ihn anschaute.

»Was hast du denn da?«

Auf seiner Schnabelspitze steckte ein abgerissenes Stück dünnen Pergaments. Darauf prangten zwei verwischte Worte: *Wobbly Dick.*

15
Stets vorerfunden ist
halb ~~explodiert~~ präpariert

»Er wird zum U-Boot-Wal gebracht? Und ich kann mich mit dem vollen Magen nicht auflösen. Wie sollen wir denn unbemerkt auf einem bewachten Gelände eindringen? Nicht mal schweben kann ich.«

»Nun ja, aber ich«, warf Emmerich ein.

»Sie?«

»Jawohl.« Er durchsuchte seine deutlich mehr als sieben Sachen auf dem Bett, pfriemelte den Spazierstock hervor und ein weiteres Ass aus dem Hut, das den faltbaren Häuten glich, die Marie schon bei ihrem Aufbruch missfallen hatten.

»Ich weiß nicht.«

»Uns bleibt keine Wahl. Das hier«, begann er die Häute auszuklappen, »wollte ich immer schon mal ausprobieren. Sehen Sie, Marie, nun zahlt sich meine weise Voraussicht, immer auf alles vorbereitet zu sein, aus.«

»Fragt sich bloß, worin diese Auszahlung besteht. Hoffentlich sind es nur gebrochene Knochen«, murmelte Marie. Eines musste sie jedoch zugeben zu bedauern, wenn sie an den Schneemarsch dachte, der ihr nun bevor stand. Zu schade, dass Emmerich die Schneestelzen noch nicht repariert hatte, *die* hätten nun tatsächlich von Nutzen sein können.

»Picker bleibt hier, Marie, wir brechen auf!« Damit warf der Detektiv ihr seinen Stock zu und schritt voran.

»Und das Telegramm?«

Emmerich erstarrte, ein Bein in der Luft. »Das wird schon nicht schlecht.« Er setzte es ab und hob das nächste.

»Aber die Beschreibung, wie sie aussieht.«

Wieder hielt er unfreiwillig inne, als hinge er am Seil eines sadistischen Marionettenspielers. »Wie viele Frauen wird es denn geben, die einen Zinndichter mit sich führen? Diejenige, die aussieht, als habe sie Zinoberius, ist die Richtige.«

205

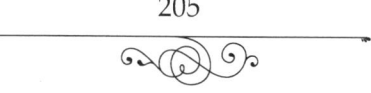

Da wollte selbst Marie nicht widersprechen, was Emmerich ausnutzte, um hinaus zu traben. Die Qualmfee beeilte sich mitzuhalten und zog die Tür hinter sich zu. Das angekratzte Schloss klickte nicht.

II. Teil

Jagd auf der Wobbly Dick

1
Da guckst du in den Lauf

Der in einen dicken Mantel gehüllte Schatten löste sich von der letzten Hausfassade weit und breit und glitt lautlos durch die Nacht auf den Feldweg zu. Der schneebedeckte Pfad öffnete sich vor ihm, hier und da gesäumt von einigen Baumgruppen. So huschte er von einer zur nächsten, zur übernächsten, bis ein knatternder Knall ihn innehalten ließ.

Beinahe hätte er den länglichen Gegenstand fallen lassen, den er bei sich trug. Er klemmte ihn sich wieder unter die Achsel und richtete den Blick in den sternenklaren Himmel. Er konzentrierte sich auf eben jene Stelle, in der er den Ursprung des Geräuschs vermutete, und sah prompt einen schwarzen Punkt auf sich zu stürzen, der einen grauen Striemen hinter sich her zog und gehörig Fall aufnahm. Der Punkt gewann zunehmend an Größe und entpuppte sich schließlich, nach einem dumpfen Plumps in den Pulverschnee, als Erasmus Emmerich.

»Immer noch so froh, das Bat-Pack mitgenommen zu haben?«, fragte der Schatten.

Statt einer Antwort brummelte Emmerich nur unverständlich vor sich hin, rappelte sich allerdings bereits wieder hoch und streifte die soeben nutzlos gewordene Erfindung ab. Die Flügelmechanik war erstarrt, das Gestell verbogen. Flugs machte er sich daran, es in einer nahen Schneewehe zu vergraben.

»Haben Sie sich etwas getan?«

»Ich? Ach wo, ich hielt es … lediglich für sicherer doch schon hier zu landen, bevor noch eine Wache der Umzäunung auf uns aufmerksam wird«, keuchte er zwischen bläulich angelaufenen Lippen hervor. Emmerich streckte die Hand aus, und Marie übergab ihm seinen Spazierstock.

»Sie meinen, auf *Sie* aufmerksam geworden wäre. Ich für meinen Teil verstehe es, mich selbst auf knirschendem Neuschnee absolut unauffällig durch die Dunkelheit zu bewegen. Für das bloße Auge kaum mehr als ein Schatten und nicht einmal das, wenn …«

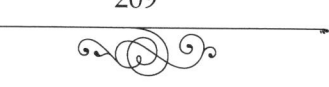

Auf den Stock gestützt richtete Emmerich sich auf und hob die freie Hand. »Schon gut, Qualm- oder sollte ich dieser Tage doch besser *Schatten*fee sagen?«

Sie schenkte ihm einen finsteren Blick, der noch dunkler schien als die sie umgebende Nacht. Wenn man einmal vom Sterne lichterloh reflektierenden Schnee absah.

»Jedenfalls, meine werte Marie, bin ich mir Ihrer Qualitäten durchaus bewusst.«

Marie verschränkte die Arme vor der Brust und ließ den Hauch der Finsternis durch ihre Augen tanzen, bevor sie entschied, dass das in Emmerichschen Parametern als Fortschritt zu verzeichnen war. »Außerdem«, griff sie den gedanklichen Vorwurf wieder auf, der ihr kurzzeitig abhandengekommen war, »habe ich Ihnen von Anfang an gesagt, Sie sollen nicht zu dicht am Ziel landen. Dass es immer erst den Ausfall Ihrer Erfindungen benötigt, damit Sie mal auf mich …«

Wieder wurde sie unterbrochen, dieses Mal allerdings von Schüssen, deren Widerhall in ihren Ohren klingelte. Schnell folgten darauf raue Stimmen. Die Wachen.

»War wohl noch zu nah«, flüsterte Marie.

»Kommen Sie! Hier herüber!« Damit packte Emmerich Marie auch schon beim Arm und tauchte mit ihr inmitten einer der Baumgruppen ab.

Keine Sekunde zu früh. Zwei Männer mit Gewehren und Gaslaternen kamen in Sicht. Die Lichtkegel hüpften und schaukelten ihnen voran den Feldweg entlang.

»Hier muss das Ding runtergekommn sein.«

»Biste sicher?«

»Aber wenn ich's dir doch sagen tu. Eine Mordsfledermaus, Mann. Ich wollt' se grad abknalln, da ist das Vieh schon wie'n Brocken vom Himmel gefalln. Wusch, Inferno!«

»Wieso? Hat se gebrannt?«

»Nee, Mann, das nich! Nur gequalmt wie son Otto.«

»Dann war es auch kein Inferno.«

»Njo, also ich hab dann meine Flinte so angeguckt, ne?! Aber die war's nich gewesn, echt jetz. Noch voll geladen. Muss hier irndwo sein, das Teil.« Seinen Worten ließ er Drehungen um die eigene Achse folgen, die Augen auf den Boden geheftet.

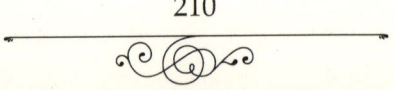

»Haben Sie das gehört? Man hätte Sie erschossen, wenn Ihre Maschine denen nicht zuvorgekommen wäre«, flüsterte Marie unterdessen an Emmerichs Ohr.

»Und da schimpfen Sie immer, dass sie nicht funktionieren.« Unweigerlich musste Marie schmunzeln.

»Dabei hat uns genau diese nette Nebenwirkung schon wiederholt das Leben gerettet. Sparen Sie sich also Ihren finsteren Blick für einen Moment auf, in dem ich ihn besser würdigen kann. Schließlich hat man mich ja nicht erschossen.«

»Noch nicht, aber was nicht ist …«, murmelte Marie und drückte sich tiefer zwischen die Stämme.

»Jedenfalls ist hier nix. Ich sage, deine Augen haben dir nen Streich gespielt. Riesenfledermaus, wieder so ne Macke von dir«, wandte sich der seiner Armada von Brustabzeichen nach Ranghöhere der beiden Wächter zum Gehen.

Marie war einen Augenblick lang versucht geräuschvoll aufzuatmen, als sein Untergebener Ersteren zurückhielt. »Warte ma!« Er deutete auf etwas ganz in der Nähe von Emmerich und Maries improvisiertem Versteck. »Fußspurn.« Ein Lächeln entblößte sein lückenhaftes Gebiss.

Die Qualmfee warf einen Blick auf die sich nähernden Gewehrläufe und seufzte innerlich. Jetzt kauerte sie hier in der Eiseskälte, dicht an Erasmus gedrängt, der nach wie vor seine Finger um ihren Arm geschlossen hielt, in der freudigen Erwartung wohl gleich erschossen zu werden. Und was würde dann aus Zinbi in der Gewalt der verteufelten Drahtzieherin? Als hätte sie ihnen nicht schon genug angetan. Vielleicht war der tapfere, kleine Kerl ja auch schon längst … *NEIN!* Daran durfte sie erst gar nicht denken. Nicht eine Sekunde lang.

Dieser ganze Schlamassel war vermutlich ihre eigene Schuld. Hätte Emmerich sie nicht davon abhalten können den ganzen Apfelkuchen zu verspeisen? Sie wollte ihn buffen. Nein, er hatte es versucht, sie hätte selbst disziplinierter sein müssen, aber dieser köstliche Duft … passend zum Eiskaffee. Wenn hier einer gebufft gehörte, dann war das nur sie selbst. Sie buffte Emmerich. Trotzdem. Bloß für den Fall, dass sie es bald nicht mehr konnte.

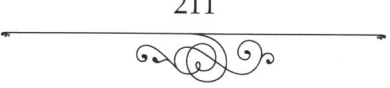

Emmerich wandte ihr den Blick zu und hob eine Augenbraue. Sie zuckte die Schultern und lächelte.

Als sie ihre Köpfe wieder nach vorn drehten, starrte jeder von ihnen in den Lauf einer Flinte. *Na, großartig, immerhin für jeden eine.*

2
Untergang mit Universum

»Los, aufstehn!«, grollte der Fledermausseher.

Marie hätte zumindest versuchen können, ob sie sich nicht bereits wieder in Rauch auflösen konnte. In dem Fall hätte sie es tun und davonwirbeln können. Ebenso wie Emmerich es ihr wenige Sekunden zuvor zugeflüstert hatte, nachdem ihr unauffälliger Rückzugsversuch um die Bäume herum an einem Sturz in den dahinter befindlichen Graben gescheitert war. Doch sie dachte gar nicht daran, den Sturkopf noch einmal alleine zu lassen. Zu oft waren sie während dieses Abenteuers schon getrennt unterwegs gewesen und zu oft hatte es beinahe in einer Katastrophe geendet. Sie presste die Lippen aufeinander und reckte das Kinn hervor. Nein, auf keinen Fall würde sie ihm von der Seite weichen. Dieses Mal nicht. Schon gar nicht, wenn zu befürchten stand, dass er an Bord der Wobbly Dick überallhin verschleppt werden könnte. Bevor sie sich das entgehen ließe, würde sie lieber an seinem Arm erschossen werden.

Sie stand auf, während Emmerich zum wiederholten Male den Pulverschnee von seiner Garnitur klopfte, einen hastigen Schritt aus dem Graben tat und sich vor sie schob. »Meine Herren, ich bitte Sie, was sind denn das für Manieren? Eine unbewaffnete Dame derart zu bedrohen.« Hinter seinem Rücken händigte er Marie einen kleinen Gegenstand aus, der kühl in ihre Hände fiel und sich als Ring mit eisernem Aufsatz enthüllte.

»Treten Sie zur Seite. Sofort!«, schaltete sich der Ranghöhere ein.

Marie schloss die Finger um den kalten Ring und ließ sich neben Emmerich zwischen den beiden Wächtern vorwärts treiben. Der Hochdekorierte hielt eine Flinte auf ihren Rücken gerichtet, während der andere mit den Laternen voranschritt. Zügig näherten sie sich ihrem Ziel.

Der vorauseilende Lichtkegel wurde schließlich von dem aufragenden Drahtgebilde zerschnitten, als die Umzäunung in Sichtweite kam. In einiger Entfernung dahinter konnten sie bereits Wasser gegen Stein platschen hören. Wenigstens mussten sie sich nicht mehr den Kopf darüber zerbrechen, wie sie das

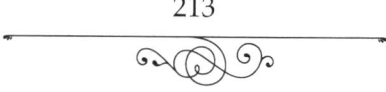

gesicherte Gelände betreten sollten. Sie würden ganz einfach das Gittertor passieren, das der Vordermann nun entriegelte. Quietschend schwang es nach innen.

Marie strich mit den Kuppen über den Ringaufsatz und ertastete ein bewegliches Rädchen. So leise wie die innere Stimme ihrer Gedanken klickte es. Die Wächter konnten es unmöglich gehört haben, und doch blieb der Mann hinter ihnen genau auf Höhe der Torschwelle stehen. »Halt!«

Die Qualmfee wagte es, den Kopf halb zu ihm umzudrehen, nur um zu sehen, wie er sich selbst den Hals verrenkte, als er sich umschaute und ein paar Schritte von ihnen entfernte. Da hörte sie es auch. Unter dem Rauschen und Schwappen des Hafenbeckens vernahm sie ein Rattern, das sich stetig näherte. Dann ein leichter Druck auf ihrem Arm.

»Betätigen Sie den Mechanismus. Jetzt!« Emmerich schritt durch das Tor und fegte mit seinem Stock den verdutzten Untergebenen von den Füßen. Die Laternen glitten ihm aus der Hand und ihr Glas zerschellte am gefrorenen Boden.

Marie schob den Ring auf, richtete den Aufsatz gegen den verbleibenden Wächter in der Dunkelheit und drehte am Rad. Ein Geschoss löste sich mit einem Knall, platzte unterwegs auf und heftete sich als faseriges Netz an den Rücken des Flintenträgers.

Der schrie auf. »Uuaah, was ist das? Nehmt es von mir! Nehmt es von mir! Dieser … Gestank. Na, wartet!«

Obwohl ihm die Intensität des Geruchs bereits die Sinne vernebelte und seine Hände zittern ließ, hob er taumelnd die Flinte und richtete sie auf Marie. Emmerich ergriff sie beim Arm, als das nahende Rattern schnurstracks unter der Wache hindurch sauste und damit auch die letzte verbliebene von den Beinen holte. Bevor sie Bekanntschaft mit der Schneedecke schloss, schrie sie ein heiseres »ALARM!« heraus.

Schritte polterten und blasse Lichtkegel flammten auf. Das alles konnte den rasenden Wirbelwind von Pickator jedoch nicht davon abhalten, sich wieder seinen Freunden anzuschließen, die über das Gelände rannten. Er umkurvte den Leib des vorangegangenen Wächters und setzte ihnen mit dampfendem Auspuff nach.

Marie rannte neben Emmerich her. »Und was war das nun für ein Geschoss?«

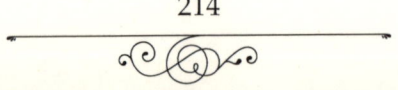

»Das Netz der Schande!«

»Und die müffelt so?«

»Och, wenn sie aus gewobenem Guanokonzentrat besteht …«

Marie nutzte die knappe Luft, um zu kichern. »In welche Richtung müssen wir eigentlich?«, keuchte sie.

»Sehen Sie einen U-Boot-Wal?«

»Wenn ich das täte, müsste ich nicht fragen!«

Unter den vertäuten Silhouetten stählerner Giganten, die im Hafenbecken lagen, konnte keiner von ihnen eine Schwanzflosse ausmachen. Die Umrisse hölzerner Gestelle liefen hingegen über mehrere Stockwerke an den Stegen und verschiedenen Gebäuden entlang. Dazwischen stapelten sich Kisten in die Höhe.

Ein Schnattern ertönte links von ihnen und verlangsamte die Schritte der beiden Suchenden.

»Picker! Auch wenn du im Zimmer warten solltest, bin ich froh, dich zu sehen. Danke.«

»Dafür ist jetzt keine Zeit«, wandte Emmerich ein. »Wir müssen hier weg, bevor die uns schnappen.« Er deutete auf den Strom von Wächtern, der sich aus Gebäuden von verschiedenen Seiten hinter ihnen ergoss.

Picker piepte und hackte nach Emmerichs Schuhspitze. Dann ruckte er mit dem Krähenschädel.

»In Ordnung. Schlimmer werden kann es nicht. Tucker schon los, wir folgen!«

Marie sah den Detektiv mit großen Augen an, bevor sie dem ratternden Pickator hinterher spurtete.

Im Zickzackkurs ging es um Kisten und lose Planken, vorbei an Stahlkolossen und Baracken, die die Sicht auf das Wasser vereitelten. Dann nahm der Pickator eine Anhöhe, die sie geradewegs auf eines der hölzernen Gerüste zuführte, das im Nichts über dem Hafenbecken zu enden schien.

»Das ist eine Sackgasse!«, rief Emmerich. »Wir kehren um, das Pickadings ist irre, kein Wunder bei seinem Erfinder.«

»Können wir nicht. Die sind schon hinter uns!«, schrie Marie über die schweren Schritte der Verfolger und das Platschen auf Stein hinweg. Sie befanden sich nun gute drei Meter über dem Wasserspiegel und hielten direkt auf einen Stapel Holzbretter zu.

»Dann auf den Steg!«

»Nein, sehen Sie doch, Erasmus!«

Parallel zum Steg, und Picker einige Schnabellängen voraus, spaltete der Rücken eines grauen Riesen die sternengesprenkelte Wasseroberfläche.

»Die Wobbly Dick! Sie hat abgelegt!«

Eine gigantische, mechanische Schwanzflosse senkte sich und verschwand gischtspritzend in der Tiefe.

Picker stand nun am Rand des Holzgerüsts und piepte. Emmerich schloss auf, griff nach einer Holzplanke und schob sie über das Gerüst hinaus. »Los, aufsteigen!«

»Aber Erasmus, das Wasser ist eiskalt, und selbst wenn wir die Dick erreichen sollten, sie ist stahlhart … das ist Selbstmord.«

»Noch eine Variante mehr auf Ihrem Todeskonto, was soll's?« Emmerichs Augen glitzerten mit den Sternen um die Wette.

Stimmen donnerten Befehle, und Schüsse knallten durch die fackeldurchwobene Dunkelheit. Das Grüppchen der Verfolger teilte sich. Einige hielten weiter auf Emmerich und Co. zu, während die anderen am Ufer der Wobbly Dick nachjagten.

»Erasmus …!« Der Rest blieb Marie im Halse stecken, als Emmerich ihr den Pickator in den Arm drückte, seinen um ihre Hüfte legte und sie auf die kippelnde Palette bugsierte. Mit dem anderen nahm er den Stock und stocherte und drückte und murmelte.

»Man muss doch hier … nur mal eben …« Er sprang noch einmal ab, lief auf dem Gerüst zurück direkt den Verfolgern entgegen und schraubte an dem Gestell herum. »Wie wäre es, wenn man hier …?«

Ein Knacken antwortete ihm vorzeitig. Und damit gab das vorlaute Ding noch längst keine Ruhe. Es rief seine gesamte Familie zusammen. Selbst Urgroßmutter Knack und Nichte Quietsch kamen dazu, und gemeinsam knackten und knirschten sie, bis Risse im Holz und eine Bruchkante im Gerüst erschienen.

»Hoppla«, kommentierte Emmerich geistesgegenwärtig, wie er fand. »Aber so geht es auch.« Er rannte zu Marie und hechtete erneut auf die schwankende Bohle.

Marie folgte dem entstehenden Schlitz mit den Augen, dann splitterte Holz, und sie befand sich mit Pickator und Tüftler im Sturzflug nach unten. Na ja, zunächst brach der Gerüstteil

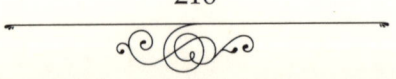

ab und sie schlitterten vorwärts. Erst dann neigte sich das Holzbrett gänzlich, rutschte vor, sauste vom Gerüst und fiel samt armrudernder Fracht nach unten.

Das Universum holte tief Luft …

Sie fielen, fielen, fielen.

… und atmete langsam aus.

Dann … surften sie?

In der Tat. Ein beständiger Luftstrom erfasste die Bohle und verlieh ihr Auftrieb. Auf einer warmen Woge glitten sie am Steg vorbei, trieben in sanftem Sinkflug über das Wasser und dockten schließlich mit einem Klong an Bord der Wobbly Dick an. Das andere Ende der Planke schlug im Wasser auf und verstreute Tropfen in sämtliche Richtungen. Vor allem nach oben.

Emmerich fuhr sich mit der Zungenspitze über die Lippen. »Mmh, salzig.«

Marie verdrehte die Augen und hielt sich am zitternden Pickator fest.

Das Universum strich sich die Schweißperlen von der Stirn und fiel beinahe in Ohnmacht, als es sich gestattete, endlich wieder einzuatmen.

Emmerich tappte derweil mit rudernden Armen über den frisch verlegten Steg.

»Lassen Sie mich raten, das war natürlich so beabsichtigt?« fragte Marie, als sie ihm mit wehenden Rockzipfeln hinterher balancierte.

»Nun ja. Ja. Etwas anders war es, zugegeben, schon geplant, aber es war doch ein netter, absolut erwartungsgemäßer – sofern man es denn vorher durchdacht hätte – Nebeneffekt.« Er rieb sich die Hände. »Kernpunkt ist, wir sind an Bord. Und leben tun wir auch noch.«

»Gut, dass das bei Ihnen an letzter Stelle kommt. Mit dem Leben.«

»Hmm, hmm«, hörte Emmerich schon gar nicht mehr zu. Mit beiden Händen umklammerte er ein eisernes Rad und ächzte und zog und ächzte noch mehr – allerdings völlig lautlos und damit auf einzig Ehrenmann gebührliche Weise. »Marie, ich würde munkeln und meinen, dass wir uns nun wirklich hineinbegeben sollten.«

Leider musste sie ihm da Recht geben. Das Wasser platschte bereits gegen die Schornsteine des U-Boot-Wals und begann ihre Schuhsohlen zu umspülen. Ganz eindeutig, die Wobbly Dick tauchte ab.

Die Qualmfee setzte Picker runter, ging selbst in die Hocke und legte die Hände neben Emmerichs. Anstatt jedoch mit sämtlicher Kraft zu ziehen, drehte sie an dem Rad. Ein sandiges Knirschen erklang. Sie fühlte, wie es nachgab, sich unter ihrem Griff lockerte, und drehte weiter, bis Emmerich die Klappe mit einem Ruck öffnen konnte. Ein kleines Rinnsal wagte sich ihnen voran und ergoss sich über den Rand die Trittstufen hinab ins Innere des U-Boot-Wals.

Emmerich stieg zuerst hinterher und reichte seine Hand hoch, um Picker entgegenzunehmen. Marie folgte und zog über sich an der Klappe. Mit einem dumpfen Knall schlug sie zu und rastete schmatzend ein, als die Qualmfee das innere Rad betätigte. Beide Geräusche pflanzten sich über die konkaven Wände fort und hallten wie die Schatten echoender Gespenster von den röhrenverästelten Innereien des U-Boot-Wals wider. Sehen konnten die Herr-, Fee- und Pickatorschaften davon allerdings nichts, denn die Klappe hatte sämtliches Sternenlicht ausgesperrt.

Marie tastete nach den rauen, nunmehr feuchten Sprossen, während sie gegen die allumfassende Schwärze anblinzelte und versuchte, gegen jedwede Rationalität, etwas zu erkennen. Und prompt war es jenes Etwas, das ihren ausgestellten Rock streifte. Ein spitzer Schrei stahl sich in ihre Kehle, aber sie entsann sich gerade noch rechtzeitig, kein kleines Mädchen mit Zöpfchen sondern eine finstere Qualmfee zu sein, und ließ ihn nicht frei.

Der Schrei fluchte leise und zog sich wieder in das Nichts zurück, aus dem er sich manifestiert hatte. Das Nichts wiederum freute sich über das unerwartete Wiedersehen und schloss ihn in seiner Umarmung ein.

Marie, die von alledem nichts mitbekam, sah unterdessen einen winzigen Punkt aufflimmern, bis sie registrierte, dass das keine Angewohnheit von Punkten, wohl aber von Lichtern war, und das Glimmen gleich als solches identifizierte.

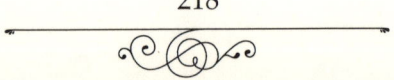

Ein Schaben, gefolgt von einem Surren ganz in ihrer Nähe, und das Licht wuchs. Und mit ihm auch seine Reichweite. Als es endlich ausgewachsen war, gab es auch seine Quelle preis, und die entspross nichts anderem als Emmerichs Hand. Er öffnete die Handfläche, und vor ihm in die Luft flatterte ein sirrendes Insekt, das mit seinem leuchtenden Unterleib und den papierdünnen Flügeln einem überdimensionalen Glühwürmchen ähnelte.

»Darf ich vorstellen? Mein Glühwürmel 8.0, Qualmfee und Pickator. Qualmfee und Pickator, Glühwürmel 8.0.«

»8.0? Was ist mit den sieben Vorgängern passiert?«, fragte Marie und sprang von der letzten Sprosse platschend in das Pfützenüberbleibsel des kleinen Ozeanvorfalls.

Emmerichs Augen verengten sich. »Das wollen Sie nicht wissen.«

Picker puffte ein Wölkchen aus.

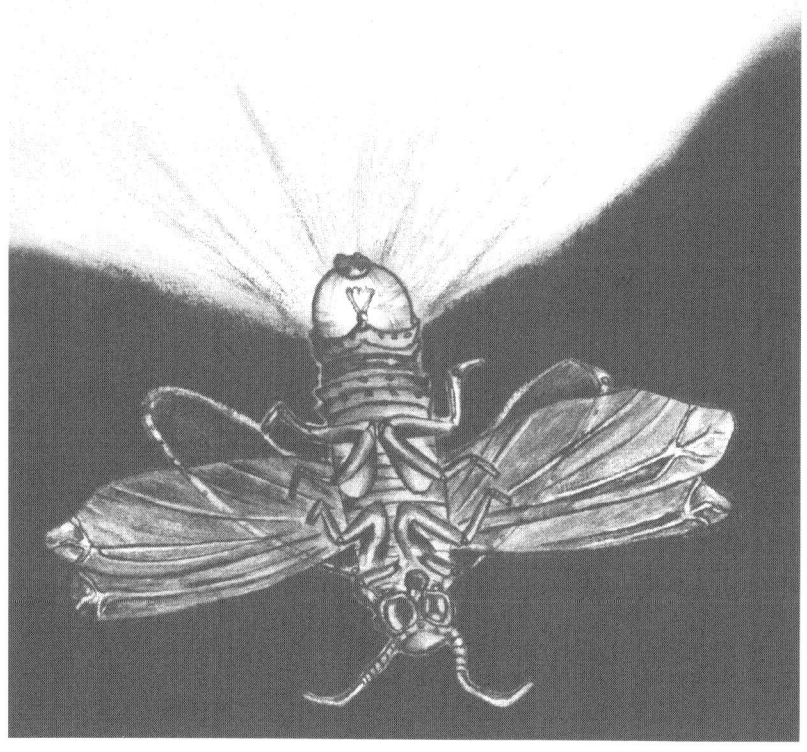

3
Fiffy und der Schoßhai

»Apropos, nicht wissen wollen, Sie hatten doch nichts mit dem Bau dieses U-Boot-Wals zu tun, nicht wahr?«, fragte Marie und folgte der abknickenden Hauptröhre, die sie immer tiefer in die Gedärme des mechanischen Meeressäugers führte. Das flatternde Licht des Würmels erhellte die erstaunlich warme Umgebung und schien mit der Zeit gar immer heller zu werden, als lüde es sich durch das eigene Flattern selber auf.

Emmerich musterte derweil eingehend das Rohr. Es schien aus einer glasähnlichen Konsistenz zu bestehen und gab den Blick auf Krill und Plankton frei. Das erklärte die seeige Duftnote unter Deck, die sich federleicht auf das Bouquet von Schmieröl und Fisch vom Vortag eines besonders heißen Sommerabschnitts legte. Er klopfte mit den Knöcheln gegen das Möchtegernglas, als ein kleines Fischchen vorüber trieb, und ahmte dessen ploppende Maulbewegung nach.

»Erasmus, ich habe Sie etwas gefragt.«

»Oh, Verzeihung, ich war in meine Studien vertieft.«

»Sie haben Fischgeräusche nachgemacht, falls man dabei überhaupt von Geräuschen sprechen kann.«

»Studis lengua animaliis!«

»Die haben Sie sich gerade ausgedacht!«

Emmerich zuckte die Achseln. »Doch wer kann das schon so genau wissen, nicht wahr?! Wie dem auch sei, was begehrten Sie noch gleich in Erfahrung zu bringen?« Er schob seinen Hut zurecht und wandte sich ihr zu.

»Ich fragte, ob Sie in irgendeiner Weise am Bau dieses Unterwasser-Wals beteiligt waren? Die Antwort lautet Nein, oder?« Marie kreuzte die Finger.

»Nun, die Konstruktionspläne wurden mir vorgelegt, und ich hätte eine Menge Verbesserungsvorschläge eingereicht, wenn mich dieser Fuscher Wellwatt Geiger nicht ausgebootet hätte.« Emmerich schüttelte die Faust gen Himmel. Natürlich nur innerlich. Äußerlich war er die glatte Ruhe selbst.

»Ausgebootet, der war gut, das muss man Ihnen lassen.«

221

Emmerich setzte zu einer Erwiderung an, musste sich dann aber mit dem Stock zwischen den Rohren verkeilen, um nicht ins Stolpern zu geraten. Picker hatte weniger Glück und rollte unkontrolliert den Gang entlang, während der Wal sich ruckartig hob und senkte. Für einen Wimpernschlag war es, als pulsierten die Wände. Ein Zucken lief über die Oberfläche, und Marie konnte dem Drang nicht widerstehen die metallene Oberfläche zu berühren. Sie erwartete auf kalten, harten Widerstand zu treffen, stattdessen gab die Schicht unter dem Kontakt leicht nach und fühlte sich ebenso warm an wie die Umgebung. Fast wie … Fleisch. In dem Moment schallten hochfrequente Pfeiftöne durch die Eingeweide der Wobbly Dick. Dicht gefolgt von gurgelndem Grollen.

»Erasmus … ich glaube, sie lebt.«

Picker kam mit gesenktem Auspuff den Gang zurück gerattert und barg seinen Kopf unter Maries Röcken.

»Was haben *Sie* denn gedacht? Der höchste Standard der Biolonik. Oder das wäre er, wenn man meine Entwürfe berücksichtigt hätte.«

»Da sagen Sie etwas. Ich darf also davon ausgehen, dass Sie mit dem Bau selbst nicht das Geringste zu tun hatten?«, wiederholte Marie zur Flucht bereit, und wenn sie dazu den gesamten Ozean durchtauchen müsste.

Emmerich schüttelte den Kopf und wankte weiter durch die matrosenleeren Gänge. »Seltsam.«

Die Haltung der Qualmfee entspannte sich. »Fürs Protokoll, Sie haben keinen einzigen Finger daran angelegt?«

»Wer führt denn hier Protokoll?«

»Emmerich, konzentrieren Sie sich aufs Wesentliche.«

»Tu ich doch.«

»Nein, eher selten.«

»Und wie, meine Teure, löse ich dann bitteschön jeden Fall?«

»Genial auf Umwegen«, mischte sich ein Brummen ein und kam um die vor ihnen liegende Biegung gestapft. Das Duo blickte in die tiefblauen Augen des – der Kopfbedeckung zufolge – Kapitäns.

»Wie er sagt«, stimmte Marie zu. »Das trifft's ziemlich gut, aber bevor es hier nun in Vorstellerei ausartet, Erasmus, erwarte ich Ihre Antwort.«

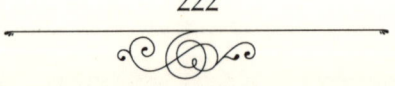

»Welche?«

»Die, die Sie mir schulden. Was ist nun, haben Sie oder haben Sie nicht während der Bauphase des U-Boot-Wals …«

»Der Wobbly Dick«, unterbrach der Kapitän mit erhobenem Zeigefinger, trat dann aber geduckt zurück, während er eine Entschuldigung vor sich hinmurmelte.

»… Ihre Finger im Spiel gehabt?«, beendete Marie ihren Satz. »Und unterstehen Sie sich, zu fragen *Welches Spiel?!* Sie verstehen mich sehr genau.«

Emmerich ließ die Schultern sinken und schaute auf Maries Zeigefinger, dessen Spitze sich in seine Brust bohrte. Dann sah er ihr geradewegs in die Augen. »Mh, nein. Bei Bismarcks Barte, Marie, ich hatte leider absolut nichts mit dem Bau dieses mechanischen Wals zu tun.«

Sie nickte zufrieden. *Von wegen ,leider'.* Als sie merkte, dass ihr Finger immer noch Emmerichs Brust bearbeitete, nahm sie ihn fort, nicht aber ohne vorher so zu tun, als streiche sie eine Fluse von Emmerichs Revers.

Dann trat sie, die ausgestreckte Hand voraus, auf den Kapitän zu, zog sie aber schnell wieder zurück, als sie bemerkte, was er in seinem Arm und hinter seiner Schulter mit sich herum schleppte.

»Nur keine Bange.« Der Kapitän mit dem beachtlichen Backenbart lächelte wie ein Schuljunge, der dem Direktor eine Reißzwecke unter das Sitzkissen geschmuggelt hat. »Das hier sind Fiffy …« Er deutete mit dem Ellenbogen auf den hunnenhaften Hünen hinter sich, der die gesamte Breite des Durchgangs für sich in Beschlag nahm. » … und Rufus, mein Schoßhai, auf einer meiner unzähligen Reisen entdeckt. Daraus folgt unweigerlich, dass es sich bei meiner Person nur um Captain Ahab …«

Eine Pause trat ein, in der Emmerich und Marie einen Blick wechselten.

»… Spaß beiseite, Ahab, so ein Niemand, sucht verzweifelt jemanden, der sein Leben niederschreibt. Demzufolge es sich bei mir also nur um Kapitän Georg Graf Ie handeln kann. Ahoi, meine Dame, mein Herr, mein …«

Picker lugte unter Maries Röcken hervor.

»… Pickator! Ist das denn der weiße Wal?! Einen solchen bei mir an Bord begrüßen zu dürfen. Wahnsinn! Fiffy, was sagt man dazu?«

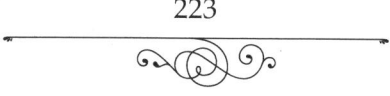

Der muskelbepackte Hüne im gestreiften Unterhemd zeigte keine Reaktion.

»Das sehe ich genauso«, pflichtete ihm Ie strahlend bei und tätschelte seinen Rufus.

»Ehm, ja, irre«, ergriff Marie das Wort. »Wir sind …«

»Na, wer der werte Herr ist, muss mir walhaftig keiner sagen: Erasmus Emmerich, zu schade, dass man Sie bei Bauaufzucht dieses Schätzchens außen vor gelassen hat. Bedauerlich! Aber folgern wir wiederum weiter, muss es sich bei Ihnen um die berühmt-berüchtigte Qualmfee handeln.« Ie nickte Marie zu und streichelte über die Rückenflosse des Schoßhais auf seinem … Arm? Erst jetzt bemerkte die Qualmfee, dass das Tier auf einer Art Wasserkissen ruhte. Unter der Berührung seines Herrchens planschte der Hai mit der Schwanzflosse und sandte Wellen über die Oberfläche, es rann jedoch kein Wasser hinab.

»Erstaunlich«, äußerte Emmerich, der diesen Umstand ebenfalls bemerkt hatte. Was allein schon ebenso erstaunlich war.

»Darf ich?« Er näherte sich dem Haifisch.

»In meinem Beisein gern, andernfalls kann ich Ihnen nur davon abraten. Rufus schnappt gegenüber Fremden und bei Bedrohung gern über … und wenn er Hunger hat und ich ihn nicht streichle und … jedenfalls streichle ich ihn ja gerade, also keine Gefahr.« Die Flossen des Hais zuckten weiterhin wohlig unter den Liebkosungen, aber seinen feuchten Augen entging nichts.

Emmerich kramte eine Lupe aus seinem Gurt hervor und hielt sie vor das Wasserbett. Graf Ie hob das Kissen an, das sofort in Bewegung geriet, hin und her, aber nicht überschwappte. Er legte es wieder auf dem Arm ab, und das Wasser umspülte in Wogen die Kiemen des Hais, bildete kleine Wellen unter den Flossenbewegungen.

»Tunken Sie ruhig einmal den Finger hinein.«

Emmerich tat, wie von Ie geheißen, und zog ihn nass wieder heraus. »Und nun meinen Arm.« Obwohl das Kissen darauf ruhte, erwies der sich als vollkommen trocken.

»Ganz und gar bemerkenswert«, quittierte der Detektiv.

»Ehm, Erasmus, das ist ja alles schön und gut, aber, wenn ich Sie daran erinnern darf, und wie Sie übrigens schon lange nicht mehr gesagt haben, wir haben einen Fall.«

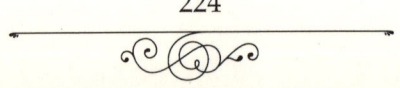

»Wie wahr, wie wahr, Marie!«

»Das trifft sich hervorragend«, schaltete sich der Kapitän ein. »Wir nämlich auch, dabei ist das gar nicht unser Metier. Umso besser, dass Sie da sind. Oder haben Sie zufällig meine Mannschaft gesehen?«

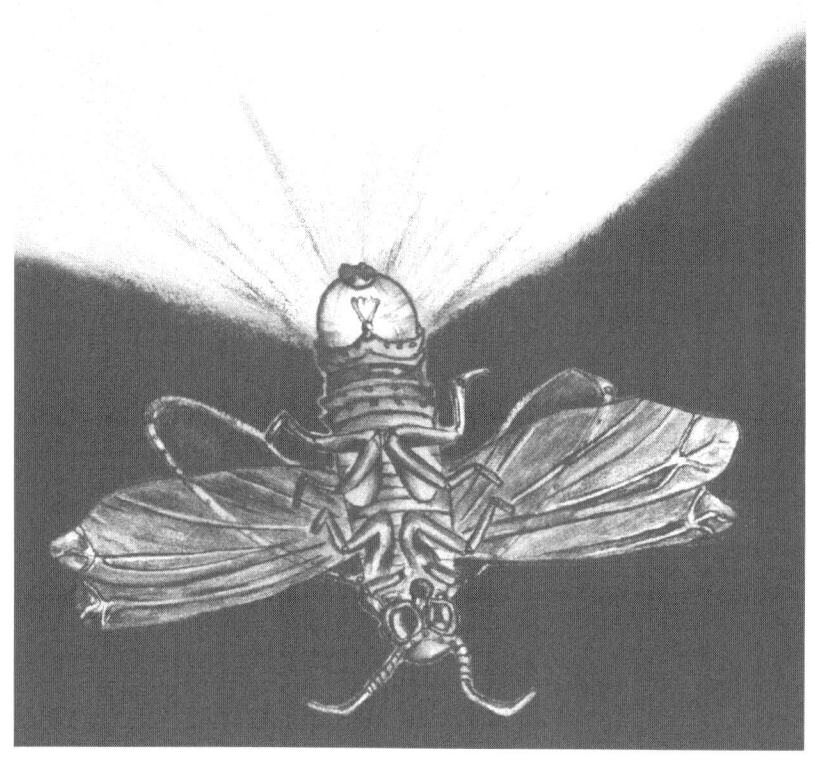

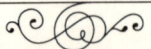

4
Matrosenlos

»Wie verliert man denn seine Matrosen?«, fragte Marie. »Und dann gleich alle auf einmal.«

»Indem man Fiffy und mich in der Kombüse einsperrt, unsere gute Wobbly Dick entführt und uns hier im Dunkeln fischen lässt. Ganz plötzlich, Zack Peng, gingen die Lichter aus. Ihr Schimmerkäfer hier ...«

»Glühwürmel«, korrigierte Emmerich.

»Aye, Glühwürmel, ist das Erste, was wir seit langem *sehen*. Wir können nur froh sein, dass noch keine Gäste an Bord waren. Mit Ausnahme von Ihnen, Poseilob oder auch Neptun zu Dank, wie man es nimmt!«

»Und wer steuert dann zurzeit den U-Wal?«, fragte Marie.

»Oh, das tut sie natürlich selbst. Sie hält den von mir vor Tagen eingegebenen Kurs. Ich bin mehr der Routenplaner, Koordinatensteuerer und Forschergeist dieses Schiffes, während Fiffy ... nun Fiffy ist. Aber selbst er hat einen Moment gebraucht, die schwere Tür aus den Spongiosaangeln zu stemmen.«

»Verstehe«, verstand Marie nicht.

Emmerich klatschte in die Hände. »Wir ergänzen unsere Suchparameter von Silberlöckchen und Zinndichter demzufolge um ein gutes Dutzend Matrosen?«

»Aye, ein Dutzend, absolut korrekt. Ich erkenne, woher Ihr sagenumwobener Ruf stammt.«

Marie verdrehte die Augen und lächelte in sich hinein, als ein Ächzen durch den Rumpf des Wals ging. Picker gelang es bei der heftigen Bewegung gerade noch, sich mit dem Schnabel an Maries Rockzipfel zu tackern. Während alle gegen den Ruck des tauchenden Kolosses ankämpften, blieb Fiffy, die Arme baumelnd, einfach stehen. Wie ein Fels in ... im Darmtrakt eines U-Boot-Wals. Obwohl sie sich, wenn Emmerich es recht bedachte, auch gut bereits im Magen befinden konnten. Er kratzte sich am Ohrläppchen, als das Aufbäumen abebbte und die Wobbly Dick wieder in sanfteres Gleiten überging. Mit seinen Kenntnissen bezüglich der Walanatomie war es nicht weit her.

»Wie viele Räume umfasst Ihr Boot, Kapitän?«

»Mein *Schiff* birgt etwa drei Dutzend Kajüten. Zuzüglich Kombüse, sanitäre Anlagen, Forschungsstation, Krebsgründlerdock, Steuerraum, Aussichtsdeck, Maschinen- und Stauräume, Verdauungskammer …«

Emmerich hob die Hand. »Schon gut, schon gut, ausgezeichnet ausgestattet, aber eindeutig zu viel zum gedankenlosen Durchfurchen.«

»Dabei können Sie das doch so gut.«

Emmerich überhörte Maries Kommentar. »Picker, komm doch mal da hervor. Abgesehen davon, dass es sich nicht schickt, geschweige denn ziemt, unter den Röcken einer Dame zu verweilen, musst du noch mal ran. Schmeiß deinen Pudelinstinkt an und richte ihn auf Zinoberius!«

»Pudel?«

»Na, das ist doch diese Jagdrasse.«

»Das sind Bluthunde.«

»Schön, Marie, wenn Sie darauf bestehen wollen, dann soll er meinetwegen den *Blutpudel*instinkt hervorkramen – so ein blödes Wort!«

»Weil es auch keins is-« Marie zwang sich tief durchzuatmen. »Und Sie meinen wirklich, dass er das kann, Erasmus?«

»Er hat diesen Wal aufgespürt, da sollte das ein Leichtnis für ihn sein. Und wenn mich meine Nase nicht trügt, was sie niemals tut, außer damals bei den Pilzen …« Emmerich rümpfte das Riechorgan, und Marie kräuselte es die Nackenhaare in der allzu lebendigen Erinnerung an den lästigen Schwarm mechanischer Fliegenpilze, bei deren Erfindung Emmerich den Wortteil *fliegen* für ihre Begriffe ein klein wenig *zu* wörtlich genommen hatte. Aber gut, sie war da möglicherweise etwas voreingenommen, schließlich hatte er es geschafft, ihn auf sie loszulassen – aus Versehen, wie er noch heute beteuerte, wenn man ihn nur ließ.

»Was sie nicht noch einmal tun wird, jedenfalls«, holte sie Emmerich in die Gegenwart zurück, »dann müsste Picker die Fährte auf Grund seiner Umgebungssensoren aufnehmen können.«

»Sie meinen auf dieselbe Weise, wie er sonst Müll aufspürt?«

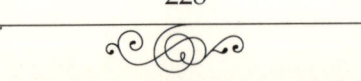

»Exakt, meine Teure. Mit seiner Vorliebe für Metall- und Eisenreste, ohne unserem Freund zu nahe treten zu wollen, sollte der Zinnmann auf seiner Sensorliste weit oben stehen.«

»Jetzt, wo Sie es sagen, ein Wunder, dass er ihn noch nicht geschred-«

»Na na, meine Liebe, nicht geschmacklos werden. Auf, Finder, picke dein Herrchen!«

»Aber Sie dürfen, oder wie?«, Marie verschränkte die Arme und zog einen Schmollmund.

»Nun reiten Sie nicht auf einem Versprecher herum. Picker, finde den Zinnmann!«

Picker sah Emmerich aus seinen schwarzen Knopfaugen an und piepte.

»Was macht er nun wieder?«

Marie zuckte die Achseln, sank aber auf ein Knie und flüsterte dem Pickatoren etwas in sein Gürteltierohr. Einen Sekundenbruchteil darauf flitzte die Gürtelkrähe los, dass seine Verfolger Mühe hatten, Schritt zu halten. Lediglich das Glühwürmel blieb stetig auf Augenhöhe.

»Was. Haben. Sie. Ihm. Gesagt?«, fragte Emmerich.

»Das bleibt unser Unterrockgeheimnis.« Sie zwinkerte ihm zu und trieb eine Welle Rosa in die Detektivohren.

Kapitän, Fiffy, Marie und Emmerich folgten dem vorauseilenden Schein und Geratter um mehrere Biegungen und treppauf treppab an Kajüten und geschlossenen Kabuffs vorbei. Das Bild blieb überall dasselbe. Kein Matrose, kein Zinbi weit und breit. Sie waren schon allesamt außer Atem – mit Ausnahme vom stillschweigenden Fiffy, der nicht mal einen Luftzug preisgab –, als sie auf einer der unteren Ebenen beinahe übereinander fielen. Doch Fiffy weigerte sich schlicht, etwas anderes zu tun, als stoisch stehen zu bleiben. Sein breiter Rücken hielt Kapitän und Hai von Emmerich und Marie fern, die durch das Auflösen in letzter Sekunde einem Crash entgehen konnte.

»Es geht wieder«, jauchzte sie.

»Bravo!«, konstatierte ihr Ie, während der Wal sich wieder in die Waagerechte begab.

Emmerich nickte und deutete auf eine glatte Kabinentür

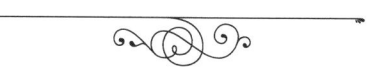

zwischen den Röhren zu ihrer Rechten. Picker schabte mit dem Schnabel daran und wedelte mit dem Auspuff.

Georg Graf Ie versuchte, den Schoßhai im Arm balancierend, über Fiffys Schulter einen Blick zu erhaschen, was sich im wahrsten Sinne des Wortes als aussichtslos entpuppte und das Universum zum Kichern brachte. Ein Beben entlud sich in Gestalt, nun ja, eines Bebens und brachte alle – bis auf Fiffy – ins Wanken. Der drehte sich herum, packte seinen Kapitän und stellte ihn wieder vor sich ab, als das Beben versiegte.

»Das war gar nichts, Wobbly hat nur Hunger. Es wird allmählich Zeit ihre Krillluke zu öffnen. Ruhig Blut, meine Perle!« Ie tätschelte die fleischige Innenwand und ein Piepton durchflutete den Trakt zur Antwort. »Hiermit erteile ich meine Erlaubnis sich Zutritt zur verschaffen. Treten Sie beiseite, werte Herr-und-Qualmschaften! Fiffy, wärst du so gut?«

Der Hüne spannte seine Muskeln, packte die Tür mit einer Hand und drückte mit der anderen die Klinke. Ein Klacken, und sie schwang nach innen. Fiffy trat beiseite.

»Woh, wott wei wank!«, stammelte ein geknebelter Zierzinnmann in einem goldenen Gitterkäfig.

»Zinbi!« Marie stürzte in den Raum und rüttelte am Käfiggatter, in dem kein Schlüssel steckte.

Raue Hände packten die Qualmfee von hinten und schoben sie erstaunlich zaghaft zur Seite. Fiffy bog die Stäbe auseinander, nahm den Zinnmann hoch und präsentierte ihn Ie, während er ihm den Troddelknebel entfernte.

Rufus peitschte mit der Schwanzflosse, die Augen kalt auf Zinoberius gerichtet. Ie trat mit ihm gerade außer Schnappweite und gluckste. »Ideale Größe für einen Haihappen zwischendurch!«

Zinbis Augen weiteten sich. »V-versuchen s-soll er's nicht mal! I-ich liege schwer im Magen. Jawohl!«, drohte er, ging aber hinter Fiffys breiten Fingern in Deckung.

Picker machte seinem Namen alle Ehre und pickte an Fiffys Stiefeln, bis der den Wink mit dem Schnabel verstand und Zinbi auf den Boden setzte. Eine rosagraue Zunge schnellte hervor und leckte dem Zinndichter über das Gesicht samt Helm.

»Iiih«, machte Zinbi, lächelte aber.

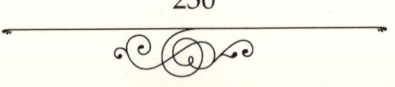

»Wo steckt Madame Mallarmé?«, fragte Emmerich. »Also die echte.«

»Ich weiß nicht genau, die erzählt mir doch nichts. Sie hat bloß verboten, dass ich dichte, deshalb diese Troddel.« Er spuckte aus, als habe er den Mund voller Flusen. »Dann ist sie mit so einer Stimmgabel davon.«

Emmerich strich sich über das Kinn. »Die Suche geht also weiter. Sagen Sie, Kapitän Ie, stimmt denn der Kurs noch?«

»Hm, ich denke schon, doch um sicherzugehen, müsste ich an ein Walauge. Anhand des Mengenaufkommens der Bleifische könnte ich die Tiefe ableiten und über die eventuellen Grundformationen den Kurs bestimmen.«

»Dann tun Sie das! Nehmen Sie Ihren Kompagnon ...«

»Fiffy ist der erste Maat.«

»Dann nehmen Sie den und, einen Moment bitte ...« Emmerich zog den Glaskubus mit den Metallstreben hervor und überreichte ihn dem backenbebarteten Kapitän. »... und das hier. Der wird Sie vor den Wellen der hypnotischen Stimmgabel schützen. Stellen Sie den Kurs fest und bringen Sie Ihren Wal, wenn nötig, wieder auf jenen.«

»Eigentlich erteile ich ja hier die Befehle.«

»Ist das ein Problem?«, fragte Emmerich mit einem Seitenblick auf Fiffy. Doch der verharrte still.

»Nein, wäre völlig unsinnig, sinnvolle Befehle zu wiederholen. Fiffy, nach backbord!«

»Nicht *backwal*?«, fragte Marie.

»Brilliant, warum ist *mir* der noch nicht eingefallen? Nach backwaaal!«, rief Ie. Damit stürzten die beiden Seemänner um die nächste Biegung, nur um eine halbe Sekunde darauf zurückzukehren. »Hätten Sie vielleicht noch so eins?« Der Kapitän zeigte auf das Glühwürmel.

»Aber verfreilich.« Emmerich durchforstete seine Innentaschen und den Gürtel und beförderte zu guter Letzt ein weiteres Glühwürmel zu Unterwasser. Er drehte am Unterleib, bis ein grünlicher Schimmer auftrat und von da aus noch ein paar Windungen weiter. Dann surrten die Flügel, es knackte, das Leuchten wurde heller und Glühwürmel 8.0 Nr. 2 stieg in die Höhe. Emmerich stupste es in Ies Richtung, und das

mechanische Insekt folgte der Bewegung. Als der Kapitän um die Kurve lief, flog es ihm voraus.

»Aber ohne den Kubus sind *wir* nicht mehr sicher«, gab Marie zu Bedenken. »Das heißt, Sie sind es nicht und Zinoberius, auf mich sollen die Schwingungen ja keine Wirkung haben.«

»Kein Problem, aus unseren Begegnungen mit der Gnom-Madame bin ich mir ziemlich sicher, dass es bei Ersthypnose Augenkontakt braucht, und den werden wir der Madame verweigern. Dann sind die weiteren Befehle, die sie mit ihrer Gabel überträgt, schnuppe. Außerdem glaube ich, dass es mehr damit auf sich hatte, Zinoberius zu entführen, als nur um uns zu schaden.«

Picker und Marie starrten den Zinnmann an.

»Ach ja?«, fragte Marie.

»Ach ja?«, fragte Zinbi.

»Ie ah?«, quietschte Picker.

»Ja. Sie hat ihm verboten zu dichten, und ich entsinne mich, dass er tirilierte, als die Starre von der Gnommadame abfiel.«

»Das stimmt«, stimmte Zinbi zu.

»Nun könnte es doch sein, dass die Frequenz seiner hohen blechernen Stimmlage die ihrer Gabel unterbricht oder zumindest stört.«

»Das ist mir ein bisschen zu viel *ziemlich sicher* und *könnte sein*, aber wir haben wohl keine Wahl. Wie lautet Ihre Idee, Erasmus?«

»Zinoberius und Picker sausen los und unterstützen den Kapitän.«

»Oh, nein, in Fressnähe des Hais, muss das sein?«

»Aus der Entfernung, Zinoberius Naseweis. Ihr weckt seine Mannen. Die Matrosen, die nicht weggesperrt sind, folgen nunmehr sicher dem hypnotischen Befehl der Madame. Wo immer sie auch stecken mögen, sie werden den Wal am … schwimmen halten. Untergehen möchte die Dame bestimmt nicht. Sucht die Seeleute und dann dichte und tiriliere, was das Zeug hält!«

»Dafür fehlt noch eine Kleinigkeit.« Marie griff unter ihren Mantel, zauberte eine leicht lädierte Feder hervor und steckte sie dem Zinndichter an den Helm.

»Danke.« Seine Augen funkelten feucht, und er koste seinen verlorenen Schatz.

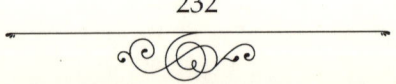

»Was macht eigentlich dein pflasterkranker Magen nun auf der See.«

Zinbi winkte ab. »Gegen Erna ist das bisschen Auf-und-ab-Gewobble doch wirklich gar nichts.«

»Gut, dann steht eurer Tatkraft nichts im Wege. Wir, meine Teure …«, Emmerich sah Marie tief in die Augen, »… schnappen uns jetzt ein für alle Mal diese Madame, und dann …«

»Stecken wir sie in ein Brot und essen sie.«

»Marie! Aber nein, wir stecken sie …«

»Hinter Gitter und knebeln sie!«, schrie Zinoberius.

»Aye!«, sagte Marie, und Emmerich gab sich geschlagen. »Meinetwegen.«

»Aye?«, fragte Marie den Detektiv.

»Ei? Joah, auch gern. Dann Ei. Hartgekocht, wenn's geht. Haben Sie denn eins?«

»Eu!« Zinbi schlug sich die Hand vors Gesicht und ließ sie ganz langsam hinab gleiten.

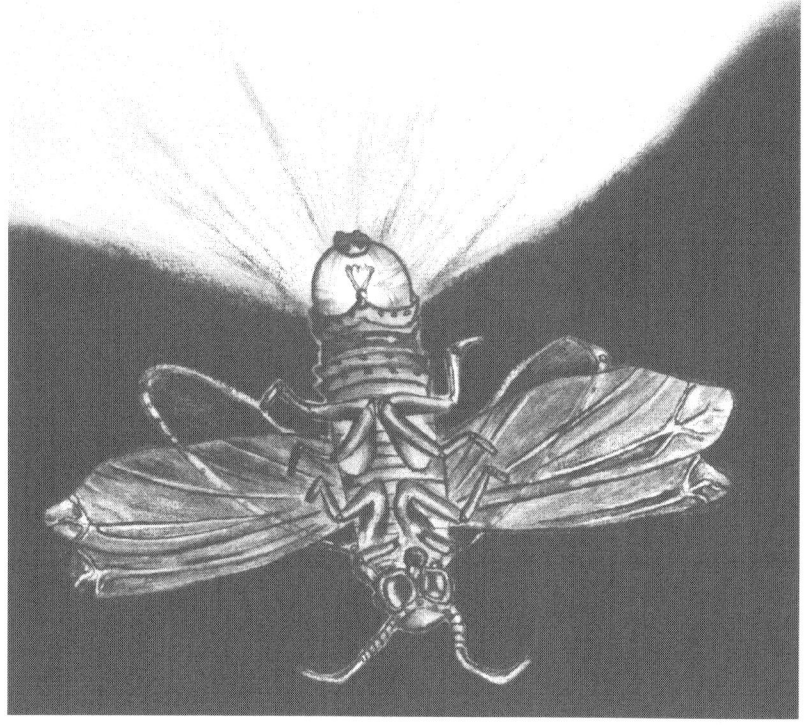

234

5

Vergangenheit in Kartons vergraben

Marie folgte dem Glühen des Würmels vor ihrer Nase, während Emmerich an ihrer Seite seine Taschen durchsuchte und hier und da mit dem Stock gegen die Röhren und Türen klopfte, die sie passierten. An einem Schacht hielt er an, um sein Suchverfahren zu intensivieren. Er drehte sich dabei um sich selbst und murmelte vor sich hin.

»Erasmus, jetzt, da wir unter uns sind, wollte ich Sie etwas fragen.«

Der Angesprochene sah nicht auf, hörte aber wenigstens damit auf, sich im Kreis zu drehen. »Immer heraus damit, ich füttere nur zu gerne Ihren neugierigen, geradezu wissensdurstigen Verstand. Durstig - das ist lustig, weil wir von Wasser umgeben sind.«

»Ehm, ja, witzig. Danke? Also, zu gerade eben, das war genial, logisch, auf den Punkt. Wie können Sie einerseits so sein und dann wieder so ... so ... so ...« Sie rang die Hände und beschrieb eine kreiselnde Bewegung. »Na eben SO! Verwirrt?«

»Wer ist denn hier verwirrt?«

»Sehen Sie, genau das meine ich.«

»Hm, ich verstehe.«

»Tun Sie das?«

»Ich denke schon. Marie, es ist ganz normal, verwirrt zu sein, Hauptsache, man ist selbst ganz klar.«

»Wie bitte?«

»Für mich ist stets klar, was zu tun ist, und andere müssen es ja nicht verstehen, auch wenn sie es zuletzt oft tun.«

»Das birgt eine gewisse Logik.«

»Ich habe meine Momente.«

Marie lächelte und wandte das Gesicht ab, als ein metallisches Schnappen an ihr Ohr drang und im selben Moment ein Ticken den Gang erfüllte.

»Ah ja, da haben wir ihn. Wie immer an der Kette in meiner Weste, wo er hingehört. Hätte ich drauf kommen können.« Emmerich kraulte den offenen Deckel seines famosen Fabulators alias tickende Taschenuhr und hielt sie vor sich in das warme Würmelglühen. Er beförderte eine Pinzette hervor, öffnete das Gehäuse und machte sich an Federwerk und Gewichtszug zu schaffen. Nachdem er daran fertig hantiert hatte, drehte er am Aufzugsrad.

»Was machen Sie da? Die Uhrzeit spielt doch keine Rolle.«

»Achachach«, ach-te Emmerich. »Die Zeit. Ich möchte den abknickenden Trakt dort vorne sehen.«

»Ach ach ach«, ach-te Marie zurück. »Und was hindert Sie daran, jetzt hinzuschauen?«

Emmerich sah sie annähernd vorwurfsvoll an. Für einen kurzen Moment musste sie bewundernd anerkennen, dass sich sein mimisches Repertoire beträchtlich erweitert hatte. *Er wird mir immer ähnlicher.* Ein wenig Stolz schlich sich in ihr Qualmherz, dann sandte sie eine Dampfschwade aus und vertrieb Emmerichs qualmfeeische Anwandlung damit auf einen Schlag. *Ich hab's immer noch am besten drauf.* Doch ein Lächeln konnte sich Marie in diesem Augenblick nicht gestatten.

»Also«, fing sich Emmerich wieder. »Klar sehe ich ihn jetzt, aber nun möchte ich ihn in der kürzlichen Vergangenheit sehen, Sie verstehen?«

»In der Tat, aber sagten Sie nicht, man könne die Umgebung damit nicht …«

Emmerich zückte die Pinzette und wedelte mit ihr. »Jetzt schon. Hoffentlich.«

»Tun Sie das mal, ich … warte hier.« Damit wich Marie ein paar Stiefellängen in den Gang zurück und machte sich daran, die sichtbaren Planktonpartikel im Röhrengeflecht zu zählen. Seitlich schielte sie auf Emmerich und behielt seine nächsten Schritte genau im Augenwinkel.

»Es funktio-fabuliert!«, rief Emmerich aus und vollführte einen einbeinigen Hüpfer, der Rumpelstilzchen in die Arbeitslosigkeit bugsiert hätte.

Marie trippelte wieder näher heran. Tatsächlich, die Blase über dem Ziffernblatt zeigte den zu ihrer Linken abknickenden Flur, der genauso aussah, wie er ebenda vor ihnen lag. Lediglich mit dem Unterschied, dass der Fabulator ihn von oberhalb der Röhren angebrachten Gaslämpchen erhellt nachzeichnete. Die

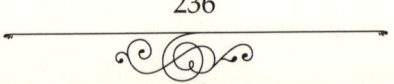

waren ihr zuvor noch gar nicht aufgefallen. Sie überprüfte die Beobachtung am realen Flur, und in der Tat waren dort Gasflammen in kleinen Vertiefungen hinter ovalen Gitterrosten angebracht.

Abermals kontrollierte sie das Bild, dass der Fabulator entwarf. »Erasmus, was sind das dort für Leerstellen? Überall in den Flur fällt Licht, aber mittendrin sind diese Negativstellen. Sind Sie sicher, dass der Fabulator funktioniert?«

»Aber ja, bestens sogar. Ihre sogenannten Leerstellen sind in diesem Falle Menschen. Ich muss Ihnen die Eigenschaften meiner Erfindung ja nicht noch einmal erklären? Er zeigt zwar nun die Umgebung, aber das Prinzip bleibt dasselbe: Nur der Zustand dessen, über das man ihn hält, wird sichtbar.«

»Das heißt, wir sind auf der richtigen Spur.«

»Davon gehe ich aus. Noch vor einer Stunde funktionierte das Licht in diesem Trakt und irgendwer ist hindurch getrampelt. Aber hier zum Vergleich.« Emmerich verließ den linken Gang und bog in den rechten. Das Bild in der Blase wechselte. »Sehen Sie: selbe Zeit, anderer Zweig, alles Schwärze.«

Marie nickte. »Dann auf in den anderen.«

»Das will ich wohl meinen.«

So streiften Marie und Emmerich weiter durch den U-Boot-Wal, mit gelegentlichen Stopps, um Emmerich den Weg an Gabelungen und Kabinen überprüfen zu lassen. Der zeitliche Abstand zur Gegenwart schrumpfte mit jeder Neueinstellung. Sie kamen näher. Dabei hätte sich Marie gerne länger an Ort und Stelle aufgehalten, als sie die Gründlerdocks passierten.

Mechanische, vierscherige Hummer und andere Unterwasser-ungeheuer lagen hier vertäut in einer Art Schwimmbecken und genossen schaukelnd die Aussicht aus den Bullaugen. Die Außenbeleuchtung funktionierte und beschien ein Spektakel aus grünen Bläschen, die vom sandigen Boden einige Meter unterhalb der Wobbly Dick in das tiefe Blau des Meeres aufstiegen. Fische von Art und Farbe, wie Marie sie kaum beschreiben konnte, trieben vorüber oder schossen vor dem Licht davon, Schalentiere verbuddelten sich im Boden, und ein Tintenfisch verschmolz mit dem Untergrund.

Emmerich zupfte an ihrem Ärmel. »Marie, so sehr ich Ihre Faszination für die variablen Außenscheinwerfer auch teile, wird es doch wohl nicht wieder Zeit für meinen Spruch?«

»Welchen?«, spielte Marie den Emmerich.

»Na, zwingen Sie mich nicht ihn auszusprechen. Bei meiner Ehre, ich werde es tun.«

Marie tätschelte seinen Unterarm. »Schon gut, Erasmus. Ich weiß sehr wohl, dass wir nach wie vor bis zu den Ohrenspitzen in einem Fall stecken und es dringend nötig wird, die Madame ihrer gerechten Strafe zuzuführen. Wir können.«

»Fein. Der Raum vor uns scheint mir vielversprechend.«

Damit stiefelte der Ermittler voran, und Marie löste sich endgültig von dem Tiefblau vor den Glasfassungen. Nicht aber ohne einen längst überfälligen Seufzer auszustoßen. Dann straffte sie die Schultern und schritt Emmerich nach.

Während er noch die angrenzende Tür öffnete, erfüllte ein Stampfen und Tuckern die Dockhalle. Die Angeln quietschten, und der Geruch von Leim und Papier flutete ihnen entgegen.

»Von einer Kartonagenfabrik hat der gute Ie gar nichts gesagt«, schmunzelte Marie.

»Ich denke, wir haben vielmehr einen der Frachträume entdeckt.«

Sie zuckte die Schultern und durchmaß die schlauchartige Halle. Schienen säumten die Decke. Von ihnen herab baumelten Ketten und Bügel, und sie schienen direkt auf eine regelrechte Wand aus Kartons zuzuführen. Weitere ihrer Sorte, ergänzt um Holzkisten, stapelten sich zu beiden Seiten. Seinen Ursprung fand das Stampfen hier jedenfalls nicht. Erstens konnte sie keine Lärm verursachende Maschine entdecken und zweitens klang es dafür noch zu dumpf.

Emmerich mochte ihre Gedanken erraten haben. »Der Maschinenraum.« Er deutete mit dem Daumen nach unten. »Direkt unter uns müsste sich sein angebauter Fortsatz befinden.«

»Verstehe.«

»Sccchhht.«

»Aber Sie haben doch angef-«

»SCHT!«

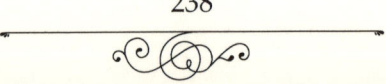

»Was, bei Preußens Pickelhaube?«

»So macht eine der Maschinen die ganze Zeit. Hören Sie das nicht?« Ein dünner Dampffaden löste sich aus Maries Haar. »Und ob, ich bin doch nicht taub.«

Aber da war noch etwas. Marie versuchte, unter dem Zischen, Stampfen, Pochen, Tuckern und Rasseln das Geräusch herauszufiltern, das ihre Aufmerksamkeit erweckt hatte.

»Scccht.«

»Schht, SCHT, sage ich doch die ganze Zeit«, pflichtete Emmerich ihr bei.

»Dann eben: RUHE!«, murrte Marie.

»Nee, nee, das nun wirklich nicht. Im Gegenteil, ganz schön laut hier.«

»Sie sollen still sein, Emmerich! Bitte.« Die Qualmfee kaute auf ihrer Lippe.

»Ach so, warum haben Sie das nicht gleich …?«

Mit einem finsteren Blickgeschoss brachte sie ihn zum Schweigen. *Endlich.*

Sie glitt an seine Seite. »Hören Sie doch!«, flüsterte sie. »Sind das nicht Schritte?«

Emmerich deutete auf seinen geschlossenen Mund und wippte leicht mit dem Kopf hin und her.

»In Ordnung, tut mir leid, Sie dürfen natürlich. Nun sprechen Sie schon.«

»Sind Sie sicher?«, fragte Emmerich.

»Ja, Sie haben es doch soeben getan.«

»Wie Recht Sie damit haben. Das habe ich und ja, eindeutig. Schritte. Von einer singulären Person.«

»Gibt es denn eine nicht singuläre Person?«

»Aber ja, ich erinnere an Pnenephalos von Osomannamanna-P.E.Tanien, aber das ist wohl nicht der rechte Zeitpunkt für derlei Abhandlungen, ich kläre Sie später auf.«

»Ach ja? Sie mich? Na, das möchte ich zu gerne erleben.« Marie zwinkerte dem Detektiv zu, und der verstand wie immer alles, nur womöglich etwas anders.

»Fangen Sie nicht auch damit an! Sie werden doch wohl nichts im Auge haben? Na ja, besser Sie bleiben hier zurück, ich überprüfe den nächsten Kartonagen- nein, Frachtraum.«

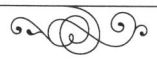

»Auf keinen Fall! Ich werde hier nicht zurückbleiben und warten, dass Ihnen etwas passiert.«

»Marie, ich darf doch wohl sehr bitten. Ich bin ein erwachsener Mann und kein Kind.«

»Dito!«

»Sie sind ein erwachsener Mann?«

»Sie wissen, was ich meine.«

»Schon möglich, aber in diesem Punkt muss ich insistieren. Sie bleiben hier und …«

»Was und?«

»Nichts und. Zögern Sie es nicht heraus! Ich erinnere Sie, Marie, ich habe bereits insistiert.«

»Aber …«

»Muss ich erst darauf bestehen?«

Sie rollte mit den Augen, verschränkte die Arme und schob die Unterlippe vor. »Nein. Schön, fünf Minuten. Viereinhalb, wenn's hochkommt. Sind Sie dann nicht zurück …«

»Können Sie zu meiner Rettung eilen. Ei!«

Marie schmunzelte, stampfte aber zum Ausgleich mit dem Fuß auf, sobald Emmerich sich außer Sicht- und, beinahe noch wichtiger, Hörweite geschoben hatte.

* * *

Emmerich durchquerte einen Schlauch von einem Raum, der dem vorherigen wie ein Ei dem anderen glich. *Wo kommen jetzt nur all diese Eier her?* Wieder mal war er damit über eine der weltverändernden Fragen gestolpert, die er zeitlich in die Zukunft versetzt würde klären müssen, denn die Schritte wurden lauter. Da ging eindeutig jemand auf und ab, und die nächste Tür war nur angelehnt. Er schnupperte. Es roch verdächtig nach … einem vertrauten Geruch, allerdings etwas verlottert. Sollte das etwa den von seiner Nase seit Anbeginn des Abenteuers – oder zumindest kurz danach – gehegten Verdacht bestätigen? Er würde es gleich sehen.

Auf Zehenspitzen, den Stock angehoben, pirschte er sich an die anliegende Kammer heran. Es gab einen Ruck, und er rutschte vorwärts, stolperte beinahe über den Gehstock, fing

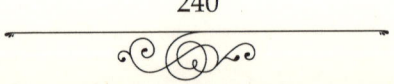

sich aber im letzten Moment noch an einem der Kartons ab. Der Turm wankte. Emmerich schob sich durch die vom Schub aufgeschwungene Tür, bevor der Stapel kippen konnte.

Wieder erwartete ihn ein Raum von der Sorte seiner Vorgänger. Allerdings erstreckte sich dieser nicht weiter nach vorne, sondern zog sich horizontal in die Länge, und es gab sogar einen Winkel.

»Ei, ei, wie kreativ«, murmelte Emmerich und strafversetzte das Wort Ei auf seiner inneren Liste nach ganz hinten, sogar noch hinter das Wort Eidechsenremoulade. Moment, da kam ja auch ein Ei drin vor. *Fehlerbericht ans Gehirn!* Manchmal meinte er fast selbst hören zu können, wie die Schrauben in seinen geistigen Gewinden locker wurden, und bejubelte im gleichen Moment das Wörtchen *fast*. Er grinste und stahl sich um den Knick herum, den der Schlauch vor ihm, einer pummeligen Ballerina gleich, vollführte.

Er blieb angewurzelt wie ein Reklamometer stehen. Da stand oder vielmehr ging sie. Silber durchwobene Locken, abgetragene Kleidung. Die Dame, der sie all die Zeit nachgejagt waren, in Gedanken natürlich immer einen Schritt voraus. Oh ja, sie war es, und Emmerich hatte wahrlich keinen Schimmer, wer diese Frau eigentlich sein sollte. Er war sich so sicher gewesen, ihre wahre Identität erahnt zu haben, aber nun, da er sie leibhaftig vor sich sah, hatte sie nichts mit seinem Bild gemein.

»Madame Mallarmé? Die Originale, meine ich?«, fragte er.

Die Madame fuhr zu ihm herum, wollte ihn mit stechendem Blick fixieren. Doch was davon noch bei Emmerich ankam, hätte sie garantiert in Rage versetzt und soll daher an dieser Stelle verschwiegen werden.

»Erasmus Emmerich, endlich!«

»Ja, endlich, das kann man wohl sagen. Ergeben Sie sich! Gegen Sie besteht der dringende Tatverdacht des mehrfachen Trollmordes, Anschwärzung zur Vertuschung, In-die-Irre-Führung, Fallenstellung und Missbrauch eines Wechselgnoms dazu, Niederknüppelung eines Malers, heimtückischer Rufmord an einer Qualmfee, sowie Entführung eines zinnernen Ex-Militärs und einer U-Boot-Walin in Tateinheit mit Entwertung des Berufsstandes der Schiffticketbuchungsdienstleister, gegen die es Passagierbeschwerden hageln wird, weil die Wobbly ohne ihr Anbordsein abgelegt hat.«

Madame Mallarmé gähnte. »Noch immer ganz der Alte.«

»Ich muss doch sehr bitten. Möchten Sie Ihrer Liste etwa üble Nachrede und Tatsachenverunglimpfung bei Männern im Mittel ihres Alters hinzufügen?« Emmerich mahnte mit seinem Spazierstock.

»Erkennen Sie mich denn ernstlich nicht wieder, Emmerich?«

»Ich muss zugeben, eigentlich kaum, da hätte es der Maskerade gar nicht bedurft, was?« Emmerich verzog verschmitzt die Mundwinkel. »Aber diese gewöhnlichen, absolut nichtssagenden Augen … die können eigentlich nur einer Person gehören. Sollte ich mich doch nicht geirrt haben?«, fiel bei Emmerich klirrend der Taler, und er hoffte, dass er kein Loch im Geldbeutel hatte.

»Gewöhnlich? Nach all dem, was ich mit Ihnen vollbracht habe: meine Hypnosen und Basteleien, die hypnotische Stimmgabel, das Dekor aus Vinca Minor, Villard als Köderstrategie und und und …, nennen Sie mich noch immer nichtssagend?« Der Madame stieg Röte in die ausgemergelten Wangen.

»Na, aber klar, ganz und gar. Morde, Intrigen, Maskeradenspiel, alles nur aus Rache – das ist ja wohl der Prototyp unter normal gestörten Individuen, die sich mit der Gesamtsituation unzufrieden erweisen. Nichts für ungut.«

»Sie haben mich damals abgeschoben und tun es schon wieder, dabei wollte ich Ihnen immer nur nahekommen. Und Mord soll das gewesen sein? Die waren Abschaum! Verbrecher!«

»Ja, ja, das sind Sie in der Tat. Ein schlicht und einfacher Verbrecher.«

»Jetzt reicht es! Eigentlich wollte ich Sie verschonen, Sie aufnehmen und trösten nach dem Verlust Ihrer Qualmhexe und diesem misstönenden Männlein. Ich hätte Ihnen vergeben, aber nun sind Sie fällig.«

»Und wie?! Ich schaue Sie gar nicht an. Ätsch!« Emmerich wandte den Kopf zur Decke und starrte auf die Schienen zu seiner Rechten.

»Als hätte ich mehr nicht drauf! Das war hypnotischer Schnickschnack, um Sie zu beeindrucken, einen Stümper. Ich

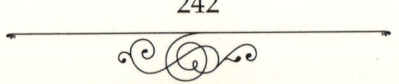

hätte Sie gleich erstechen sollen wie dieses stinkige Arbeiterpack, oder noch besser - erschießen.«

Ein metallisches Klicken brachte Emmerich dazu, wieder nach vorn zu sehen. *Nicht schon wieder ein Lauf,* konnte der Ermittler im inoffiziellen Dienste des Fürsten von Bismarck gerade noch denken, als ein Schatten sein Blickfeld streifte. Und einer von der schnellen Sorte obendrein.

* * *

Die Qualmfee hing mit ausgestreckten Armen an einem Kleiderbügel und rauschte sirrend an der Oberkopfschiene mitten in die Parade Madame Mallarmés – und nicht nur da – hinein.

Etwa auf Höhe ihres Ziels ließ Marie los und nahm all ihren Schwung mit, um Emmerichs ehemalige und überaus zudringliche Verfolgerin sauber auszuknocken. Mit Plöng und Klöng und Knack und Ratsch gingen sie zu Boden – Marie obenauf. Die Waffe schepperte auf Emmerich zu, knallend löste sich ein Schuss und hallte von den konvexen Wänden wider.

Marie bot sich gerade noch die Möglichkeit, aufzuspringen und einen Schritt nach hinten zu hechten, bevor der wankende Stapel Kartonagen pappig rumpelnd und mit gehörigem Padderdadautz über der Angeschlagenen zusammenstürzte.

»Eins muss man ihr lassen, mich in einem Brot verspeisen zu wollen, hat schon den Ansatz von Außergewöhnlichkeit.« Marie rieb sich die Hände und grinste. Dann sah sie Emmerich vornübergebeugt auf den Knien liegen.

»Erasmus, Sie sind doch nicht getroffen?« Marie fiel ebenfalls auf die Knie und schlitterte auf den Röcken zum gekrümmten Detektiv herüber.

»Warum sollte ich getroffen sein?« Emmerich streckte den Rücken durch und die Lupe weg. »Wir standen uns nicht sehr nah. Immerhin war sie damals nur meine Gehrockklette und Kupferstichs Regenbogenmetalllieferantin. Nicht sehr innovativ, und die Waffe hier ...« Er hielt sie Marie an einer langen Pinzette unter die Nase. »Ist auch ein 08/15 Modell, wie nicht anders zu erwarten. Die interessantere Frage sollte vielmehr lauten: Warum sind Sie nicht als Dampf geflogen? Ich dachte, Sie könnten wieder.«

243

»Können schon, aber mir dadurch den ganzen Spaß entgehen lassen? Keinesfalls! Ach ja, und, Erasmus, zwei Dinge. Erstens, was bedeutet 08/15?«

»Oh, ich benutze das … also … es ist als synonymer Gebrauch zu verstehen und beschreibt meinen gewöhnlichen Durchschnitt: auf 15 Experimentversuche gehen, na ja, durchschnittlich eben, 8 schief.«

Marie lächelte für das bloße Auge kaum erkennbar.

»Und zum Zweiten?«, fragte Emmerich.

»Zweitens lautet: Tun Sie das nicht immer!«

»Was?«

»Mich erschrecken.«

»Mache ich das denn? Und ich dachte stets, dass sei eine Ihrer besonderen Fähigkeiten.«

Marie war versucht, ihm die Zunge herauszustrecken. *Du bist kein kleines Mädchen,* ermahnte sie die innere Feenstimme erneut und mit erhobenem Zeigefinger. Schon klar, gab Marie nach und überlegte sich stattdessen eine Frage. »Wo ist die Kugel?«

Emmerich wedelte vage hinter sich. Marie stand auf und ging zu einem Stapel Kartons hinüber, in denen ein schwelendes Brandloch prangte. Sie sah hinein und kräuselte die Nase ob des beißenden Geruchs. Hoffentlich roch sie selber nicht so. Aber da steckte es; das Projektil, fein säuberlich von der Pappe abgefangen. Marie entschied jedoch, dass sich um die Sicherstellung jemand anderes kümmern konnte.

Als sie sich umdrehte, stand Emmerich bereits hinter ihr. »Ihr Einwand mit dem Brot ist mir übrigens durchaus nicht entgangen, bevor wieder der Verdacht aufkeimt, ich hörte Ihnen nicht zu.«

»Hm, und was sagen Sie dazu? Das hatte schon einen Hauch Originalität oder nicht?«

»Ach, es war nur Brot, Qualmfee. Bei Rosinenpudding hätte ich vielleicht noch mit mir reden lassen, aber so.«

»Keine Chance?«

»Nicht die geringste.«

»Verstehe«, verstand Marie.

»Apropos, wie sagten Sie noch zu Anfang allzu schön daher, Teuerste? Tee und Kekse?«

Marie grinste.

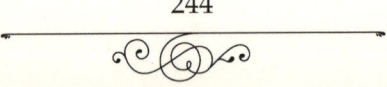

6
Das Ie-Tüpfelchen

»Wie hieß diese Mallarmé nun eigentlich wirklich?«, fragte Marie, während zwei Matrosen die Möchtegernmadame auf die Füße hievten, ihr vorsorglich die Stimmgabel abnahmen und die Augen verbanden.

»Wenn ich mich recht erinnere, Mäuschen Müller.«

»Das ist sehr ungentlemännlich von Ihnen, und ich glaube es nicht.«

»Würde aber passen, nicht wahr?«

»Sie übertreiben!«

»Niemals. Ehrenmannkodex.«

Marie knuffte ihn.

»Was sollte das nun wieder?«

»Qualmfeekodex.«

»Hmpf.«

»Zinbis Weckdienst scheint ebenfalls erfolgreich gewesen zu sein. Den wieder aufgetauchten Matrosen zu Folge hat Sie Ihre Ahnung nicht betrogen.«

»Galant, wie Sie das Thema wechseln.«

»Och, ich bitte Sie, was gibt es denn auf *Hmpf* noch zu entgegnen?«

»Eine Menge. Sie streiten doch sonst sehr kreativ.«

Und das hätte sie wohl auch, wenn nicht in dem Moment ein Matrose dazwischen gegangen wäre. »Enfulgigung«, nuschelte er aus zahnlosem Mund. »Kapitän Ie erfatet Fie. Im Gehirn.«

Marie und Emmerich starrten den Mann an. Der stöhnte. »Gegenüber Achtern?«, versuchte er es.

Das Starren hielt an.

»Daf U-Bugdeck Frägfrich Gehirn ift in etfa da!«

»Auf jeden Fall schon mal oben«, schloss Marie aus den Verrenkungen der altersfleckigen Matrosenarme.

Emmerich nickte und schob sie schnell zur Tür hinaus, obwohl er sich fragte, wie gefährlich ein genervter Seemann schon werden konnte. So ganz ohne Zähne. Emmerich beschloss, es nicht herauszufinden. Dieses Mal wenigstens nicht. Lieber schwang er den Stock. »Wie im Landleben, erst der Spaziergang, dann der Tee.«

Sie nahmen den Weg zurück, den sie gekommen waren.

»Möchten Sie den Zinnmann mitnehmen? Dann sollten wir ihn zuerst suchen.«

»Ich glaube, er wird froh sein, wenn er Rufus fernbleiben kann.«

»Der Kapitän heißt doch Georg.«

»Sein Schoßhai aber nicht.«

»Und wie heißt der?«

»Erasmus!«

»Dann heißt er ja wie ich.«

»Nein, der Hai heißt Rufus.«

»Aber gerade sagten Sie doch …«

»Ich weiß, was ich gesagt habe. Sie nehmen mich doch auf den Arm.«

»Ganz recht.«

»Ehrlich?«

»Ich könnte. Aber auf die Dauer laufen Sie lieber selbst.«

Marie schüttelte den Kopf. *Hatte er oder hatte er sie nun nicht veräppelt?* Sie holte wieder den imaginären Besen hervor und kehrte den Gedanken in den Rinnstein. »Suchen wir einfach Ie.«

»Solange es nicht Ei ist.« Emmerich grinste, bevor – und vermutlich während – er an einer Leiter durch eine Luke nach oben kletterte.

* * *

»Aaah, da sind Sie ja schon«, nahm die Stimme Ies die beiden in Empfang, als ein Zylinder vor seinen Füßen aus dem Boden wuchs.

Nachdem Emmerich den Kopf weiter hochgeschoben und erst einmal in die richtige Richtung gedreht hatte, gesellte sich auch Ies Körper zur Begrüßung hinzu.

»Auf, immer hinauf mit Ihnen! Wissen Sie, ich habe nachgedacht. Unser Lichtproblem werden wir zwar bald behoben haben, jetzt, wo das Schiff wieder unter unserer Kontrolle ist. Aber so ungünstig sie auch war, hat mir diese Angelegenheit doch eine Schwachstelle offenbart. Und mit der Hilfe Ihrer Glühwürmel würde ich dieses Leck gerne stopfen. Ich möchte Ihnen einen Satz - was soll der

246

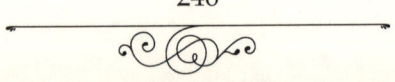

Geiz? - gleich zwei oder noch besser eine ganze Kolonie abkaufen und als Standardnotbeleuchtung in unserer Wobbly Dick stationieren. Mit ihren adretten Flügeln könnten sie an jeder Biegung bereitfliegen und bei Bedarf mitgenommen werden.«

Ie warf seinem Hai ein Würstchen zu, das für Maries Dafürhalten stark einem Finger ähnelte. Sie stieg hinter Emmerich aus der bis dahin bestimmt vierten Luke, als Rufus sich aus seinem Wasserbett drückte und das Fingerwürstchen aus der Luft schnappte.

Das Universum war heilfroh, den Zinndichter ein paar Biegungen weit weg zu wissen.

»Ich weiß nicht recht. Immerhin ist der U-Wal das Konzept eines anderen Erfinders«, zierte sich Emmerich. »Da mischt man sich nicht ein – erfinderischer Ehrenkodex.«

»Nicht schon wieder, eher Emmerichscher Irrenkodex«, murmelte Marie nur für die eigenen Ohren hörbar.

»Herr Emmerich, wie wahr, Wellwatt Geiger ist ein außergewöhnlich-« Ie stockte, weil eine Bewegung schräg hinter Emmerich sein Sichtfeld streifte. Wiederholt und aufs Wildeste. Er sah hin. Marie fuchtelte mit den Armen und schüttelte vehement den Kopf. Sie konnte förmlich sehen, wie sich die Erkenntnis in Ies Augen stahl und ein Gaslicht neben dem Glühwürmel über ihm entflammte. Er zwinkerte ihr zu und räusperte sich. »Verzeihen Sie, also, wie ich sagte, er ist ein außergewöhnlich ... fahriger Mensch, der auch gar nichts mehr mit dem Schiffboot am Zylinder hat.«

Ies Blick glitt um Haaresschärfe an Emmerich vorbei und traf auf Marie. Die Qualmfee lächelte nun und nickte.

»Verstehen Sie mich nicht falsch«, fuhr der Kapitän mit zunehmend sicherer Stimme fort, »es ist ein tolles Schiffchen, ich liebe meinen U-Wal, aber der werte Geiger ... nun einmal nicht. Ja, und da könnten Sie natürlich. Also bei einem Mann von Ihrem Talent, wäre es uns eine Ehre ... ja, wir müssten schon Dummköpfe geigerischen Ausmaßes sein, wenn wir Sie nicht ...«

Marie kicherte in ihre Faust und begrub den Anfall unter Husten.

»Wir könnten uns dieses Versäumnis niemals verzeihen, wo Sie allein unsere Sicherheit doch um so vieles erhöhen könnten, Meister Emmerich.«

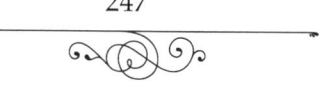

Marie reckte hinter dem Beweihräucherten die Daumen in die Höhe, und Ie nickte knapp, bevor er sich anschickte, das I-Tüpfelchen zu platzieren. »Unsere gesamte Lebensqualität …«

Endlich winkte Emmerich ab. Rosa Röte war dem Privatier in die Ohren gestiegen. »Ja, wenn das so ist. Marie!« Er wandte sich zu ihr um. Die Angesprochene ließ flugs ihr Lächeln verschwinden und erwiderte seinen Blick mit gebotener Ernsthaftigkeit. »So wie der Wal im Wasser liegt, kann ich das doch unmöglich ausschlagen. Oder?«

»Nein, in der Tat, das können Sie nicht, da haben Sie vollkommen Recht, Erasmus. Ich würde sogar so weit gehen, zu sagen, dass es vielmehr Ihre Pflicht ist, diesen Männern zu helfen. Von Ehrenmann zu Ehrenmann«, sagte sie und presste die Lippen zu einem Strich zusammen, um dem Schmunzeln Einhalt zu gebieten, das sich erneut Bahn zu brechen drohte.

Emmerich griff sich ans Revers und nickte Georg Graf Ie zu. »Sie hören es. Gut, ich bin demnach – unter den gegebenen Umständen – einmalig einverstanden.«

»Das freut mich zu hören. Und nicht nur mich, nicht wahr, Fiffy?« Er stieß seinem ersten Maat in die Rippen. Der stumme Hüne salutierte. Dann trat Ie vor, nahm Emmerichs Hand in die eigenen beiden und schüttelte sie kräftig. »Wäre ein Vergnügen, Sie mal wieder an Bord begrüßen zu dürfen, dann vielleicht unter weniger widrigen Bedingungen. Bis dahin nehmen wir weiterhin Kurs auf Frankreich und erreichen es planmäßig genau bald.«

Marie nahm in einer Sitzgruppe auf dem geschlossenen Bugdeck Platz und sah aus den großen Fensterscheiben in ihr geliebtes Blau, das an dieser Stelle in ein Schwarz-Türkis überzugehen schien. Schwärme von Bleifischen fielen an den scheinwerfenden Außenlichtern vorbei und zeugten von einer sehr tiefen Meeresgegend, wie Ie erklärte.

»Der Bleifisch fällt von Beginn seines Lebens an stetig abwärts auf den Grund zu. Er steigt nur einmal pro Zyklus auf, um an der Oberfläche des Ozeans zu laichen. Damit sie die Lebensdauer ihrer Sprösslinge steigern, legen kluge Bleifische ihre Eier natürlich an einer Stelle mit möglichst viel Tiefgang ab. Da die meisten klug sind, ist an solchen Stellen ihr höchstes

Aufkommen zu verzeichnen. Aber es gibt eben überall auch ein paar Torfköpfe. Selbst unter Bleifischen.«

Mit derlei Fachwissen zur Fauna, Flora und Geographie der Meere versüßte Graf Ie ihnen die Wartezeit auf ihren Tee, Kaffee und, in Maries Fall, sogar Eiskaffee.

Serviert wurden die Tassen schließlich von einer annähernd weiblich anmutenden Matrosin mit nur geringfügigem Stoppelbart, die sogleich in Begeisterung für Maries Kaffeekreation entbrannte und sie auf den folgenden Reisen der Wobbly Dick in die ganze Welt und ihre entlegensten Rundungen tragen sollte.

Doch diese Zeit lag noch einen Flossenschlag entfernt.

»Danke, Melitta«, sprach Ie im Namen der Runde, als die Matronin das Tablett auf ihrem tätowierten Bizeps hinaus balancierte.

Der Kapitän nahm vor Kopf Platz und legte seine Mütze ab. Darunter kam eine glatte Glatze zum Vorschein, die vom Glühwürmel zu allem Überfluss in einem Kranz angestrahlt wurde.

Emmerich fiel beinahe die Kinnlade herunter, und das wäre sie gewiss, wenn sie nicht wie bei Ehrenmännern seiner Selbstkontrollklasse üblich an Ort und Stelle festgeleimt gewesen wäre.

»Graf Ie, ohne Ihre dreispitzige Mütze weisen Sie gewisse Ähnlichkeit mit einem gewissen Londoner Detektiv auf. Wäre da nicht der Bart ... Das wird doch wohl keine ausgefeilte Verkleidung sein?« Emmerich war versucht, seine Lupe zu zücken, doch Marie klatschte ihm auf die Finger.

»Erasmus, Sie sind von der ganzen Maskerade ja schon paranoid wie ein Flauschehäschen«, flüsterte sie ihm ins Ohr. Laut fügte sie hinzu: »Er beliebt zu scherzen, werter Kapitän, obwohl die Art Ihrer ... Frisur ... wirklich ein wenig an Freund Archibald erinnert.«

»A-ha! Da haben wir es, jetzt ist Leach also schon ein *Freund*.«

»Natürlich ist er *Ihr* Freund, Erasmus!«, erwiderte Marie und lächelte Ie entschuldigend an. Ihr schwelender Haarschopf tat sein Übriges, um Emmerich zum Schweigen zu überreden, der daraufhin in die Tiefen seiner leeren Tasse starrte.

Ie hatte sich zurückgelehnt und dem Schlagabtausch amüsiert gelauscht, nun passte er die entstehende Pause geschickt ab

– abgesehen von der Mütze gab es schließlich noch andere Gründe, warum *er* Kapitän war und nicht beispielsweise Rufus.

»Bevor wir nun auseinander gehen«, lenkte er die Gesprächsrichtung um, »möchte ich noch wissen, wie viel ich Ihnen für die Glühwürmel-Schar auszahlen darf.«

Emmerich blähte die Backen auf, und man konnte das Uhrwerk hinter seiner Stirn förmlich rattern sehen.

»Wenn Sie erlauben, Erasmus, hätte ich einen Vorschlag«, brachte sich Marie ein.

»Bitte, nur zu.« Erleichtert wandte sich Emmerichs Gehirn einer anderen Aufgabe zu.

»Spenden Sie doch eine Summe, die Sie für angemessen erachten, an die Anstalt Schweizerhof, auf dass sie niemals wieder hilfsbedürftige Dauerverfolger in die Welt entlassen möge.«

Emmerichs Gehirn sprang noch einmal zurück, um dem Detektiv seinen Einsatz zu geben. »Und an die Berliner Brote, denn wie mir neuerdings scheint, dreht sich unser Universum intensiv um Brot.«

Als hätte der erfahrene Ermittler es mal wieder gerochen, tanzte das Universum gerade wahrhaftig um ein solches, eben, aus dem Backofen gezogenes Exemplar herum und fluchte: »Heiß, heiß, heiß!«

Ein Phantomjuckreiz durchströmte Maries Extremitäten und gemahnte sie ihrer Leinenverkleidung. »Als einzige Bedingung könnte man den Broten vielleicht auferlegen, es zu Nichtsingzeiten mit den Obdachlosen zu teilen.«

»So soll es sein!«, willigte Ie ein.

Ein Knacken ertönte, und ringsherum an den Wänden entzündeten sich die Gaslampen.

»Gute Arbeit, Klaus«, sagte Ie.

Klaus zwängte sich auf allen Vieren aus einer bis dato unsichtbaren Nische und entblößte grinsend seine Zahnlosigkeit in voller Leere.

»Gern gefehen, Käptn!« Damit katzbuckelte er zur Flügeltür hinauf – pardon, hinaus.

Emmerichs Glühwürmel hingegen summte enttäuscht und erlosch mit einem Knistern. Erdunkelt sank es auf die Weste des Ehrenmannes nieder und krabbelte eigenständig in eine seiner

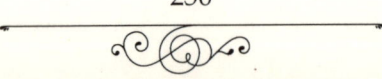

Taschen. Ies Glühwürmel hingegen stürzte sich gleich kopfüber in dessen Kaffeekanne, dass der Inhalt sich auf Uniform, Graf und Mütze verteilte.

»An ihrer theatralischen Depressionsneigung sollte ich für den Auftrag vielleicht noch ein wenig schrauben«, entschuldigte sich Emmerich.

Ie gluckste jedoch nur und strich sich die Kaffeespritzer aus dem Backenbart. »Halten Sie es, wie Sie wollen, aber nicht bei diesem hier, das behalte ich für mich. Es erinnert mich an einen Lemming, dem ich einst in der arktischen Tundra begegnete. Armes Wesen.« Er seufzte, klaubte das mechanische Insekt behutsam an zwei Fingern aus der Kanne, schüttete den Kaffee aus der Mütze in seine Tasse und bettete stattdessen den tropfenden Glühwürmellemming darin.

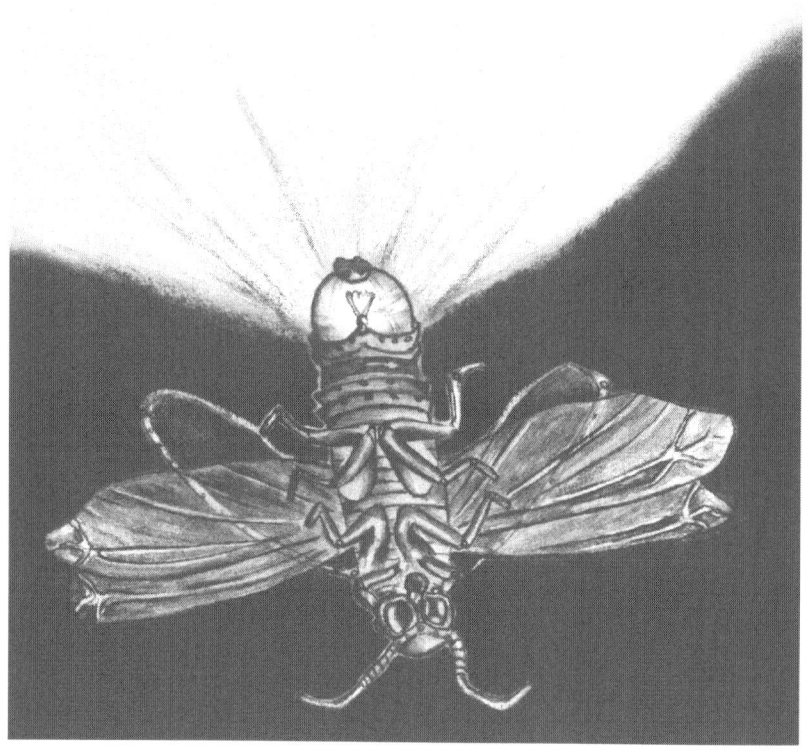

7

Kuppel in Sicht

Marie manövrierte Emmerich aus dem Hirn der Wobbly Dick hinaus, bevor der auf die Idee kommen konnte, doch noch seine Leach-in-Verkleidung-Hypothese zu überprüfen und am Backenbart des Kapitäns zu zupfen. Sie winkte Ie und Fiffy durch die Flügeltür zu, hakte sich bei Emmerich unter und tätschelte ihm mit der freien Hand den Arm.

»Nun da das Geschäftliche geklärt wäre, wird es höchste Zeit für ...«
Emmerich wandte der Qualmfee sein Gesicht zu.

»... einen schönen ausgedehnten Urlaub.«

»Sehe ich genauso!«, tönte es von einer Röhrenkreuzung des verzweigten Systems. Zinbi hüpfte auf Maries Schulter herab und richtete den Blick auf Emmerich. »Ich würde sagen, Sie sind überstimmt.«

Marie schenkte Emmerich zur Untermalung dieser Worte ein breites Lächeln, das ihn seinem Blick zufolge noch tiefer zu verwirren schien. Er kratzte sich am Ohr. Und bevor er doch noch etwas erwidern konnte, setzte sie flugs hinzu: »Dann könnten wir auch gleich einen kleinen Blick in eine albgesicherte Zelle werfen. Nur um sicherzugehen, dass ein ganz bestimmter Schurke auch ganz gewiss und nach wie vor sicher in ihrer Verwahrung sitzt.« Marie klimperte mit den Wimpern.

»Villard?«, brummelte Emmerich.

Zinndichter und Qualmfee nickten unisono.

Emmerichs Schultern senkten sich, und Marie wusste noch vor seinem anschließenden Seufzer, dass sie gewonnen hatte. Sie reichte Zinbi einen Finger, und er klatschte ein.

So bogen sie gemeinsam um die nächste Rückenwindung des U-Wals. Da schoss aus einer offenen Zimmertür auspuffwedelnd Picker hervor. Er ratterte auf sie zu, gab Geräusche von sich, die wie ein helles Hupen klangen, und wippte auf seinen hydraulischen Beinen auf und ab um ihre Waden herum. Marie beugte sich hinab, um ihn zwischen den Ohren zu tätscheln. Sofort blinkten seine Lämpchen rot und morsten »Fee Fee Fee Fee Fee!«

Sie lächelte und das Grüppchen setzte seinen Spaziergang durch den Bauch des U-Wals fort.

»Fronk-reisch! Fronk-reisch! Das Land des immerwährenden Frühlings«, quietschte der Zinndichter.

»Wohingegen eben jener Frühling im heimatlich Deutschen Reich noch eine Weile auf sich warten lassen dürfte«, ergänzte Marie. »Uns erwarten Barett, Ballett und Baguette.«

»Ballett?« Emmerich stöhnte auf.

»Und wisst ihr, was das Tollste ist?«, quatschte Zinbi dazwischen und warf die Feder zurück. »Es ist auch das Land der Diiiiichteeer!« Bei den letzten Silben erklomm seine Stimme die schrillsten Höhen eines pfeifenden Dampfkessels, und prompt reagierte Wobbly mit einer Reihe hochfrequenter Laute auf das klingelnde I des kleinen Mannes.

Emmerich und Marie wechselten einen gequälten Blick und atmeten hörbar aus. Selbst Picker ließ einen langgezogenen Piepser vernehmen, der einem Seufzer nicht näher hätte kommen können. Alle drei sahen auf ihn hinab. Sogar Ohren und Auspuff hingen schlaff herab.

Als der Pickator jedoch bemerkte, dass alle Aufmerksamkeit ihm galt und die Aufmerkenden gar anfingen zu lachen, stellten sich die Ohren mit sofortiger Wirkung wieder auf, und er klapperte mit dem Schnabel, während er eine Runde nach der anderen um ihre Beine sauste.

Ein Dröhnen stieg aus den Tiefen des mechanischen U-Wals auf, während seine Geschwindigkeit sich merklich drosselte, und er dem Purzeln der Insassen zufolge begann aufzutauchen. Mit einem Platschen, das nur gedämpft bis nach innen durchdrang, durchstieß die Wobbly Dick schließlich die Wasseroberfläche.

Emmerich hangelte sich mit dem Stock an den Röhren wieder in eine aufrechte Position und kletterte an den eisernen Sprossen vor ihnen zur Rückenluke hinauf, um sie zu entriegeln. Unter dem Knirschen des Räderwerks öffnete sich der schwere Deckel nach außen und gab den grauen Himmel frei.

Marie reichte Picker und Zinbi hinauf und kletterte selbst hinterher. Eine Polarschneeflocke auf Ferienausflug begrüßte

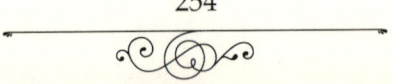

sie, als sie an die Reling der Außenplattform zu ihren Gefährten trat. Die leichte, aber darum nicht weniger frische Brise umwehte die Nasen der Versammelten und zauste Haar, Hals- und Tee-Ei-Federn. Rockschöße und -zipfel flatterten im Wind, der Dreiviertel der Anwesenden frösteln ließ, als er durch die Poren ihrer Kleidung strich. Während der Pickator unbeeindruckt über das Aussichtsdeck rollte und nach angehefteten Muschelschalen pickte, schlang Marie ihre Arme um sich, und Zinbi tauchte tiefer in die Brusttasche Emmerichs ab, der seinerseits die bläulichen Finger an die Reling klammerte.

Die Wellen teilten sich vor dem U-Wal und spritzten Gischt gegen den Bug des mechanischen Kolosses. Seine bewegliche Schwanzflosse erhob sich hinter dem Grüppchen. Surrend verstellten sich die Klappen, und es zischte laut, als sich vor ihnen das Luftlochventil öffnete und der Wal einen Dampfstrahl ausschnaubte, der die übrigen Flocken das Furchtflüchten lehrte.

Marie atmete die kühle Meeresluft so tief ein, dass sie das Salz auf der Zunge schmecken konnte.

Sie fuhren nun frontal auf die sich in die Länge ziehende Landzunge zu. Hohe Metallstreben säumten das Ufer hinter den Anlegestegen im Abstand von einigen hundert Metern. Zwischen ihnen spannte sich eine Art durchsichtiger Membran, ähnlich der von Emmerichs famosem Fabulator, die das gesamte Land zu überwölben schien wie eine Käseglocke. Sie selbst sah man nur hin und wieder durch das Schimmern, wenn sich das Licht bei bestimmtem Einfall an ihr brach, und natürlich an den Schneeflocken. Die fielen vom Himmel tiefer und tiefer und tiefer, doch sobald sie die Membran berührten, trennten sie sich in ihre einzelnen Wassermoleküle auf und schienen kurz unterhalb der Hülle überhaupt nicht mehr zu existieren. Die Polarflocke beschloss kurzum, dass ihr Trip damit beendet war, und kehrte um.

»Wie sollen wir denn da durch …?«, fragte Zinbi. Weiter kam er nicht. Da sahen sie eine Möwe vom Meer auf die Membran zufliegen, und er schlug sich die Hand vor den Mund. Die Augen der Qualmfee weiteten sich, und Picker hielt im Surren inne, eine Muschel halb im Schnabel.

»Flieg da nicht hin!«, rief Zinbi dem Federfreund zu. Doch der Vogel kreischte und stieß hinab. Er passierte die Haut

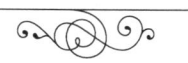

ungehindert und hielt direkt auf ein Krabbenlokal zu. Lediglich den Schrei der Möwe verschluckte die semipermeable Glocke, sobald sie sie durchflogen hatte.

Zinbi beäugte das Konstrukt mit Argwohn. Was auch immer das war, da wollten sie wirklich durch? Wer weiß, was es mit ihnen anstellte? Welches Schicksal gebührte ihnen? Wahrscheinlich würde es davon abhängen, ob sie mehr Möwe oder mehr Schneeflocke waren. Picker besaß immerhin Federn. Er warf dem biolonischen Begleiter weit unterhalb seiner Füße einen Blick zu. Der schien wieder mit seinem Muschelschalenknacken und –pressen beschäftigt und stieß dabei ab und an Rauchwolken aus seinem wedelnden Auspuff. Zinbi schmunzelte, zuckte mit den Schultern und ließ sich auf den Taschenboden plumpsen.

»Also Frankreich«, schloss Emmerich, als die Wobbly Dick vor Anker ging, und die lärmende Mannschaft nach oben drängte.

Oder er hätte es wohl, wenn nicht wie immer Marie das letzte Wort … »Mal sehen, was uns dort erwartet!« … über das Getöse hinweg geschrien hätte.

Im Kopf des paranoiden Flauschehäschens Teil 2, denn nach dem ersten Streich war es noch längst nicht vorbei …

Gez.: Zinoberius der ~~Dichte~~[R] – Dritte.

Verdammt! Dann eben:

Zinbi

257

Danksagungen

»Hahahahaha, oh je.«
Weise Worte der Verlegerin und erster
Gedanke beim Thema Danksagungen.

Dennoch möchte ich versuchen, all jenen von der Widmungsseite zu danken – doppelt hält bekanntlich besser – erweitert um ein bis zwei weitere.

Mein aufrichtiger Dank gilt:
Meinen Eltern, für nicht weniger als alles, was sie getan und gelassen haben, v.a. der Freiheit, sich selbst zu folgen
Daniel ohne Einschränkung für Unterstützung, sorgsame Illustrationen und sein Bleiben (auch auf schlagdurchlöcherten Pfaden und im Ideendickicht)
Grit, die nichts unbewegt lässt, und sollte es dabei um eine Horde Pinguine um Mitternacht gehen, für ihr Vertrauen, ihre Leidenschaft & Schnörkel
Heidi, weil sie auch auf Entfernung immer da ist
Marion für das scharfe Kommaauge
Nele (miau), Erasmus, Marie, dem Universum und meinen tierischen Begleitern
David für seinen immer-blühenden Rückhalt und unerschütterlichen ‚Informatikerglauben‘
Dem besonderen Martin für Geduld, einfach wunderbarer und wunderbar einfacher künstlerischer Zusammenarbeit sowie für dieses famose Cover
Archibald Leach und seinem Cremer im Hintergrund stets und besonders für ihre erquicklichen Worte
Nils und Nadim für DAS Werkzeug, Ideen eine gewisse Ordnung zu verleihen … hin und wieder wenigstens
Motivator-Melli, schon allein, weil sie den Feenstatus mit Marie gemein hat
Der phantastischen Kleinverlagsszene für die Einräumung von Möglichkeiten und Idealen
Wordsworth Weirdworld …

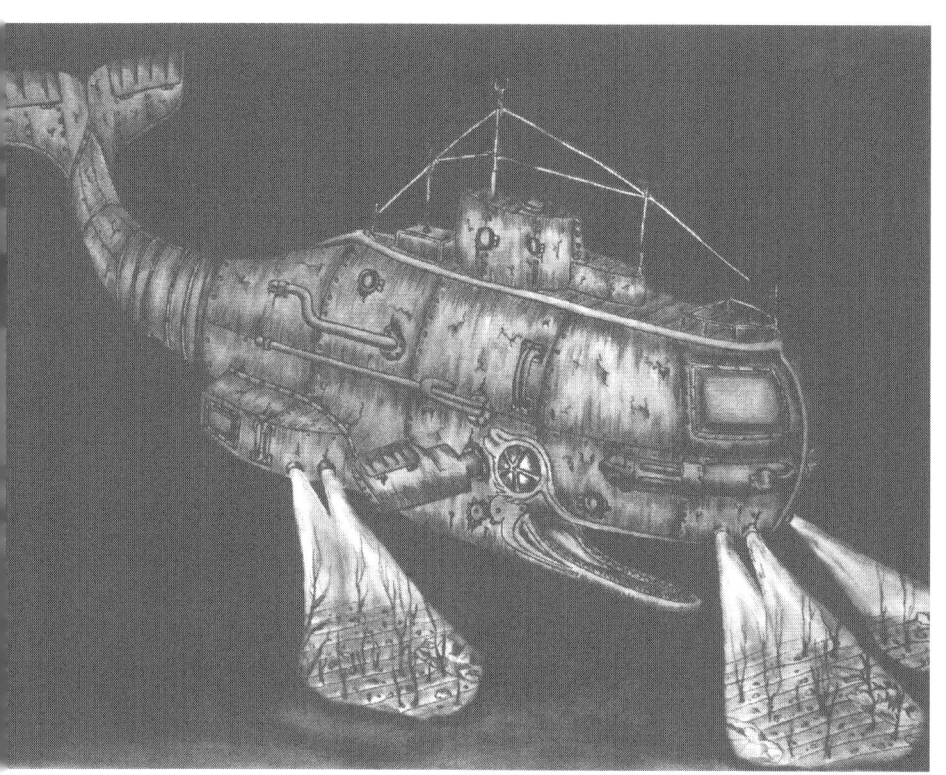

… und dir, lieber Leser, liebe Leserin, dafür dass du dieses Buch nicht raubkopiert hast! Na gut, erwischt, natürlich längst nicht nur dafür, sondern vor allem für die Begleitung bis hin zu diesem vorerst letzten Punkt. (Und noch viel weiter?)

Mehr Steampunk

Das Amulett in der Wüste
von Fay Winterberg
Seitenzahl: 212
Teil 2 der
New-Steampunk-Age-Reihe
Buch-Typ: Klappbroschur
ISBN: 978-3-9815092-7-4

Unruh
Das Ticken des Uhrwerks
von Mia Faber
Seitenzahl: 600
Buch-Typ: Klappbroschur
ISBN: 978-3-945045-05-3